Vlucht voor het noodlot

Simon Wiesenthal

Vlucht voor het noodlot

H.J.W. Becht – Haarlem

© 1988 Nymphenburger Verlagshandlung, München.
Oorspronkelijke titel: *Flucht vor dem Schicksal*

Voor het Nederlandse taalgebied: © 1989 J.H. Gottmer/H.J.W. Becht, Postbus 160, 2060 AD Bloemendaal
Nederlandse vertaling: W. Wielek-Berg
Omslagontwerp: Zeno

CIP-GEGEVENS KONINKLIJKE BIBLIOTHEEK, DEN HAAG

Wiesenthal, Simon

Vlucht voor het noodlot / Simon Wiesenthal ; [vert. uit het Duits door W. Wielek-Berg]. – Haarlem : Becht
Vert. van: Flucht vor dem Schicksal : Roman. – München : Nymphenburger, 1988.
ISBN 90-230-0684-4
UDC 82-31 NUGI 301
Trefw.: romans ; vertaald.

Alle rechten voorbehouden. Niets uit deze uitgave mag worden verveelvoudigd, opgeslagen in een geautomatiseerd gegevensbestand, of openbaar gemaakt, in enige vorm of op enige wijze, hetzij elektronisch, mechanisch, door fotokopieën, opnamen, of enige andere manier, zonder voorafgaande schriftelijke toestemming van de uitgever.

Voor zover het maken van kopieën uit deze uitgave is toegestaan op grond van artikel 16bj° het Besluit van 20 juni 1974, St.b.351, gewijzigd bij Besluit van 23 augustus 1985, St.b.471 en artikel 17 Auteurswet 1912, dienen de daarvoor wettelijk verschuldigde vergoedingen te worden voldaan aan de Stichting Reprorecht (Postbus 882, 1180 AW Amstelveen).
Voor het overnemen van gedeelten uit deze uitgave in bloemlezingen, readers en andere compilatiewerken (artikel 16, Auteurswet 1912) dient men zich tot de uitgever te wenden.

Felle zonneschijn lag over de stad. De mensen hadden het op die dag aan het eind van maart 1940 te warm in hun winterkleren. Velen gingen naar de parken, om te genieten van het eerste groen. Moeders met kinderwagens probeerden de zonnestralen op de gezichtjes van hun kinderen te laten vallen. Oude mensen lieten zich op de banken door de zon beschijnen. Op een hoek verkocht een oude vrouw kerstrozen. Een soldaat liep in innige omhelzing met zijn meisje. Ook hij kocht, zoals vele anderen, een klein boeketje.

Het was oorlog. Maar voor de oppervlakkige toeschouwer was Wenen op deze voorjaarsdag een oase van vrede, een stukje aarde waar ellende en misère vergeten schenen. Er werd aan de fronten gevochten en de Duitse troepen lagen aan de Maginotlinie. Maar op dat ogenblik leek het nog alsof ze verstoppertje aan het spelen waren, want over gevechten hoorde je op de radio maar weinig.

Opeens klonk er een schril gefluit. Uit een zijstraat kwam een auto, leden van de ss en twee mannen in burger stapten uit. De chauffeur zette de wagen dwars over de weg. Kort daarna kwam uit tegengestelde richting een vrachtwagen, die voor de geparkeerde auto stopte. Daaruit sprongen vier mannen in uniform en een in burger. De ss'ers duwden de voorbijgangers weg, ze vormden aan beide kanten van de straat een haag en wachtten op de dingen die komen gingen. Door de menigte, die voortdurend groter werd, ging het gerucht: 'Een arrestatie!' De drie mannen in burger wisselden een paar woorden. Toen haalde een van hen een lijst uit zijn aktentas en kruiste een naam aan. Met zijn drieën gingen ze het huis binnen.

Op de eerste verdieping klopten ze aan en belden tegelijk. Toen er niet vlug genoeg werd opengedaan, wilde een van hen de deur intrappen. Maar op dat ogenblik werd deze geopend door een oude man.

'Bent u de jood Camillo Israël Torres?'

De oude man knikte.

'U weet toch dat u klaar moet zijn voor een verhuizing?'

De oude man knikte weer. Zonder te vragen duwden de mannen in burger hem opzij en gingen het huis binnen; met kennersblik keken ze rond, taxeerden schilderijen en tapij-

ten. Een van hen haalde uit een glazen vitrine een kleine zwarte vaas.
'Uit China?'
'Ja.'
'Klaarmaken! Hebt u de spullen gepakt die u mee mag nemen?'
Zonder op antwoord te wachten gingen ze naar de aangrenzende kamer. Op een bank lag een jong meisje te huilen. Toen de vreemden binnenkwamen, hief ze het hoofd op. Op het tere gezicht, in de donkere ogen, lag angst.
'Wat lig je daar te huilen? Over hoogstens tien minuten moeten jullie met jullie spullen beneden zijn.'
Een ogenblik lang was het stil.
'Jij blijft hier!'
Met die woorden wendde de leider van de groep — het was de Gestapo-man Brunner — zich tot de derde man in burger, een jood, die bij de verdrijving van zijn geloofsgenoten hand-en-spandiensten verleende. 'Leeghalers' werden die joden genoemd. Bij de Gestapo stonden ze bekend als Judenpolizei — Jupo. De jood die in dienst was van de Gestapo sloeg zijn hakken tegen elkaar en antwoordde met een militair kort: 'Tot uw orders.'
'Heb je een lijst van de dingen die in het huis blijven?' — die vraag was aan de oude Torres gericht.
'Ja.'
'Geef hier!'
Torres ging naar de kamer ernaast en nam met bevende handen een lijst van de tafel die enige bladzijden besloeg. Hij had hem gedicteerd aan zijn dochter Ruth. Brunner wierp er een blik op.
'Met de schrijfmachine getypt! Hoeveel kopieën heb je?'
'Maar één.'
'Niet meer? Geef maar hier. Jij hebt er toch niets aan!'
Toen Torres naar de kamer ernaast ging liep Brunner met hem mee, om er zeker van te zijn dat de oude man in het buffet niet nog andere kopieën bewaarde. Maar Torres had niet gelogen. Nog voor de oude man de lijst uit de la kon halen, had Brunner hem al gepakt. Hij keek om zich heen in de kamer. Plotseling zag hij aan de muur een oud wandkleed.

'Naar zo'n gobelin ben ik al lang op zoek. Die past prachtig in mijn huiskamer!'
Een ogenblik lang voelde Torres de verleiding om Brunner te corrigeren, die niet eens het woord 'gobelin' goed kon uitspreken. Maar toen bedacht hij zich en keek bedroefd naar het wandkleed, dat veel herinneringen opriep aan zijn kindertijd en jeugd.
Brunner pakte de inventarislijst en zette op de plaats waar de gobelin vermeld stond een teken. Ook een kostbaar tapijt, een vitrine, een kroonluchter en nog een paar waardevolle voorwerpen konden zijn goedkeuring wegdragen. Tenslotte was hij in het huis van een jood, wiens familie al generaties lang in Wenen woonde en die het tot welstand had gebracht. Brunner, die uit een minvermogend gezin kwam en vol minderwaardigheidscomplexen zat, was net verhuisd naar een villa in het achttiende district in Wenen. Het meubilair daarvoor stal hij. Als Brunner aan zijn badkamer dacht, fonkelden zijn sluwe oogjes. Van het joodse kerkhof in Wenen had hij namelijk marmeren grafstenen laten halen. De inscripties waren eraf geslepen en nu waren de wanden van zijn badkamer ermee betegeld.
'Daar is nog niemand opgekomen! Zelfs de gouwleider en de chef van de afdeling hebben zoiets niet!'
Na dit uitstapje keerden Brunners gedachten terug naar het heden.
'Niet gek,' zei hij, 'een paar kleinigheden kan ik wel gebruiken. Paul, zorg ervoor dat ze naar mijn villa worden gebracht. Laten we nu maar gaan. De Jupo blijft hier om op te passen.'
Met een vrolijk gezicht begroette hij op de trap de huismeester Josef. Brunner zei tegen hem:
'Pas op dat hier niets wordt weggehaald. Of heeft de jood al eerder iets weggebracht?'
'Welnee, dan zou ik dat toch weten. Die vuile rotjood zou met zijn zooitje langs mij gekomen moeten zijn.'
Brunner monsterde hem welwillend en klopte hem op de schouder.
'Goed gedaan!'
Ze gingen de straat op en liepen naar de wagen. Toen de au-

to van de Gestapo wegreed, werd er in de menigte gefluisterd:
'Daar gaan ze de boel gauw leeghalen!'

Al geruime tijd behoorden zulke tafereeltjes in bijna alle districten van Wenen tot de gewone dagelijkse gebeurtenissen. 180 000 joden woonden er in Wenen, toen op 12 maart 1938 Adolf Hitlers legers binnentrokken. De meer dan duizendjarige geschiedenis van de Oostenrijkse joden naderde daarmee zijn verschrikkelijke einde. Van het feit dat die geschiedenis zo oud is getuigen berichten uit de archieven, oude geschriften, documenten, registraties en zelfs douaneverordeningen. De eerste aantekening die bewaard is gebleven stamt uit het jaar 904. Maar er woonden in Oostenrijk al joden in de Romeinse tijd. Ze hielden zich op binnen de Romeinse versterkingen. Bij de geboorte van Christus leefden er ongeveer drie en een half miljoen joden op de wereld. Daarvan woonde slechts een half miljoen in Palestina, de andere drie miljoen hadden zich gevestigd in het Romeinse keizerrijk en in Mesopotamië. De joden trokken met de Romeinen naar alle delen van het keizerrijk, ook naar de vestingen aan de grenzen van het imperium. De vernietiging van Jeruzalem en de joodse staat werd verricht door de aan de Donau gelegerde en voor dat doel verplaatste legioenen Gemini en Apollinaris. Op de terugweg namen de Romeinse legionairs joodse slavinnen mee.
De legionairs vestigden zich in versterkingen en hun kinderen werden door de slavinnen joods opgevoed. Ook de wet van de Romeinse keizer Caracalla, die alle joden de Romeinse burgerrechten schonk, begunstigde de vestiging van joden in de grensgebieden. Opgravingen op de plaatsen waar de versterkingen stonden, bevestigen dit. In de grenskolonies worden bijvoorbeeld olielampjes gevonden die lijken op die in Palestina; sommige dragen ook het teken van de menorah. Later loopt het spoor van de joden op Oostenrijkse bodem dood tot de tiende eeuw. In tegenstelling tot de talrijke historische bronnen, geschriften en kronieken uit de tijd waarin de joden nog in een eigen staat leefden, vinden we voor een periode van bijna duizend jaar – sinds de

verdrijving uit Palestina – geen historisch geschrift. In alle windstreken van Europa verstrooid leefden de joden ingekapseld in hun eigen zorgen om te overleven. Om hen heen overstroomden Aziatische stammen Europa, gingen hele volkeren ten onder. De islam maakte zich op om het christendom te verslaan. De joden namen van de realiteit van hun omgeving blijkbaar geen notitie. Inzicht in hun leven in die tijd geven alleen de tegen hen gerichte verordeningen. Daaruit blijkt dat zij in het begin vreedzame relaties onderhielden met de inheemse bevolking, ook al waren ze eerst nog vreemden. Als ze niet lastig werden gevallen begonnen zij na verloop van tijd deel te nemen aan het economische leven en pasten zij zich aan hun omgeving aan.

Maar de periodes van zulk vreedzaam samenleven werden telkens opnieuw onderbroken door vervolgingen, verdrijvingen en moorden: eeuwenlang leefden de joden in een 'staat van beleg'. De joodse bevolking werden in Oostenrijk, zoals in alle Europese landen, beperkingen opgelegd die hen dwongen, zich alleen te bekwamen in de beroepen die hun waren toegestaan of beter gezegd voorgeschreven. Een van die beroepen was geld uitlenen. Vaak beheerden ze gelden die niet van hen waren maar van de christenen, die in de middeleeuwen volgens de wetten van de katholieke Kerk geen geld tegen rente mochten uitlenen. Omdat woekeren een zonde was, moesten de joden woekeren. Op die manier leenden de christenen elkaar via de joden geld tegen hoge rente. Stadhouders, vorsten en bisschoppen namen graag joden in dienst, want hun rechten waren zeer gering. Ze droegen hun taken op die ze zelf niet wilden uitvoeren, bijvoorbeeld het innen van belasting en heffingen. Dat resulteerde natuurlijk voortdurend in conflicten met de inheemse bevolking, en de joden, die zich bovendien door hun godsdienst, hun gebruiken en hun kleding van de christenen onderscheidden, werden een welkome zondebok. De woede van de onder de belastingdruk lijdende mensen richtte zich dan niet tegen de vorst of de bisschop, die de belastingen voorschreef, maar tegen de joden die ze inden. Daarbij kwam nog het middeleeuwse bijgeloof en het standpunt van de Kerk, die de joden de schuld gaf van de dood van Christus.

Niet alleen de bevolking, ook de heersers kregen allengs genoeg van de joden als zij hun geld schuldig waren. Maar de heren wisten een oplossing: om hun lastige schuldeisers kwijt te raken, bevalen ze dat ze verdreven moesten worden. Het was een vicieuze cirkel ten koste van de joden, want hoe groter de woede van het volk was, hoe groter waren de sommen geld die de joden voor hun bescherming aan de vorsten moesten betalen; maar om die te kunnen opbrengen vroegen zij hogere belastingen, wat wederom de woede van de christenen wekte.

De jodenbuurten of getto's werden door de Kerk geëist, het tweeëntwintigste Salzburger concilie besloot de joden van de rest van de bevolking af te zonderen. Zo ontstond ook het getto in Wenen, dat tussen de zestig en zeventig huizen bevatte en binnen het tegenwoordige eerste Weense gemeentedistrict rondom de Judenplatz lag. Dit plein draagt ook nu nog die naam. Door de concentratie op een zeer klein gebied was het geen wonder dat de joodse bevolking, gezien het ontbreken van sanitaire voorzieningen, door diverse epidemieën werd gedecimeerd. Bovendien kon men op die manier gemakkelijk maatregelen tegen hen nemen. Zo stak het gepeupel in het jaar 1406 het getto in brand om de joodse huizen tijdens de brand leeg te plunderen.

Daar het joden verboden was grond te bezitten, moesten zij als kooplieden en geldleners aan de kost komen. Als zij het getto wilden verlaten, moesten ze betalen. Betalen en steeds opnieuw betalen. Ze moesten betalen om het land te mogen zien waarin ze woonden.

De klantenkring van de joodse geldlener bestond voor het grootste deel uit edellieden, die er slechts zelden aan dachten het hun geleende geld terug te betalen. In plaats daarvan drongen ze er bij de heersers op aan, de joden uit te wijzen. De vorsten rekenden vaak met grote precisie de voor- en nadelen uit van de aanwezigheid van de joden. Waren hun eigen schulden groot genoeg, dan grepen ze naar het wondermiddel: verbanning. Om de joden te verbannen waren er geen wetten nodig; het was voldoende om ze te betichten van een of andere misdaad, bijvoorbeeld van hekserij of het verbreiden van besmettelijke ziekten zoals de pest.

In de tijd van de kruistochten, die eigenlijk gewapende pelgrimstochten waren, zag men in Europa een golf van jodenvervolgingen.
Veel vorsten, die vroeger niets tegen de joden hadden, sloten zich in die tijd bij de georganiseerde afkeer van de joden aan en wezen hen uit. Aan die verbanningen namen niet alleen wereldlijke heersers, maar ook kerkelijke hoogwaardigheidsbekleders deel. Met bedreiging van de vuurdood en met behulp van folteringen probeerden zij de joden te dwingen zich tot het 'ware' geloof te bekeren en christen te worden. De tragedie van de joden die toen leefden is onbeschrijfelijk. Velen werden verbrand, anderen kozen voor zelfmoord en zij die zich onder dwang lieten dopen, leefden in conflict met zichzelf en probeerden de ketenen van het christendom weer af te werpen. Als ze daarin slaagden en ze werden betrapt, wachtte hen de dood. Woorden schieten te kort om de gruweldaden te beschrijven die joden vaak in naam van Christus werden aangedaan.
Een keerpunt in de geschiedenis van de Oostenrijkse joden was 1 juli 1299, toen hertog Frederik de Strijdbare een wet uitvaardigde die onder de naam 'Friedericianum' de geschiedenis is ingegaan. Deze 'Friedericianum' moest een privilege voorstellen; desalniettemin bevatte hij vele verboden, bijvoorbeeld hlet aanstellen van joden in officiële ambten. Op het doden van een jood stond een geldstraf, die in de schatkist van de hertog gestort moest worden.
De maand maart is door de jaren heen onverbrekelijk verbonden met het tragische lot van de Oostenrijkse joden. Tijdens de regering van hertog Albrecht de Vijfde werden de joden er in het jaar 1420 van beschuldigd, in Enns een hostie te hebben geschonden. Als daders beschuldigde men de vrouw van de koster van de Laurentiuskerk en een in Enns wonende rijke jood die Israël heette. Onder gruwelijke martelingen bekende de vrouw de misdaad. Israël liet zich, ondanks de zwaarste folteringen geen bekentenis afdwingen. Daarop beval de hertog de joden in heel Oostenrijk te arresteren, hun vermogen in beslag te nemen en hen te bewegen zich te laten dopen. Velen werden als gijzelaars in kerkers opgeborgen, anderen verbannen. Op 12 maart 1421

werden de laatste 210 joden in Wenen tot vermaak van het volk aan de vlammen prijsgegeven. Het was een volksfeest, van heinde en verre waren de nieuwsgierigen gekomen. Geen van deze 210 martelaren poogde door de doop zijn wrede lot te ontgaan. Nog op de brandstapel omklemden ze heilige boeken, zongen gebeden en schenen de vlammen niet te voelen. De inquisiteurs en het gepeupel geloofden dat het gezang de joden ongevoelig maakte voor pijn. Maar het was het geloof, dat het hun mogelijk maakte waardig te sterven en zich niet voor hun beulen te vernederen. De synagoge werd gesloopt en de stenen gebruikt voor de bouw van de Weense universiteit.

Tientallen jaren lang waren er in Wenen geen joden. Toen kwamen er weer een paar die vrijbrieven bezaten, men noemde hen 'hofbevrijde joden' of kortweg 'hofjoden'. Maar het was hun niet gegund lang in vrede te leven. In maart van het jaar 1565 beval Maximiliaan de Tweede hun uitwijzing. Deze verbanning werd niet helemaal ten uitvoer gebracht. Maximiliaan gaf het evenwel niet op, tijdens zijn regering probeerde hij nog een paar maal de joden te verbannen, in de jaren 1572, 1573 en 1575.

Ferdinand de Tweede gaf in het jaar 1625 toestemming voor het stichten van een eigen joodse gemeente. Ook ditmaal werd door de bourgeoisie en de Kerk de afzondering van de joodse bevolking verlangd. Zo ontstond het tweede Weense getto in het tegenwoordige tweede Weense gemeentedistrict Leopoldstadt, dat aan de 'Unteren Wert' lag. Dit getto bestond slechts 45 jaar en er stonden 130 huizen in. Tijdens de regering van keizer Leopold de Eerste kwam het weer tot jodenvervolgingen, want de Weense gemeenteraadsleden hadden zich in het hoofd gehaald de stad 'jodenvrij' te maken. Deputaties drongen daarop bij de keizer aan, tot die eindelijk in het jaar 1670 toegaf. Weer was het in de maand maart dat het treurige lot van de joden werd bezegeld. Aan het eind van die maand moesten de 4000 bewoners van het Weense getto (4000 mensen in 130 kleine huisjes!) de stad verlaten hebben. Als laatste datum werd ten slotte 5 juni 1670 vastgesteld. Alle vierduizend joden namen afscheid van hun land, geen enkele wilde zijn verblijf met de doop

kopen.
Op 28 juli 1870 werd de synagoge, die in de officiële documenten 'spelunca lutranum' — rovershol — werd genoemd, veranderd in de kerk St. Leopold, de joodse huizen werden verkocht, de opbrengst van joodse bezittingen onder prominente burgers verdeeld. Interessant is het verdelingsdecreet van 13 maart 1671 dat door de bisschop van Neustadt, graaf Kollonicz, werd ondertekend. Een van de bedeelden was de familie Lueger, die een som van 3000 gulden kreeg. Een afstammeling van deze familie deed zich eeuwen later in het ambt van burgemeester van Wenen kennen als een felle antisemiet.
Na de verbanning van de joden heerste er grote vreugde. De era van het geluk, de gouden eeuw, was begonnen. Om dit gepast te vieren werd de paus gevraagd of hij de kerk wilde inwijden die eens een synagoge was geweest. De paus liet zich vertegenwoordigen door de Weense bisschop Waltersdorf-Wilde. Maar de vreugde duurde niet lang. De burgers van Wenen, die beloofd hadden de vroegere jodenbelasting van 140 000 gulden per jaar te betalen, hielden hun belofte niet. De christelijke kooplieden, die hun joodse concurrenten waren kwijtgeraakt, verhoogden de prijzen en maakten daardoor het leven duurder. De hofkamer bracht verslag uit aan de keizer en drie jaar later nodigde Leopold de Eerste weer joodse kooplieden uit om zich in Wenen te vestigen. Zo kwamen er opnieuw joden in Wenen; ze moesten een pas kopen en elke dag een gulden betalen.
In het begin van de Spaanse successie-oorlogen heerste er groot geldgebrek. Op de economische crisis volgde een vertrouwenscrisis. Wie was er in die tijd zeker van dat hij zijn geld terugkreeg als hij het uitleende? De laagste rentevoet was achttien procent, maar ook dertig procent was geen uitzondering. Doch degenen die geld leenden, maakten er zich niet druk over of en wanneer ze het konden terugbetalen — de hoge rente vonden ze daarom niet erg. Ten slotte was er geen geld meer te krijgen. Maar de vorsten wisten raad. Ze verbonden gewoon hun financiële politiek met de behandeling van de in hun land verblijvende joden. Een paar voorbeelden: Leopold de Eerste liet in het jaar 1704 de joden in

Wenen weten, onder bedreiging met verbanning, dat ze als straf voor de lastige concurrentie van christelijke kooplieden 205 000 gulden tegen zes procent moesten uitlenen. Twee jaar later moesten de joden met hetzelfde dreigement 200 000 gulden betalen voor de reis van Leopold naar de keizerskroning. In de jaren 1709 en 1710 werden verbanningsdecreten getekend en voor geld weer ingetrokken. In 1711 moesten de joden van Wenen als bijdrage voor de kroning van Karel de Zesde 148 000 gulden uitlenen tegen zes procent. Met Pasen 1715 was Karel de Zesde van plan de joden te verbannen, maar hij liet zich door geld van zijn voornemen afbrengen. In 1717 werd de joden als bijdrage aan de oorlogskosten onder bedreiging met verbanning een dwanglening van 600 000 gulden opgedrongen. Voor alles moesten de joden betalen als ze met rust en in leven gelaten wilden worden.

De familie Torres was meer dan twee eeuwen geleden via de Balkan naar Wenen getrokken. De geschiedenis van de Torres is een parabel voor het lot van alle joden die in het jaar dat Columbus op ontdekkingsreis ging, Spanje moesten verlaten. De familie Torres woonde in Murcia. Toen de tijd van de inquisitie kwam, werden ze door het gepeupel lastiggevallen en ze leefden in voortdurende angst voor de inquisitie en de gedwongen doop. Toen Spaanse troepen in het jaar 1492 de laatste moorse vestingen innamen en het Iberische schiereiland zich in handen van koningin Isabella bevond, duldden de Spaanse monarchen geen andersdenkenden meer in hun land. Op 2 augustus 1492 te middernacht moesten alle joden Spanje verlaten hebben.
De joden vochten verbitterd om het recht in Spanje — met welks cultuur en bodem ze vervlochten waren — te mogen blijven en probeerden steeds opnieuw de verbanningsdatum uit te stellen.
Al bijna twee eeuwen lang oefende de Spaanse Kerk grote druk op de joden uit om hen tot het christendom te bekeren. Dagelijks getreiter maakte sommige joden wier werkterrein buiten het getto lag, zoals artsen, kooplieden, adviseurs, murw. Het waren meestal de rijke joden die onder de druk

van de christelijke wereld bezweken.
Het eerst 'bekeerden' zich de joodse hovelingen. Het christendom als religie oefende geen aantrekkingskracht op hen uit, maar het schonk hun de mogelijkheid om zich vrij te bewegen. Een tijdgenoot bericht dat zich bij de doop vaak tranen met het wijwater mengden.
De Kerk heeft overal mensen tot het katholicisme bekeerd. Na enige tijd werden de verschillen vager en de bekeerden onderscheidden zich niet meer van de anderen. Maar de bekeerde joden gingen niet in de christelijke gemeente op. De macht van de Kerk kon hen het jodendom niet afnemen, de doop was een onbelangrijke formaliteit. Het werd een grote mode, peetvader van een 'conversos' te zijn. De Spaanse adel en de kerkvorsten vochten om elke gedoopte. Huwelijksbanden met de conversos veranderden het beeld van de Spaanse aristocratie. Al spoedig was er geen hooggeplaatste familie meer zonder joodse bloedverwanten, alle ambten in de staat stonden voor hen open. In bijna alle steden ontstonden uit jaloezie en haat genootschappen tegen de marranen, zoals de conversos ook wel werden genoemd. 'Marranos' betekent: de vervloekten. En, bij God, ze waren vervloekt. Meer dan een derde van de Spaanse joden was aan de vooravond van de inquisitie reeds gedoopt, maar het parool van de inquisitie en haar aanhangers was: 'Weest waakzaam!' De rechters zorgden ervoor dat de beulsknechten van de inquisitie hun handen vol hadden. De kerkers waren overvol, en in de onderaardse gewelven klonk het bittere geweeklaag van de gemartelden.
Sinds het begin van de inquisitie, die zich aanvankelijk alleen tegen de ketters keerde, werden talrijke joden – die zich voor de schijn hadden laten dopen – in de kelders van de inquisitie gemarteld en op brandstapels verbrand. De 'nieuwe christenen' of conversos bleven namelijk vaak hun oude geloof trouw en hielden de joodse godsdienstoefeningen in het geheim. Iedere converso die daarbij betrapt werd, moest op de dood rekenen. De spionnen namen in aantal toe. De inquisitie legde ook de hand op gedoopten die hun banden met het jodendom definitief hadden verbroken, als ze door iemand van ketterij werden beschuldigd.

Elke periode brengt in tijden van nood heroïsche figuren voort, maar ook renegaten die bereid zijn de hand tegen hun geloofsgenoten op te heffen. Deze verraders woeden, zodra ze de macht hebben, onder de mensen die ze vroeger gekend hebben – deels om hun geweten af te stompen, deels om te bewijzen dat ze hun vroegere bindingen volledig hebben verbroken. Daarom waren er ook inquisiteurs van joodse afkomst die een gruwelijk schrikbewind tegen de marranen voerden.

Sinds tientallen jaren waren de joden in Spanje op zoek naar een stukje land waar ze in vrede konden leven. Maar als ze 's nachts, zonder bagage, alleen met de kleren die ze aan hun lichaam droegen, de grenzen van een land overtrokken waarin nog geen vervolgingen waren, duurde het meestal niet lang voor ook in het nieuwe vaderland de pest van de jodenhaat uitbrak. Veel Spaanse joden vluchtten naar het buurland Portugal; jaren later werden ze ook daar ingehaald door hun wrede lot.

De familie Torres was wijd vertakt en leefde in rijkdom en welstand in verschillende delen van Castilië. Toen de tijd van de vervolging begon, handelden de leden van die grote familie niet gemeenschappelijk: ieder probeerde voor zichzelf het probleem op te lossen. Manuel Torres en zijn gezin trokken naar Portugal, José Torres ging naar Italië, Daniël Torres aarzelde. Een van Daniëls zonen, Luis de Torres, sloot zich aan bij de expeditie van Columbus en liet zich kort voor de afvaart dopen, om aan de ontdekkingsreis mee te kunnen doen. Hij was het, die als eerste Europeaan Amerikaanse bodem betrad.

In die tijd was het in vele Spaans-joodse families gewoonte, een familiekroniek – een pinkas – bij te houden. In de kronieken werden mededelingen gedaan over het lot van de eigenaars in het Hebreeuws, Arabisch en Spaans. Ze waren steeds de trouwe begeleiders van de joden op hun dwaaltochten. Een familie, die in het bezit was van een pinkas en die niet meenam op de vlucht verloochende zichzelf en zijn stam. Daarom nam ook José Torres, toen hij van Murcia naar Italië ging, zijn pinkas mee. Daar de inquisitie de joodse religie wilde uitroeien, werden alle joodse gebedenboeken waar men de hand op kon leggen verbrand. Daarom stonden er in de kronieken behalve de familiegeschiedenis ook vaak gebeden en zegenspreuken om ze voor komende geslachten te bewaren.

Op Sicilië konden José en zijn familie niet lang blijven, omdat de Spaanse heersers een inquisitierechtbank op het eiland installeerden en het bevel gaven, de Spaanse verbanningsdecreten ook voor Sicilië te laten gelden. Je mocht natuurlijk blijven als je je liet dopen; maar José Torres had zijn land niet verlaten om in Sicilië christen te worden.

Voor de ene God verliet hij land en huis en nam de kwellingen van verbanning en vervolging op zich. Van Sicilië vluchtte hij naar Rome, waar hij een tijd lang in het getto woonde. Toen men ook in Rome de joden begon te vervolgen bood de vorst van Urbino hen bescherming. Dus moest José samen met veel geloofsgenoten naar Urbino gaan. Kort na de aankomst in het nieuwe vaderland stierf José, en zijn oudste zoon Manuel werd het hoofd van de familie. Een jongere broer, Camillo, trouwde en trok naar Constantinopel. De kinderen van Manuel volgden hem later. In Turkije waren de joden volledig vrij, velen brachten het tot welstand en kregen grote politieke invloed. Het waren voornamelijk joden van Spaanse afkomst die voor de inquisitie vluchtten en onder bescherming van de sultan de dwang van de doop konden afleggen. De pinkas van de familie Torres ging met Camillo naar Turkije. Daar besloten de Torres, de kroniek uit te breiden en de belangrijkste gebeurtenissen in de nieuwe pinkas op te nemen. Omdat de oude kroniek veel zegenwensen en teksten uit de Heilige Schrift bevatte, werd hij op het joodse kerkhof in Constantinopel bijgezet met hetzelfde ritueel en dezelfde eer die een overleden mens toekwam. Bijna alle leden van de familie woonden de plechtigheid bij. De Torres woonden in verschillende delen van het Turkse rijk, in Smyrna, Damascus, Adrianopel en later in Serajewo. Ze dreven handel. In het jaar 1740 trok een lid van de familie Torres naar Temesvar en daar nam hij contact op met de hofraad baron d'Aguilar. Met diens hulp verhuisde hij twee jaar later naar Wenen. Manuel Torres verdiende, evenals zijn voorvaderen, zijn brood met de in- en verkoop van tabak. Hij werd lid van de Turks-Israëlitische gemeente, die in 1736 door baron d'Aguilar in Wenen was opgericht.

'Ik neem uw aanbod alleen aan onder voorwaarde, dat u mijn familie en ook mijn dienstpersoneel godsdienst vrijheid toestaat.'

Het was het jaar 1723. De man, die de Oostenrijkse vorst deze voorwaarde stelde, werd Diego Lopez Pereira genoemd. Karel de Vierde leerde Pereira, die als financieel genie bekend stond, tijdens de Spaanse successie-oorlogen kennen. Pereira beheerde op het Iberische schiereiland de inkomsten uit het tabaksmonopolie en was de oprichter van een aantal bekende banken.

Leopold de Eerste had namelijk in het jaar 1692 besloten in Oostenrijk het tabaksmonopolie in te voeren om uit de financiële misère te geraken. De organisatie van het monopolie liet evenwel te wensen over en de inkomsten waren zo mager, dat de administratieve uitgaven de inkomsten te boven gingen. In het jaar 1704 werd het tabaksmonopolie, nadat het twaalf jaar had bestaan, opgeheven. De opvolger van Leopold de Eerste, zijn zoon Jozef de Eerste, probeerde niet eens de verordening van zijn vader op te heffen om weer inkomsten uit de tabaksverkoop te verwerven. Pas zijn broer, Karel de Zevende, die later de lijn van de Spaanse Habsburgers zou overnemen (politieke manoeuvres van Engeland verhinderden dit evenwel), die ondanks territoriale uitbreidingen steeds in geldnood verkeerde, besloot het tabaksmonopolie weer in te voeren. De meningen van de keizerlijke raadsheren waren verdeeld. Maar de hofkanselier, graaf Ludwig Philipp von Sinzendorff, die als de invloedrijkste politicus van het toenmalige Oostenrijk werd beschouwd, hield vast aan zijn eis en wist die ook door te zetten.

Karel de Zesde wilde het beheer van die inkomsten in de handen van een ervaren vakman leggen. Zijn keus viel op Diego Lopez Pereira, die hij aan het Weense hof liet komen. Pereira verklaarde zich bereid de financiële situatie van de vorst te verbeteren. Hij stelde slechts één voorwaarde: godsdienstvrijheid voor hemzelf en zijn familie. De vorst ging met die voorwaarde, die hem logisch leek, zonder meer akkoord. Maar vóór Karel de Zesde besloot de Portugees dit verantwoordelijke ambt te laten vervullen, vroeg hij hem wat zijn plannen waren. Pereira bood de vorst een contract voor acht jaar aan. Daarbij bedong hij het ambt van administrateur en superintendant-generaal over de gehele tabaksbranche, onafhankelijkheid bij het vaststellen van de prijzen voor tabak, de toestemming om tabaksfabrieken op te richten en de produkten in binnen- en buitenland te verkopen. Bovendien wilde hij zelf zijn medewerkers uitkiezen. Pereira beloofde van zijn kant de jaarinkomsten, die toentertijd een kwart miljoen gulden bedroegen, met 50 000 gulden te verhogen. Afgezien van de pachtsom van 300 000 gulden, wilde hij de helft van de winst met de staat delen. Als er onenigheid zou ontstaan tussen Pereira en de regering moest een commissie onder voorzitterschap van een minister het geschil regelen. Pas toen de keizer en de minister het plan enthousiast hadden goedgekeurd, vertelde Pereira dat hij een jood was en dat zijn voorvaderen zich eens onder dwang hadden laten dopen. Karel de Zesde had er niet veel problemen mee, voor hem waren de inkomsten belangrijker. Maar de keizerlijke raadsheren waren ontzet en waarschuwden de vorst, dat hij een jood niet zo'n belangrijke functie moest toevertrouwen.

Na lang aarzelen zegevierde evenwel het verstand en gezien de precaire economische situatie moesten ook de ministers hun toestemming geven. Pereira kreeg het privilege van de godsdienstvrijheid, legde zijn voornaam Diego af en noemde zich sindsdien Moses Lopez Pereira. Karel de Zesde schonk hem de titel baron d'Aguilar. Als woning werd hem de Spaanse kanselarij in het paleis toegewezen. Om zijn raadsheren niet tegen zich in het harnas te jagen, verzocht de keizer Pereira, voor de schijn een christelijke vennoot te nemen, die hij jaarlijks een som geld zou moeten betalen. De keus viel op Marchese Carignani. Bovendien werd het Pereira verboden in de tabakshandel joden aan te stellen, afgezien van degenen die bij zijn privilege waren inbegrepen.

In die tijd was de tabakshandel zeer rendabel. Ook de Turkse, de Spaanse, de Franse ambassadeur en zelfs de pauselijke nuntius deden in tabak en dat kon de Oostenrijkse regering niet verhinderen. Ondanks een grote teruggang van de inkomsten betaalde Aguilar de in het contract vastgestelde som, ofschoon hij daarbij zwaar verlies leed. Ook de Oostenrijkse standen wilden met alle geweld meedoen aan de tabakshandel, ze schoven een zekere mijnheer Penzinger als stroman naar voren. Die beloofde 60 000 gulden meer pacht te betalen dan Aguilar. Daarop legde baron d'Aguilar zijn ambt van administrateur neer.

Toen Aguilar in Wenen kwam, woonde daar op grond van een keizerlijk privilege een klein aantal joden, die men 'hofbevrijde' joden noemde. Zij konden gaan en staan waar zij wilden, maar in de binnenstad van Wenen, samengeperst in een getto, woonden joden die te lijden hadden van de haat en de druk van de burgers. Het waren grotendeels joden die uit Italië en Turkije kwamen.

Met Pereira kwam er een jood naar Wenen, die alras groot aanzien verwierf en deed wat hij kon om zijn geloofsgenoten te helpen: Pereira richtte namelijk niet alleen de Turks-Israëlitische gemeente in Wenen op, maar ook een joodse gemeente in Temesvár. Daar haalde hij Manuel Torres vandaan. In Wenen woonden al familieleden van hem, onder andere de Camondos uit Constantinopel en ook zakenrelaties zoals Aaron Nissin en Benvenisti. Met hen en andere geloofsgenoten, zoals Juda Amor, Margo, Naftali Eskenasy behoorde Manuel Torres tot de leden van de nieuwe gemeente, die onder bescherming van Moses Lopez Pereira alias baron d'Aguilar stond. De gemeente van Temesvár had het voordeel, dat hij dichter bij Constantinopel was. Aan beide synagoges schonk Pereira cultusvoorwerpen en hij beschikte dat, als de gemeente Wenen eens zou ophouden te bestaan, het vermogen zou overgaan naar de gemeente Temesvár.

Voor de Weense Israëlitische gemeente werd een synagogestatuut opgesteld, in het Duits, Spaans en Hebreeuws. Een door de keizer benoemde commissaris, Franz Adami, had de taak, de hele joodse sector te bewaken. Elk half jaar werd er een volkstelling onder de in Wenen wonende joden gehouden.

In de vredesverdragen van Passarowitz in het jaar 1718 en Belgrado 1739 bedong de Turkse sultan de onvoorwaardelijke bescherming van zijn in Oostenrijk wonende onderdanen, onder wie zich ook vele joden bevonden.

Zo was de paradoxale situatie ontstaan dat voor Oostenrijkse joden het verblijf in Wenen verboden was – met uitzondering van een paar bevoorrechten – terwijl Turkse joden zich vrij konden bewegen. Het was daarom voor Oostenrijkse joden het gebruik, om voor korte tijd naar Turkije te emigreren en met een Turkse pas in Wenen terug te keren. Tijdens de regering van Karel de Zesde behoefde de sultan het Oostenrijkse hof niet aan dat onderdeel van het vredesverdrag te herinneren. Maar zijn opvolgster, Maria Theresia, stond bekend als antisemiet. Steeds opnieuw probeerde ze de joden uit haar rijk te verdrijven, hoewel ze van Aguilar wel 300 000 gulden leende om het slot Schönbrunn uit te breiden. Bovendien benoemde ze hem als tegenprestatie tot geheime keizerlijke raadsheer.

Maria Theresia werd door een ziekelijk antisemitisme gedreven. Als ze een jood moest ontvangen, werd tussen haar en haar bezoeker een scherm geplaatst en daaroverheen spraken ze. Om de jood te kunnen dulden moest ze hem negeren. Alleen voor Aguilar maakte ze een uitzondering. Later, op 14 juli 1777, schreef ze over de joden in de marge van een staatsdocument: 'Ik ken geen ergere pestilentie voor de staat dan die natie.' Deze uitspraak waarde ongeveer 150 jaar later door de kolommen van de antisemitische pers. Graag zou de keizerin aan haar haatgevoelens hebben toegegeven en verbanning hebben bevolen. Aguilar wist dit en probeerde wegen te vinden om zijn geloofsgenoten tegen de willekeur van de vorstin te beschermen. Zo zette hij dwars door het Habsburgse gebied een koeriersdienst op, waarvan de uitlopers via Temesvár tot Constantinopel reikten. Hij zelf en zijn familie waren beschermd door vrijbrieven, waar ze hoge sommen voor moesten betalen.

Op zekere dag liet Maria Theresia, die boos was geworden door de vele verzoekschriften ten gunste van de joodse bevolking, baron d'Aguilar roepen en ze deelde hem mede, dat

ze gedwongen was zijn vrijbrief in te trekken omdat de Spaanse inquisitie zijn uitlevering eiste. Waarom de inquisitie twintig jaar later Aguilar in handen wenste te krijgen blijft het geheim van de keizerin. Ze zei hem dat ze, wanneer hij in Oostenrijk bleef, als christelijk vorstin wel gehoor moest geven aan het verzoek van de Spaanse inquisitie. Aguilar begreep dat hij de gunst van de vorstin verspeeld had en dat ze in haar haat tegen de joden zover zou gaan dat ze ook hem aan de beulsknechten zou uitleveren.
Aguilar verliet Wenen en vestigde zich in Londen. Daar stierf hij enkele jaren later.
Als jongen van tien jaar bezocht Camillo Torres de nieuwe sefardische synagoge in Wenen in het jaar 1887. Die was in Moorse stijl gebouwd. Talrijke motieven, zoals een tuin vol arcaden met marmeren zuilen, deden denken aan het Alhambra in Granada. Een jaar na de opening vierde hij daar zijn bar-mizwa.
Bijna op de dag af tweehonderd jaar na de oprichting van de gemeente door Pereira vond in Wenen in de nacht van 9 op 10 november 1938 de verbranding van de synagoge, de 'Kristallnacht' plaats. De geschenken van Pereira werden door de nazi's gestolen.

Toen Brunner en zijn begeleider het huis hadden verlaten, stonden Camillo Torres en Ruth roerloos van angst en ontzetting in de huiskamer. De Jupo, die het zich intussen gemakkelijk had gemaakt, keek na een tijdje op zijn horloge en maande Torres tot spoed aan. De oude man weerde hem met een verachtelijke handbeweging af; hij wilde met een jood die een handlanger was van de Gestapo geen woord wisselen.
Camillo Torres was nu 63 jaar oud. Hij had nooit gewerkt, maar zijn leven aan speurwerk gewijd. Het besluit om die weg te kiezen was reeds in zijn jeugd genomen: toen hij ziek was bladerde hij, om de tijd te verdrijven, in een oude familiekroniek. Het lot van de marranen en van zijn eigen familie boeide hem zozeer, dat hij besloot zich te wijden aan het onderzoek van de geschiedenis van zijn familie. Hij ging naar talrijke bibliotheken, praatte met archivarissen en

historici en bereisde Spanje, Portugal, Italië en Turkije.
Vaak was hij maandenlang in het buitenland. Hij was financieel onafhankelijk, hij bezat aandelen in het familievermogen. Van elke reis bracht hij nieuwe kennis mee. De samenhang tussen de ontdekkingsreizen van de Spanjaarden en Portugezen en de in diezelfde tijd plaatsvindende vervolging van de joden, die de plannen ondersteunden, hield hem in de ban en hij stelde om dit raadsel op te lossen gewaagde theorieën op, die hij poogde te bewijzen. Torres zag al spoedig in dat deze studie voor hem alleen te omvangrijk was en dat hij niet in staat zou zijn haar te voleindigen. Daarom verlangde hij hartstochtelijk naar een zoon, op wie hij deze taak kon overdragen. Maar het lot had het anders beschikt. In het jaar 1916 trouwde hij een veel jongere vrouw, die hem een jaar later een dochter schonk. Toen zijn vrouw in 1932 stierf, kwam er een eind aan Camillo's buitenlandse reizen, hij nam de opvoeding van zijn dochter Ruth op zich. Hertrouwen wilde hij niet. Zodra Ruth zelfstandig was, wilde hij de jaren die hem nog restten wijden aan de voortzetting van zijn studie.
Zijn toekomstplannen werden niet verwezenlijkt: precies op de vijfhonderdzeventiende herdenkingsdag van de eerste verdrijving van de joden uit Wenen, op 12 maart 1938, trok Adolf Hitler Oostenrijk binnen.

Als oude man, wiens levensweg bijna ten einde liep, stond hij nu voor het niets. Hij wist dat zijn leven zinloos werd zodra hij de hem vertrouwde omgeving — zijn huis, zijn boeken en manuscripten — moest opgeven. Een grote innerlijke leegte nam bezit van hem.
Het snikken van zijn dochter deed hem opschrikken uit zijn gedachten en bracht hem terug naar de wrede werkelijkheid.
'Vader, je moet niet ongelukkig zijn. Uit onze oude kroniek blijkt, dat ons geslacht alle vervolgingen heeft overleefd en deze zullen we ook overleven.'
Camillo glimlachte zwakjes; hij was trots dat hij zijn eigen woorden hoorde uit de mond van zijn dochter.
'Het is mogelijk dat je gelijk hebt, mijn kind. Vandaag wordt een lange periode uit onze familiegeschiedenis af-

gesloten. Misschien is het het begin van een nieuwe. Toen onze voorvader, Manuel Torres, naar Wenen ging waren er nog veel vervolgingen. Maar sindsdien zijn tweehonderd jaren verlopen, jaren van vooruitgang, van beschaving, van cultuur...'
'Vader, word wakker. We moeten het huis uit, ons lot kunnen we niet ontlopen; niemand kan ons hier nog helpen.'
Camillo nam in de ene hand de koffer, in de andere de familiekroniek. Drie grote zakken met kledingstukken lagen nog op de grond. Ruth probeerde ze alle drie te dragen, maar steeds viel er een uit haar handen. Hulpzoekend keek ze naar de Jupo, die tenslotte een zak opraapte.
Plotseling hoorden ze zware voetstappen in het trappehuis. De Jupo schraapte zijn keel en zei met een bange stem: 'Kom vlug, de ss is in het trappehuis.'
Met gebogen hoofd verlieten vader en dochter het huis. Camillo gaf zwijgend de sleutels aan de Jupo. Toen de oude man zich omdraaide, viel zijn blik op het bordje aan de deur waarop zijn naam stond – Camillo Torres.
'Zo helder en duidelijk als een inscriptie in een grafzerk,' dacht hij.
Langzaam liepen ze de trap af. In de hal stond Josef, hij grijnsde smalend; maar Camillo begreep zijn gezichtsuitdrukking niet en zei met bedroefde stem:
'Kijk, Josef, zo worden ik en mijn dochter ons huis uitgejaagd waar mijn grootvader al in woonde. Wat hebben wij gedaan?'
Josef zweeg bedremmeld. Ook al maakte hij tegenover Brunner geen geheim van zijn nationaal-socialistische gezindheid, hij waagde het toch niet de oude man, voor wie hij veel respect had, te zeggen wat hij dacht.
Toen ze op de zonnige straat kwamen, hield Camillo zijn hand beschermend voor zijn ogen, niet alleen om niet verblind te worden door de felle zon, maar vooral om zich te onttrekken aan de blikken van de mensen, soms medelijdend, soms vol leedvermaak. Ruth was bleek tot in haar lippen; met tranen in haar ogen maar met hoog geheven hoofd liep ze naast haar vader. Josef was de kleine stoet gevolgd om toch vooral niets te missen. Vlak bij de vrachtauto stond

de conciërge van het huis ernaast, die in maart 1938 als een der eersten de nazivlag had uitgestoken.
Toen hij Josef zag begroette hij hem stralend van vreugde en vroeg:
'Wat heeft die ouwe voor een boek onder zijn arm?'
'Dat zal wel een schuldenboek zijn. Die rotjoden, die slepen dat mee in hun graf.'
Camillo had blijkbaar een deel van het gesprek opgevangen, want het woord 'schuldenboek' bleef in zijn geheugen hangen. Toen Ruth en de Jupo hem hielpen om in de vrachtauto te klimmen mompelde de oude man voortdurend:
'Een schuldenboek, een schuldenboek...'
Hij herinnerde zich de dertiende maart 1938; hoorde het gedreun van de vliegtuigen boven de stad, de algemene feestvreugde, de marcherende soldaten, hij zag de dikke hagen van mensen die voortdurend bloemen op de voorbijrijdende tanks en auto's wierpen. Het oorverdovende gejuich waarmee de bevrijding werd gevierd, werd de dodenzang voor de Oostenrijkse joden.
Orgieën van haat tegen de joden barstten los en het vaak bezongen 'gouden Weense hart' – als het niet sowieso een sprookje was – sloeg zeker niet voor de joden.
Toen Torres en Ruth op de bank onder het zeildoek waren gaan zitten, merkten ze dat er zich reeds een bejaard echtpaar in de auto bevond. De Jupo stapte in, de klep ging dicht en de chauffeur gaf gas. Camillo zag en hoorde van dat alles niets, hij herhaalde steeds opnieuw de woorden:
'Een schuldenboek, een schuldenboek, zeer juist, een boek waarin de bloedige schuld van de christenen staat opgetekend.'
'Vader, filosofeer nu niet. Denk aan het heden, aan ons leven. We worden naar de verzamelplaats gebracht. Hoelang we daar blijven weten we niet.'
Camillo keek haar in het halfdonker aan zonder haar woorden te begrijpen en zweeg.
Plotseling zei de vreemde vrouw uit het halfduister: 'Ze zeggen dat we naar Nisko gaan en daar moet het niet eens zo erg slecht zijn. Kortgeleden heeft een lid van de gemeente in de synagoge de mensen zelf opgeroepen om zich vrijwillig te

melden voor de verhuizing naar Nisko; het zou ons aan niets ontbreken. Mijn man heeft het zelf gehoord. Wij hebben ons vrijwillig gemeld.'

Haar man, die zich met de naam Merkel had voorgesteld, vulde haar bericht aan:

'"Badkamers moeten jullie zelf bouwen," zei die man, "want jullie gaan naar Polen, daar is weinig comfort; daar hebben zelfs de rijken geen badkamer. Maar voor de rest zal het jullie daar goed gaan." Ik liet mij meteen op de lijst zetten, want in de gemeente werd gezegd dat je later in streken zou komen waar de omstandigheden ongunstiger waren. En hoe is het bij jullie gegaan?'

Ruth wachtte een ogenblik. Maar toen haar vader niet antwoordde, zei ze:

'Vader hoopte altijd dat wij, zodra de eerste roes van het nationaal-socialisme voorbij was, op een of andere manier in Wenen zou kunnen blijven wonen. We hadden de mogelijkheid naar onze familie in Joegoslavië te gaan en van daaruit naar Turkije; maar vader kon zijn boeken en ons huis niet missen. Hij zei vaak tegen me: Wij met zijn beiden kunnen de wereld niet veranderen. Maar we moeten de nazi's ook niet helpen met hun werk. Als ze ons wegjagen, dan moeten we gaan. Maar vrijwillig gaan we niet weg uit ons vaderland. We hebben ons niet gemeld. We hebben ook geen moeite gedaan om te emigreren.'

Camillo had naar de woorden van zijn dochter geluisterd en vervolgde:

'Ik ben te oud om in vreemde landen te gaan bedelen. Toen we de oproep kregen om naar Nisko te gaan – waarschijnlijk hebben zich niet genoeg vrijwilligers gemeld of was er iemand die ons huis wilde hebben – heb ik het op de kaart opgezocht. Ik vond het ook: Nisko ligt in de buurt van Lublin. Dat is een vlakke, vrij dunbevolkte streek. Wat mensen van mijn leeftijd – zonder geld, zonder huisraad – daar moeten beginnen mag God weten. Maar het is niet de eerste maal dat joden worden verdreven.'

Ruth vreesde dat haar vader een bittere monoloog zou gaan afsteken, daarom viel ze hem in de rede:

'Mevrouw Merkel, hoe lang denkt u dat we in dat verzamel-

kamp zullen blijven?'
'Een paar dagen wordt er gezegd. Waarschijnlijk zo lang, tot er een trein klaar staat.'
Camillo Torres scheen opeens in een andere wereld te verkeren. Hij had een visioen: de uittocht van zijn voorvaderen uit het land dat hen verdreef zag hij duidelijk voor zich – een kar, getrokken door een ezel, rijdt langzaam door de straat. Een oude vrouw en twee huilende kleine kinderen zitten op het armetierige karretje. Een man en een jonge vrouw helpen om de kar op het stoffige, hobbelige pad voort te duwen. Ernaast loopt een man met een kind op de arm. Een andere wagen is beladen met pakken en een grafzerk, die afkomstig is van het verlaten joodse kerkhof. Vlak achter hen volgt een lange stoet te voet en op karren – vrouwen, grijsaards, mannen en kinderen. Verzengende hitte brandt op hen neer. De stoet bepaalt het tempo; de mensen hebben niet eens tijd om het zweet van hun gezicht te vegen. Ze lopen in de richting van de haven; daar wacht een schip. Geen van hen kijkt om. Haastig wisselen zij onder elkaar woorden in de taal van het land dat hen niet hebben wil...
Ruth merkte dat haar vader in gedachten verzonken was.
'Vader!'
Verward keek hij om zich heen. Het duurde een poosje voor hij in de werkelijkheid terugkeerde.
Tijdens de rit keek Camillo naar het verkeer op straat. Net als toen hij door de kamers van zijn woning liep om zich alles goed in te prenten, probeerde hij het beeld van de stad waarin hij geboren was nog eenmaal in zich op te nemen. Bijna elke straat, elk plein herinnerde hem aan lang vervlogen gebeurtenissen uit zijn kinderjaren en jeugd.
De auto maakte op niemand veel indruk: overdekte ss-wagens waren een alledaags verschijnsel. Uit een luidspreker kwam marsmuziek. Mensen dromden samen, sommigen bewogen hun voeten op de maat, fluisterden opgewonden of spraken hun vermoedens uit, want ze verwachtten het nieuws van een overwinning. Toen de vrachtwagen bij een kruispunt stopte, kwam een jong meisje van Ruths leeftijd ernaar toe. Nieuwsgierig keek ze naar binnen. Camillo's keel werd dichtgeknepen. Zijn blik ging van het vreemde

meisje naar zijn eigen dochter en hij dacht: Wij komen in een vreemd land, bij mensen wier zeden en gebruiken we niet kennen en voor wie we indringers zijn. Wat er met mij gebeurt is niet belangrijk want mijn leven is bijna voorbij. Maar wat moet Ruth beginnen als ik niet meer in leven ben? Pas nu besefte hij, hoe egoïstisch hij was geweest toen hij niet van zijn huis wilde scheiden. Hij maakte zichzelf bittere verwijten dat hij Ruth niet streng bevolen had naar zijn familie in Joegoslavië te gaan toen ze weigerde hem te verlaten. Hij voelde zich schuldig aan het lot dat Ruth te wachten stond.

De wagen reed een binnenplaats op. Vier leden van de Jupo gingen om de auto heenstaan; een van hen liet de klep neer. 'Uitstappen!' schreeuwde iemand.

Torres keek verbaasd om zich heen.

De getraliede poort werd weer gesloten en twee ordebewaarders gingen als schildwachten aan weerszijden staan. Aan de linkerkant van de binnenplaats zag Ruth een afdak, waaronder honderden koffers en pakjes in alle soorten en maten waren opgestapeld. Ordebewaarders kwamen aanlopen om de mensen te helpen hun bagage uit de vrachtwagen te halen. De koffers werden genummerd en iedereen kreeg een briefje met het nummer van de bagage. Kleine handbagage mochten ze meenemen.

Camillo keek de binnenplaats rond en zocht bekende gezichten. De mensen die heen en weer liepen waren joden. Even later verdwenen ze in een gebouw van een paar verdiepingen: Camillo wist dat het een lagere school van de gemeente Wenen, de zogenaamde Sperlschool, was. De pas aangekomenen hadden maar een gedachte: 'Hoe lang blijven we hier? Wanneer gaan we weg en waarheen?'

De afdeling van de ss die voor de deportatie van de doden moest zorgen was gevestigd in de Prinz-Eugenstrasse. Hij was door de gevolmachtigde voor jodenvraagstukken, Adolf Eichmann, georganiseerd. In het jaar 1940 voerden Anton en Alois Brunner in de Prinz-Eugenstrasse een schrikbewind. De meeste leden van de Jupo waren ook aan hen ondergeschikt. De joodse gemeente in Wenen moest op bevel van de Gestapo een schaar helpers voor deportaties leveren, ze werden 'leeghalers' genoemd. Hoeveel het er precies waren wist men toen niet; het waren er evenwel minstens 150. De SD en de Gestapo kozen uit die groep vijftien personen voor hun diensten. Ze droegen geen uniform en onderscheiden zich uiterlijk niet van de politiemannen in burger, maar ze hadden persoonsbewijzen van de Gestapo. De Jupo's leefden zich al gauw in in hun rol en vielen op door hun zelfbewuste optreden... als joden. Slechts zelden werkten Jupo's direct mee aan deportaties, alleen wanneer hun werd bevolen in speciale woningen aanwezig te zijn bij het weghalen van een joodse familie. Zij zelf en hun gezinnen waren tegen deportatie beschermd. De prijs die ze daarvoor moesten betalen bestond uit hand- en spandiensten en spionage voor de SS en de Gestapo.

De Sperlschool was het voorlaatste station van de joden voor hun deportatie. Hier bleven ze soms dagen, soms ook weken of zelfs maanden, dat hing af van het feit of de organisatie van de transporten klopte of niet. Vaak werden transporten uitgesteld of waren ze niet vol. De SS opereerde graag met ronde getallen en stelde in de regel transporten met duizend personen samen. Maar het kon voorkomen, dat het getal door allerlei factoren tot negenhonderd daalde. De achtergeblevenen moesten op het volgende transport wachten. Er waren mensen van allerlei rang en stand: arbeiders, ambtenaren, kooplieden, ambachtslieden, ingenieurs, handwerkers, professoren en ongeletterden, rijken en armen, geassimileerden en zionisten, orthodoxe joden en joden die in de Sperlschool voor het eerst in een joodse gemeenschap kwamen.

In de klaslokalen van de Sperlschool huisden, afhankelijk van de grootte van het vertrek, zeventig tot negentig mensen. Toen de eerste transporten werden samengesteld, mochten de joden per persoon, naast twee koffers, nog een klein bundeltje met beddegoed meenemen. De 'leeghalers' sleepten uit joodse woningen matrassen aan, waarmee de vloer van de klaslokalen werd bedekt. Familie naast familie huisde op de matrassen, vaak dagen en weken lang, zonder zich 's nachts te kunnen verkleden, zonder behoorlijke was-

gelegenheid. Van tijd tot tijd werden ze de binnenplaats opgejaagd, dan werd hun onderkomen gereinigd, dat wil zeggen de matrassen werden met een desinfectiemiddel bespoten. Dit desinfectiemiddel, een mengsel van carbol en formaldehyde, tastte de longen van de bewoners aan en veroorzaakte vaak felle hoestbuien, maar vooral slapeloze nachten. Na een verblijf van twee of drie weken in de Sperlschool leek de joden de deportatie een verlossing.
Op de begane grond bevond zich de balie, waar beambten van de joodse gemeente en leden van de ordedienst dienst deden. Ze hielden kaartsystemen bij en wezen de nieuwelingen hun verblijfsruimte. Toen Camillo en Ruth kwamen, was de school bijna te vol. Ongeveer 1800 mensen waren in de klaslokalen opeengeperst. Ruth en Camillo meldden zich zoals voorgeschreven bij de balie. Een opgeblazen ss-er bekeek hen kritisch en vroeg bars:
'Naam?'
'Camillo Torres.'
'Camillo Israël Torres,' corrigeerde de secretaresse.
Ruth gaf haar vader een duwtje. Camillo had namelijk de door de nazi's bevolen tweede voornaam van joodse mannen – Israël – niet genoemd. De secretaresse wierp Ruth een korte blik toe.
'Ruth Sara Torres,' zei Ruth.
Ze kregen een bewijs en gingen naar de derde verdieping. In het hun toegewezen vertrek waren al een paar mensen. Een jonge vrouw, die net was aangekomen, vertelde iedereen haar geschiedenis: Ze was naar de Kamelitenmarkt gegaan om groente te kopen. Plotseling stond een dikke man met een brede grijns voor haar:
'Je hebt vruchten en groente gekocht! Dat is toch voor joden verboden!' De bereidwilligheid waarmee ze haar mandje wilde ledigen verraadde haar. Zonder zich te legitimeren nam de man haar mee en bracht haar naar de Sperlschool. Voor de bewoners van de Sperlschool was die dikke man geen onbekende. Niemand wist hoe zijn achternaam luidde; hij werd alleen maar Franz genoemd.
Ze wisten dat Franz een opsporingsambtenaar was van de fiscale recherche en dat het werk dat hij in de Sperlschool

uitvoerde helemaal niet tot zijn taken behoorde. Franz beschouwde het oppakken van joden als een soort sport. Meermalen per dag bracht hij mannen en vrouwen, die hij in de tram, op straat of op de markt had ontdekt terwijl ze hun jodenster verborgen, naar de Sperlschool. Franz was onvermoeibaar. Hij keek alle voorbijgangers aan om te ontdekken of hij een jood had gevonden. En hij was een 'idealist'. Smeekbeden, huilen en pogingen om hem om te kopen hadden bij hem geen effect. Daarom werden vaak mensen zonder bagage en zonder dat hun familie wist waar ze waren naar de Sperlschool gebracht.
Camillo en Ruth gingen op hun matras zitten, die gelukkig in een hoek van het klaslokaal lag. Camillo staarde afwezig voor zich uit en toen Ruth hem vroeg waaraan hij dacht, antwoordde hij naar waarheid: 'Aan niets, mijn kind.' Hij had het gevoel of iemand zijn hersenen had leeggepompt. Plotseling werd er gebeld. De mensen sprongen op en stormden naar de gang. Ruth liep hen achterna, maar Camillo bleef als versteend zitten. Ze gingen hun middageten halen. De joodse gemeente had in de Pfarrgasse een keuken, die driemaal daags maaltijden verschafte. 's Middags kregen ze gewoonlijk stamppot. Ruth pakte twee bakjes en sloot zich bij de anderen aan. Toen zij aan de beurt was, werd een bakje gevuld. Een tweede portie werd haar geweigerd, haar vader moest zijn eten zelf komen halen. Na lange smeekbeden en bezweringen dat haar vader te oud en te zwak was, werd eindelijk ook het tweede bakje gevuld. Toen Ruth weer in het klaslokaal kwam, dacht ze dat haar vader sliep. Ze schoof hem het bakje en een lepel toe, ging naast hem zitten en zei dat hij moest eten. Zijzelf had geen trek meer, maar ze dwong zichzelf tot de eerste maaltijd in slavernij. Een echtpaar dat naast hen zat keek medelijdend naar vader en dochter. Troostend zei de vrouw:
'Wij konden de eerste dag ook niet eten. Vandaag is het al de tiende dag dat we hier zijn. Een mens moet eten. Geloof me maar: wij hebben het helemaal niet slecht vergeleken met die stumpers in de bunker en in de kelder.'
'Wie zit er dan in de bunker?' vroeg Ruth nieuwsgierig.
'Daar zitten zij die niet wilden toegeven dat ze joden waren,

maar die toch betrapt zijn. Ze zitten in de bunker, ze zijn ter beschikking van de Gestapo gesteld. Misschien gaan sommigen met het volgende transport mee, misschien ook niet. Een jonge man die hier was weggevlucht, werd door Franz weer opgepakt en verschrikkelijk mishandeld. Nu is hij niet eens meer in staat zelf zijn eten te halen.'

Camillo herinnerde zich dat hij tijdens een bezoek aan Spanje in 1929 een van de kerkers van de inquisitie had bezocht, de 'bunkers' van die tijd. Elke marteling, psychisch of lichamelijk, hoe geraffineerd ook bedacht, had voorlopers! De nazi's waren geen uitvinders — ze namen beproefde methoden uit elke tijd over.

Maar wie kon hij dat vertellen? De mensen in zijn omgeving waren meer geïnteresseerd in praktische dingen dan in historische vergelijkingen — al waren ze nog zo frappant en treffend. Zijn eigen kind vermaande hem vaak bij de werkelijkheid te blijven. Maar hij kon niet loskomen van het verleden. Zocht hij troost in de historische parallellen, of was het alleen maar een vlucht uit de werkelijkheid? Hij was bang dat Ruth hem eens die vraag zou stellen.

Maar Ruth stelde geen vragen. Ze zat te luisteren naar de verhalen van de vrouw. Camillo volgde haar voorbeeld en zei toen bitter:

'Moet het voor ons een troost zijn dat anderen het nog slechter hebben dan wij? Misschien gaat het ons morgen slechter dan hen!'

Bij het avondeten bleven Ruth en Camillo op hun kamer. Ze hadden nog een restje van het middageten en ze hadden bovendien eten dat ze van huis hadden meegenomen. Camillo zat roerloos in de hoek, hij leek een versteende Job. Ruth praatte met de andere kamergenoten, maar hield haar vader voortdurend in het oog. De eerste nacht konden ze niet in slaap komen.

Ruth moest voortdurend aan het kleine hertje denken dat ze als kind in de vakantie bij een boer op een afgerasterd stuk land had gezien. Het diertje keek haar met zijn grote ogen smekend aan en snoof in de richting van het bos.

Ruth had hem kastanjes en ander voer gebracht, maar het

kleine hertje raakte het niet aan. Later werd haar verteld dat de boer het beestje weer naar het bos had gebracht omdat het in gevangenschap zou zijn gestorven.

Doodmoe sliep ze tegen vijven in; maar korte tijd later werd ze met vreselijke hoofdpijn wakker. In de kamer was het lawaaierig geworden. De hoofdpijn leek Ruth het enige bewijs van het feit dat ze nog leefde. In de gang drongen de nieuwelingen naar de wastafels. Zij die al langer in de Sperlschool zaten, waren apathisch en vonden het meestal niet meer de moeite waard om zich te wassen.

Ruth ging naar de binnenplaats om een paar dingen uit haar koffer te halen. Maar ze mocht niet naar haar bagage, haar werd gezegd dat ze pas na de commissionering weer toegang tot haar bagage had. Het woord 'commissionering' kende ze nog niet, maar ze zou de betekenis maar al te gauw leren kennen.

Na het middageten kwam er een vrachtauto waarin Gestapo-mannen zaten, onder wie de gevreesde Anton Brunner. Brunner en de andere ss'ers begaven zich naar de vroegere conferentiezaal van de school, waar de tafels in een hoefijzervorm waren opgesteld. Kamer na kamer werden de joden opgeroepen. Ze moesten hun naam noemen en aan iedereen werd de vraag gesteld:

'Hoeveel geld heb je?'

Ze moesten al hun geld afgeven. De bedragen werden in een boek genoteerd en elke jood kreeg een biljet van vijftig zloty. Camillo bekeek het biljet eens goed: voor het eerst had hij bezettingsgeld in de hand.

Ze moesten de nummers van hun koffers opgeven en de sleutels afgeven. Koffers, die niet opengingen werden opengebroken en de ss'ers graaiden erin. Ze hadden het vooral voorzien op goede kleren en medicamenten. De medicijnen werden elke week naar het ss-hospitaal aan de Wiednergürtel gebracht.

De ss'er Heischmann, een bijna twee meter lange vroegere bouwvakker, een 'steigerbouwer', stond in de deuropening van de conferentiezaal en zag elke beweging van de joden. Vaak haalde hij er een uit de rij, schreeuwde en beschuldigde het slachtoffer ervan dat hij niet alles had afgegeven. Direct daarop werd de jood door Anton Brunner persoonlijk met de zweep geslagen.

Na drie dagen wist Ruth de weg in de Sperlschool. Ze wist voor welke ss'er ze terdege moest oppassen en wie goedhartig was, welke 'leeghalers' vriendelijk en welke knorrig waren.

Ruth en Camillo hadden ook ontdekt dat de Gestapo onder de joden spionnen had, die allerlei dingen vertelden. Valsheid en gemeenheid, die sinds de intocht van de Duitsers epidemische vormen aannamen, maakten geen pas op de plaats bij de joden. Dat wekte natuurlijk wantrouwen bij de gevangenen. Men verdacht zijn buurman ervan dat hij een spion van de Gestapo was. Ook Ruths ogen onderzochten de bewoners van het vertrek wantrouwig en zij overwoog, wie een spion zou kunnen zijn. Ze kon het niemand toevertrouwen. In de loop van de dag hoorde ze dat plotseling mensen uit haar kamer naar verhoor moesten. Er werd gefluisterd dat iemand van de administratie de gevangenen voor een bepaalde verpleegster waarschuwde, omdat iedereen die haar zijn vertrouwen schonk na enige tijd door de Gestapo werd verhoord. Paniekzaaiers liepen van klas naar klas en vertelden iedereen die het weten of niet weten wilde dat een paar joden erin waren geslaagd uit Nisko te vluchten. Ze waren nu in Wenen en vertelden verschrikkelijke verhalen.

Heischmann, die een tijdlang in Nisko was geweest, kwam erachter en gaf een paar leden van de ordedienst opdracht voor een goede stemming onder de joden te zorgen en alle paniekgeruchten onmiddellijk de kop in te drukken. Ook meldde hij het zijn afdeling in de Prinz-Eugenstrasse en het duurde niet lang of hij kreeg een ss'er om hem te helpen. De nieuwe liep door de klassen, had altijd iets aan te merken, ging bij de joden op de matrassen zitten en bespotte hen. Hij vertelde dat hij leerling was geweest in joodse zaken en dat de joden hem slecht behandeld en telkens weer ontslagen hadden. Maar nu... Zijn blik sprak boekdelen. Waar waren zij die hem ontslagen hadden? Hoe ver hadden zij het gebracht? Misschien zaten ze al in een kamp of waren althans al op weg daarheen. Als ze geluk hadden werden ze met tien Mark naar de grens gebracht. Misschien dwaalden

ze rond op schepen en geen land wilde hen hebben.
Had hij het niet over schepen die ronddwaalden en die niemand binnenliet? – wat lijken de beelden op elkaar, dacht Camillo. Was het zijn schuld dat het heden bij hem het verleden opriep? Ja, die schepen met de vermoeide, radeloze mensen... beroofd door matrozen en vaak verkocht aan piraten voor de Afrikaanse kust. De woestijn verslond hen. Een deel van de familie uit Murcia was daar spoorloos verdwenen.
Toen de ss'er eindelijk het vertrek verliet, zei Camillo peinzend tegen zijn buurman:
'Voor hem moet je oppassen. Wie niets geleerd heeft, is tot alles in staat. Mijn vader zaliger heeft me ooit een verhaal verteld, dat van generatie op generatie werd overgeleverd en dat hij van zijn grootvader had gehoord. U moet weten, onze familie komt uit Spanje en wie zich daarin verdiept, die komt niets nieuws tegen. Mijn vader zaliger vertelde...'
'Vader, alsjeblieft! Ik kan er niet meer tegen. Begin niet weer met die oude verhalen.' Ruth stond op het punt in huilen uit te barsten.
'Vader, we zijn nu in het jaar 1940 en jij bent met je gedachten in het jaar 1490. Blijf nu toch eindelijk eens in het heden.'
'Wij zijn hier nu al vijf dagen en je weet zelf, dat ik niet veel heb gezegd. Maar ik heb onze situatie geanalyseerd. Ik kan dertig jaar wetenschappelijk werk niet zo maar vergeten alleen omdat we hierheen zijn gebracht en naar een paradijs zullen gaan dat Nisko heet. Onze voorvaderen hadden met gelijksoortige problemen te maken, want wij joden zijn vaak vervolgd. Van tijd tot tijd veranderden de uniformen van de beulsknechten en het idee dat aan die vervolgingen ten grondslag lag; maar de slachtoffers waren altijd dezelfden.'
De anderen waren nieuwsgierig geworden en fluisterden. Ze vonden het onbegrijpelijk en zelfs bevreemdend dat de oude Torres zich bezighield met gebeurtenissen die eeuwen geleden hadden plaatsgevonden, in een tijd waarin niemand wist wat het volgende uur zou brengen. De meesten maakten er

geen geheim van wat ze van Torres dachten, Ruth hoorde een paar minachtende opmerkingen. Camillo trok er zich niets van aan. Nu hij uit zijn gewone omgeving, zijn boeken en manuscripten, was weggerukt, leek hij een zwakke oude man. Zonder Ruth zou hij verloren zijn geweest. Sinds ze in de Sperlschool waren moest zij, die eens zo beschermd en verwend was geweest, mede voor haar vader denken en handelen.

Camillo was zich van zijn hulpeloosheid bewust en als hij naar Ruth keek als ze met twee etensbakken kwam aanlopen werden zijn ogen vochtig. Ze leek jaren ouder geworden en hoe meer Torres zich in zijn lot schikte, hoe heftiger haar innerlijk rebelleerde tegen die traagheid en resignatie. Haar moederlijke instinct ontwaakte. Ze hulde haar vader voor hij ging slapen in dekens, keek als ze 's nachts wakker werd bezorgd hoe het met hem was en stond 's morgens vooraan in de rij om koffie voor hem te halen.

Zo waren de rollen van vader en dochter omgekeerd. Toen na 1938 de eerste maatregelen tegen de joden werden afgekondigd, toen ze hun arische dienstmeisje moesten ontslaan omdat zij niet in een joods huishouden mocht werken, toen duizenden plagerijen begonnen en het joden verboden werd parken te bezoeken, trams te gebruiken en op markten te kopen – toen was Camillo een oude, rijke man met een kind dat niet op het leven was voorbereid. Net zomin als hijzelf, want voor hem had altijd iemand gezorgd. Toen Ruth haar vader attent maakte op alle nieuwe verordeningen zei Camillo alleen maar, terwijl hij een manuscript opensloeg: 'Denk je dat dat iets nieuws is, kind? De inquisitie heeft eens bevolen: geen christelijke vrouw, getrouwd of ongetrouwd, mag de drempel van een door een jood bewoond huis overschrijden. Doet zij het toch, dan moet zij een boete betalen van vierhonderd maravedi, bovendien verliest zij het kleed dat zij draagt. Voorts wordt ze uit de stad of uit haar dorp verbannen – je ziet, het is niets nieuws.'

Ruth zweeg verschrikt. Toen zei ze verwijtend:
'Als je dat allemaal wist, waarom heb je ons dan niet gewaarschuwd, gezegd dat we moesten vluchten? Nu is het gemakkelijk om te zeggen: dat is allemaal al eens eerder ge-

beurd. En ook al is het zo, is het niet genoeg dat wij er toen voor betaald hebben?'
Het was de eerste maal dat Ruth zich over het onderwerp had geuit. Gewoonlijk haalde ze haar schouders op als haar vader bittere vergelijkingen met het verleden maakte.
'Je hebt helemaal gelijk. Een paar jaar geleden was ik bij een lezing van Jabotinsky. Die wilde toen al dat de joden uit Midden-Europa weggingen en hij heeft de uitroeiing van de joden voorspeld. De mensen vonden de lezing interessant, maar ze dachten dat het hen niet aanging.'
'En wat dacht jij?'
'Ik? Ik was te zwak om er conclusies uit te trekken. En ook te oud...'
'Heb je aan mij...'
Ruth beet zich op de lippen. Ze had er spijt van dat ze haar vader een verwijt had gemaakt; maar haar woorden troffen Camillo als pijlen.
Ruth was opgevoed als erfgename van een niet gering vermogen, dat haar eenmaal een leven vrij van zorgen zou garanderen. Op de problemen van alledag leken ze beiden slecht voorbereid. Camillo had niet aan de heerschappij van de barbaren willen geloven. Het idee dat in de progressieve twintigste eeuw alle waarden en veroveringen van de cultuur overboord gegooid zouden kunnen worden, leek hem absurd. Slechts aarzelend accepteerde hij de overtuiging van zijn vriend Schönberg dat de buitenwereld in elke kromme neus van een jood niet alleen diens eigen schuld, maar ook die van alle andere kromneuzen ontwaarde. In de daden van joden zag men alleen het slechte en in slechte daden alleen het joodse. Toentertijd begon Camillo de straat te mijden. Hij had het gevoel dat iedereen die hem tegenkwam keek of hij een jood of een christen was. De een trok zijn conclusie met haat, de ander met medelijden. Camillo had een weerzin tegen zowel het een als het ander. Je zou denken, dat hij door zijn lange studie van de joodse geschiedenis geestelijk heel goed was voorbereid op de komende chicanes. Maar dat was niet zo, want wat voorbij was beschouwde hij als geschiedenis. Hij geloofde aan de vooruitgang. Zo bleef hij een wereldvreemde geleerde die niet kon begrijpen dat hij

voor de buitenwereld alleen maar een jood was.
Die weigering de feiten onder ogen te zien was de belangrijkste reden waarom hij zijn land niet wilde verlaten. Hij dacht dat het beter was in zijn land vernederd te worden dan in den vreemde zichzelf te vernederen als bedelaar. In wezen was dat argument een voorwendsel. De werkelijke redenen waarom hij bleef, waren trots en traagheid. Ook herinnerde hij zich brieven, geschreven door kennissen die nog net op tijd Duitsland hadden verlaten. Zij konden zich in het vreemde land niet aanpassen. Overal vielen ze op. Camillo dacht aan een grap, hem verteld door een kennis die naar Amerika was geëmigreerd. Die leek hem typisch voor de situatie van joodse emigranten: Wat is een vluchteling? Een vluchteling is een mens die alles verloren heeft, behalve zijn accent.
De wereld, zo peinsde Camillo, voelt slechts zelden mee met de staten- en naamlozen. Des te verbaasder en verheugder was hij, dat Ruth een tot dusver ongewone zelfstandigheid ontwikkelde. Was het de drang tot zelfbehoud of was het een door generaties van joden ontwikkeld instinct, een zesde zintuig voor het gevaar? Ruths ijver gaf hem ondanks alle hopeloosheid weer moed. En hij nam zich voor in de toekomst niet alleen te praten over nood en vervolging, maar ook over het overleven van de joden, ondanks alle vervolgingen. Van elk geslacht was er altijd een blijven leven die over het lot van zijn familie berichtte. Als Ruth hem — wat vroeger slechts zelden gebeurde — in de rede viel en hem belette verder te vertellen zou hij niet boos zijn: een van hen moest tenslotte in het heden leven...

Schril gefluit en het lawaai van binnenrijdende vrachtauto's wekten hen uit de slaap. Twaalf dagen waren ze nu al in de Sperlschool. Op de gangen hoorde ze het geroep:
'Transport! Transport!'
Al dagen lang werd erover gesproken dat er gauw weer een transport naar Nisko zou gaan, maar niemand wist er het fijne van. De ss'ers wisten weliswaar wanneer het transport zou vertrekken, maar zij mochten het niet tegen de joden zeggen. Het had kunnen zijn dat iemand van plan was te

vluchten en bij zijn voorbereidingen mocht de datum van vertrek hem niet van nut zijn. Achtenzeventig mensen, onder wie veertien kinderen, huisden in het klaslokaal; er heerste een onbeschrijfelijke chaos. Iedereen liep iedereen in de weg.

Ruth bond haastig de zakken vast en zette ze naast haar vader neer. Uit haar portemonnee haalde ze het papier met de nummers van de koffers, want op de dag dat ze weggingen zouden ze hun koffers terugkrijgen. Ze drongen allemaal de binnenplaats op om zo vlug mogelijk bij de koffers te komen, maar in het trappehuis werden ze al teruggestuurd naar het klaslokaal. De leden van de ordedienst bevalen hen op hun kamers te blijven tot ze werden opgeroepen. Dan zouden ze hun koffers en eten voor onderweg krijgen.

Het duurde uren voor ze eindelijk aan de beurt waren. Uren die een eeuwigheid leken. Aangekleed zaten ze op de matrassen. Grotere gezinnen probeerden de kinderen bij elkaar te houden. De mensen die in de buurt van de deur zaten, brachten de anderen op de hoogte van de gebeurtenissen op de gang. Ruth zag door het raam hoe de mensen op de binnenplaats in een rij werden opgesteld voor de vrachtwagens. Een paar leden van de ordedienst gaven hun de koffers. Veel koffers waren opengebroken en slordig weer vastgebonden. Eindelijk kwam ook hun kamer aan de beurt. Ruth hield haar vader aan de arm vast. Moeizaam droeg ze haar zakken naar de binnenplaats. Ze gaf de ordedienst het papier voor de koffers. Toen haar bagage op de wagen werd gezet zag ze dat een van de koffers met touwen was vastgebonden. De ss'er telde de rij. Toen hij bij zesendertig kwam hielpen leden van de ordedienst hen op de open vrachtwagen te klimmen. Ze moesten op de vloer gaan zitten en rustig blijven. Het was ijzig koud. Ruth herinnerde zich nog goed de mooie, warme voorjaarsdag toen ze naar de Sperlschool werden gebracht. Ze sloeg een dikke sjaal om de hals van haar vader om hem warm te houden. Zelf knoopte ze haar mantel dicht. Een ss'er klom in de cabine, twee 'leeghalers' klauterden in de wagen. De poort werd geopend. Nog een vluchtige blik op de Sperlschool en algauw zagen ze die ook niet meer. Van de mannen van de ordedienst hadden ze gehoord dat ze van het Aspang-station zouden vertrekken. Het Aspang-station was met opzet gekozen omdat het ver van de grote verkeerswegen lag en weinig gebruikt werd. Ook al bleven de maatregelen tegen de joden voor de Weense bevolking niet verborgen, toch wilde men de deportatie laten plaatsvinden vanuit een stil station.

De vrachtauto reed snel. Aan beide kanten van de straat wandelden mensen. De open auto wekte de belangstelling van de voetgangers. Ruth zag dat vele mensen bleven staan en naar hen wezen. Menig gezicht was vertrokken in een grijns; maar er waren ook mensen die het hoofd lieten hangen want het was al het tweede jaar van de oorlog en de schaarste begon zich langzaam te manifesteren.

Ruths blikken dwaalden langs de hoge muren aan weerszijden van de kade. Ze kwamen op de Ring. Camillo nam weemoedig afscheid van de standbeelden en monumentale gebouwen, die hem vanaf zijn vroegste jeugd vertrouwd waren. De wagen kwam over de Rennweg bij het Aspang-station. Daar wachtten al ss'ers, politie en een paar joodse handlangers, die het transport zouden begeleiden. Burgers hadden geen toegang. Weer werden ze geteld. Negenhonderd mensen stonden op het station, ze zouden met vijfentwintig veewagens worden weggevoerd. Voor elke wagondeur stond een ss'er met een lijst, hij streepte iedereen door die instapte. Toen ze eindelijk allemaal in de wagon zaten, werd de deur vergrendeld en verzegeld. Op de bodem van de wagons lag stro. Door de naden floot een ijskoude wind. Het duurde even voor de ogen aan het schemerlicht gewend waren. Kinderen werden bang in het donker en begonnen te huilen.

De trein bleef nog een paar uur op het station staan. Hoelang het werkelijk duurde wist niemand. Plotseling zette hij zich in beweging, eerst langzaam, toen steeds vlugger. Het geratel van de wielen begeleidde hen als een eentonige melodie die de slaap opwekte.

Camillo was weer in gedachten verzonken. Hij werd innerlijk gedwongen de tijd te benutten, voor het onvermijdelijke einde kwam. Zijn zorgen om Ruth, het leven dat haar eigenlijk nog te wachten stond — Camillo schrok toen de woor-

den 'te wachten stond' bij hem opkwamen – vertroebelde de helderheid van zijn gedachten. Hij besefte welke grote fouten hij had gemaakt. Hij had te zeer vertrouwd op de zogenaamde vooruitgang, de humaniteit, om kort te gaan: op de twintigste eeuw. Nu stond hij daar zonder illussies, met een kind dat van hem hield, voor het ongewisse lot.
Camillo keek de wagon rond, onderzocht de gestalten en gezichten. Hadden zij, net als hij, reddingskansen genegeerd? Op waarschuwingen van hun familieleden in het buitenland geen acht geslagen en op hun buren vertrouwd? Of konden zij misschien geen afscheid nemen van een gerieflijk huis, van kostbare tapijten of van een concertvleugel? Nu moesten ze allemaal voor hun onbezonnenheid boeten.
De man die tegenover de oude Torres zat, scheen ook zulke gedachten te koesteren. Hij was een jaar of zestig oud, uit zijn mager gezicht keken jonge ogen. Zijn dikke, grijswitte wenkbrauwen vormden een opvallend contrast met zijn bijna kale schedel. Hij mompelde halfluid onverstaanbare woorden. Camillo wendde zich tot hem:
'Zei u iets?'
'Nee, waarschijnlijk heb ik hardop gedacht. Maar...'
De man keek rond en vervolgde:
'Kijk zelf maar, ze doen het allemaal, het lijkt wel of iedereen hardop denkt. En iedereen stel zichzelf vast dezelfde vraag: waarom heb ik zo lang gewacht? Wij maken onszelf allemaal bittere verwijten en denken aan verzuimde kansen.'
Na een korte stilte zette de vreemde het gesprek voort:
'Ik heet Weintraub, ik kom uit de Taborstrasse; we hadden na het verbranden van de synagogen toch moeten weten wat ons te wachten stond. Hoe snel is de illusie vervlogen dat de eerste roes van de nationaal-socialistische overwinning na het binnenrukken van Oostenrijk voorbij zou zijn. Het had ons duidelijk moeten zijn dat de nazi's op systematische verdrijving van de joden uit waren.'
'Niet voor het eerst in de geschiedenis worden joden verdreven,' zei Camillo, die plotseling belangstelling toonde.
'Nu ja, dat is oude koek. Natuurlijk, er zijn ook heksenverbrandingen en middeleeuwse martelingen geweest. Maar

niemand wilde geloven dat deze gebeurtenissen zich in onze eeuw konden herhalen. Mijn arische buurman stelde me altijd gerust, hij zei dat de soep niet zo heet werd gegeten als ze werd opgediend. Maar de werkelijkheid heeft hem gelogenstraft. Velen van ons dachten dat de nazi's opzettelijk paniek zaaiden om de joden tot vluchten te bewegen. Anderen waren onverbeterlijke optimisten, ze dachten dat een land in het hart van Europa niet naar straatvechtersmethoden kon grijpen, ook al waren er in de roes van de overwinning gewelddaden gepleegd.'
'Wat u zegt zal wel waar zijn. Ik weet niet of ik tot de optimisten behoorde, want mijn hele leven en mijn werk met deze materie hadden toch een pessimist van mij moeten maken. Misschien was ik te gemakzuchtig om consequent te denken, maar daarvoor moet ik nu bitter boeten,' zei Torres. Ruth vlijde zich dicht tegen haar vader aan. Ze voelde welke gedachten hem kwelden en tranen liepen over haar wangen.
'Ik zal u een kleine gebeurtenis vertellen – misschien is het een van de bittere grappen die joden elkaar vertellen om hun wonden te helen – die in Wenen is voorgevallen,' zei de ander. 'Het zal in december 1938 zijn geweest. Ik ging naar een reisbureau om naar de emigratiemogelijkheden te vragen. Voor emigratie naar Palestina was ik al te oud; bovendien had ik te weinig geld. Ze namen alleen jonge mensen of mensen met geld. Verre familieleden in Amerika konden me niet aan een visum helpen. Ik ging terzijde staan om naar de anderen te kijken en te luisteren of er voor mij toch geen kans zou zijn om Oostenrijk te verlaten. Op de tafel stond een grote globe. Toen ik het reisbureau binnenkwam, was er net een man in gesprek met een lid van het personeel. Met haar wijsvinger gleed ze over de globe en zei: 'Voor Engeland is het erg moeilijk om een visum te krijgen. Om naar Zweden te emigreren moet je naaste familieleden hebben, voor Amerika is het quotum al vol. Voor China bent u te oud, Paraguay, Uruguay en Brazilië verlangen financiële garanties, bovendien duurt het erg lang voor je een visum voor die landen krijgt. Australië neemt geen vluchtelingen meer op. Polen geeft niet eens voormalige Poolse joden ver-

gunning om binnen te komen; ze wachten nog steeds aan de Duitse grens.' Geresigneerd wees de man op de globe: 'En u hebt alleen maar die daar, niets anders?'
Een nauwelijks zichtbare glimlach verscheen op Camillo's gezicht toen Weintraub klaar was met zijn verhaal. Maar Ruth en twee andere toehoorders lachten bitter. Of het nu een grap of de waarheid was, deze anekdote was een typisch voorbeeld van de joodse galgenhumor in uitzichtloze situaties.
Ook Camillo wist dat reisbureaus en consulaten overvol waren met joden die wilden emigreren. Maar op de hele wereld was er blijkbaar geen plaats meer voor hen. Weer keerden zijn gedachten terug naar het Spaanse verleden, naar de gebeurtenissen die tot de grote ontdekkingsreizen hadden geleid. Deze zeereizen waren door joden en marranen met veel geld gefinancierd, want zij hoopten dat de witte vlekken op de landkaart spoedig zouden verdwijnen en zij een toevluchtsoord zouden vinden in de pas ontdekte gebieden.
Daaraan moest de oude Torres denken toen hij op de grond van de wagon zat met naast zich zijn kind en zijn geringe bagage – de rest van zijn bezit. Om hem heen hurkten joden die, om hun leven te redden, van Duitsland naar Oostenrijk waren gevlucht, waar vijf jaar later het noodlot hen inhaalde.
Zonder te stoppen reden ze een onzekere toekomst tegemoet. Elke wenteling van de wielen bracht hen nader bij hun einde. Torres voelde het, maar in plaats van aan het heden te denken peinsde hij over gebeurtenissen die vierhonderd of vijfhonderd jaar geleden gebeurd waren. Hij drukte Ruth tegen zich aan om zich aan het heden vast te klampen, maar het verleden liet niet los: toen de Spaanse joden voor de inquisitie naar Portugal waren gevlucht, wachtte hen daar vijf jaar later hetzelfde lot als hun in Spanje achtergebleven geloofsgenoten. Na de machtsovername van Hitler waren in het jaar 1933 vele joden uit Duitsland naar Oostenrijk getrokken. Vijf jaar later werden zij in Oostenrijk gevangen genomen. De fakkel, die het nationaal-socialisme in alle bezette landen droeg, brandde met onmenselijke wreedheid. Toen Torres jaren geleden in Lissabon was, had hij daar in

een bibliotheek in oude documenten kunnen lezen, tot welke gruweldaden de mens in staat was. Hij herinnerde zich hoe hij in de koele leeszaal van de bibliotheek in Lissabon in manuscripten en oude geschriften was verdiept, op zoek naar de sporen van zijn familie. In een van die oude boeken las hij over een dokter die Garcia da Orta heette. De naam Da Orta werd in de familiekroniek genoemd, maar helaas was het gedeelte waarin de naam Garcia da Orta voorkwam, onleesbaar. Maar Torres geloofde dat Garcia da Orta een van zijn voorvaderen was, een afstammeling van een zijtak van de grote familie.

Garcia da Orta had aan de Universiteit van Lissabon als professor gewerkt en haatte het dubbele leven dat hij als marraan moest leiden. De inquisitie woedde in het gehele land en maakte steeds nieuwe slachtoffers, hoewel er officieel in de jaren dertig van de zestiende eeuw in Portugal geen joden meer waren. De joden werden in 1497 op wrede wijze het land uit gejaagd, op brandstapels verbrand, leeggeplunderd en beroofd. Zij die in Portugal bleven gingen om hun kinderen te redden, voor de schijn tot het christendom over, maar zij vonden geen innerlijke rust. Als zij gedwongen naar de kerk gingen, zeiden hun lippen slechts node de gebeden voor het gehate symbool, in welks naam hun geloofsgenoten vermoord waren. Da Orta had daarom de eerste de beste gelegenheid aangegrepen om met zijn familie naar India te emigreren, naar de Portugese provincie Goa, om daar de ketenen van het marranendom af te werpen en vrij en trouw zijn geloof te kunnen belijden.

Het was als de kwadratuur van de cirkel. De joden vluchtten voor het 'jodenprobleem'. Ze trokken naar plaatsen waar dat niet bestond. Maar zodra ze er zich gevestigd hadden waren jodenprobleem en vervolging er weer. Spoedig brandden de eerste brandstapels in Goa. Talrijke marranen die gemeend hadden dat ze in het nieuwe vaderland hun joodse identiteit en hun trouw aan de joodse religie niet meer hoefden te verbergen, bekochten dat met de dood.

Garcia da Orta was toen al dood. In de kerkers van de inquisitie zat, met andere marranen, ook Orta's zuster en na gruwelijke martelingen bekende ze, dat ze de praktijken van de

joodse godsdienst had uitgeoefend en dat ook Garcia da Orta een marraan was geweest. Als gevolg van deze bekentenis werd het graf van Da Orta geopend, zijn gebeente eruitgehaald en te zamen met zijn nog levende zuster op de brandstapel verbrand. Rillend van afschuw stelde Torres zich dat voor.
Wat zijn de nazi's met ons van plan, dacht hij wanhopig. Waarom brengen ze ons in het onbekende? Misschien beleef ik het eind van deze reis niet meer, misschien zullen de nazi's mijn gebeente te zamen met mijn levend kind verbranden. Het zijn fanatici, net als de inquisiteurs, en het nationaal-socialisme is voor de aanhangers een surrogaat – nee, het is geen surrogaat, het is voor hen *de godsdienst,* ook al haten ze die betiteling.
Camillo dacht even na of hij zijn omgeving in zijn overpeinzingen zou betrekken. Graag zou hij iemand hebben gevonden die hij zijn gedachten kon toevertrouwen. Een oudere heer, die hem al in de Sperlgasse was opgevallen, wekte opnieuw zijn belangstelling. Torres had gehoord dat de man met het grijze haar geschiedenisleraar aan een Weens gymnasium was geweest en na de aansluiting van Oostenrijk bij Duitsland was ontslagen. Helaas zat de leraar niet vlak bij hem en over de hoofden van de anderen heen wilde Camillo geen gesprek voeren. De mensen naast hem leken hem voor een dergelijke gedachtenwisseling ongeschikt of veel te veel bezig met zichzelf en hun lot. Daarom stond Torres resoluut op en drong door de mensen die op de vloer hurkten heen naar de vreemde:
'Mag ik mij voorstellen: Camillo Torres. Ik hoorde dat u geschiedenisleraar bent.'
'Was, mijnheer, was. Hier heeft niemand een beroep en daar waar we heen worden gesleept hebben ze geen artsen, advocaten, geschiedenisleraren nodig – alleen lijkendragers.' Toen voegde hij er minder afwijzend aan toe: 'Mijn naam is Bernstein.'
Een jong meisje maakte plaats voor de oude Torres en Camillo ging naast de leraar zitten, alsof die het hem had gevraagd. Toen hij al zat zei hij: 'Mag ik?'
Bernstein gaf geen antwoord, hij lachte.

'Ik weet niet hoelang de reis duurt en ook niet wat ons allemaal te wachten staat. Neem me niet kwalijk dat ik u zomaar aanspreek.'
Camillo wachtte op een bemoedigend woord, maar Bernstein zweeg koppig.
'Ik ben hier met mijn dochter...'
'Mijn vrouw is kort voor ik naar de Sperlschool werd gebracht gestorven. Mijn dochter is nog net op tijd naar Amerika gegaan, maar mijn visum kwam te laat. Ik zal mijn kind dus wel nooit weerzien.'
'Niet zo pessimistisch, mijnheer Bernstein.'
'Noem me alsjeblieft alleen Bernstein. Ik wil er niet aan herinnerd worden wat ik vroeger was. Zeg maar Max Israël Bernstein tegen me. De naam Israël heb ik van de nazi's gekregen, zoals wij allemaal, en ik ben daar niet boos om. Een mens moet blijven wat hij is. Misschien was het fout dat we vergeten hebben wie wij zijn en dat wij ons in slaap lieten wiegen in een vals gevoel van veiligheid.'
Ruth schoof naar het getraliede venster. De trein stopte vlak buiten een station. Op de rails ertegenover stond een militaire trein. Lachende soldaten keken in een paar wagons uit de raampjes. Toen Ruth aandachtiger keek zag ze onder het raampje woorden geschreven met krijt: 'Wij gaan naar Polen op jodenjacht.' Toen de militaire trein zich in beweging zette las ze nog een opschrift: 'Raderen moeten rollen voor de overwinning.'
Ruth wendde zich af. Ze ging tussen haar vader en Bernstein zitten en vertelde wat ze gelezen had. De twee opschriften schenen elkaar aan te vullen.
'De overwinning op ons zullen ze het gemakkelijkst behalen. Aan dat front zullen ze altijd winnen, ook al verliezen ze aan de andere fronten.'
Bernstein herhaalde zachtjes de twee opschriften. Naast hem zaten radeloze mensen, die hun hersens martelden om een samenhang te vinden tussen schuld en leed. Het waren mensen uit Europa, mensen met een Europees bewustzijn en zij wilden mensen zijn zoals andere mensen. Hun wil versmolt joodse met Europese geest en dat werd hun noodlot.
'Raderen moeten rollen voor de overwinning.' 'Wij gaan

naar Polen op jodenjacht.' Dat was het program van het regime waaraan ze machteloos waren overgeleverd. Camillo's gedachten werden onderbroken door Bernstein die fluisterde:
'Ziet u die oude heer in de hoek? Ik ken hem vluchtig, maar zijn familie ken ik goed. Drie jaar geleden is hij uit Duitsland bij hen in Wenen gekomen. Hij is volledig geassimileerd, heeft met het jodendom nooit iets te maken gehad, hij is vast ook nu nog in zijn hart een Duitse patriot, door en door. Zijn vader en zijn oom hadden de hoogste Duitse militaire onderscheidingen.'
Camillo keek naar de man. Die Duitser van joodse afkomst scheen dubbel te lijden. Zijn illusies hadden zeker die van de anderen overtroffen. Nu zat hij hier samen met joden, met wie hij nooit iets te maken wilde hebben. Hij dacht dat Hitlers oorlogsmachine dood zou lopen, en de onderscheidingen van zijn familieleden zouden hem ervoor bewaren het lot van de andere joden te moeten delen. De joden hadden – daarvan was Camillo zich bewust – veel bijgedragen aan de Duitse cultuur en de verspreiding daarvan in de gehele wereld. Als dat wat Duitse joden creëerden, joods was en niet Duits, dan was een niet gering deel van de Duitse en Oostenrijkse cultuur joodse cultuur. En dat was de dank!
Weer keerde Camillo in gedachten terug naar het oude Spanje: de voor het avondland zo belangrijke ontmoeting van de christelijke met de Arabische cultuur had ook daar door de joden plaatsgevonden. Zij vertaalden Plato, Aristoteles, Ptolemaeus in het Castiliaans. Ze dichtten zelfs in het Castiliaans en schiepen de basis om uit een dialect een taal te maken, namelijk de Spaanse.
Camillo spon zijn gedachten verder uit: het individuele joodse probleem, zo dacht hij, was eigenlijk een produkt van de emancipatie. In de jodenwijken en de getto's van de middeleeuwen was de jood een deel van de gemeenschap. Alle fasen van zijn leven waren geregeld en aan de wetten van de gemeenschap onderworpen. Ook de omgang met de buitenwereld. De tragedie begon pas toen het getto-jodendom opgehouden had te bestaan, toen de beperkingen werden opgeheven en de joden de buitenwereld binnendrongen.

Deze verandering bracht voor veel joden de tweestrijd, die soms in joodse zelfhaat eindigde. De verhuizing uit het getto had een diepe kloof in de tot dusver intacte joodse eenheid ten gevolge.

Bernstein stond op en ging naar de zwijgende Duitser, die zichtbaar leed en in gedachten verzonken tegen de wand van de wagon leunde.

'Mag ik me voorstellen: mijn naam is Bernstein. We reizen allemaal samen, dus is het beter als wij elkaar kennen. Vreemd dat ik u in de Sperlschool niet heb gezien.'

'Ik heet Bacher. Ik was ook niet in de Sperlschool. Vanochtend hebben ze me van huis gehaald en hierheen gebracht. Ik had zelfs al emigratiepapieren, maar ze keken er niet eens naar.'

Het was hem aan te zien dat hij buiten zichzelf was. Steeds opnieuw cirkelden zijn gedachten rond het grote onrecht dat hem was aangedaan. Hij was als versteend.

De avond kwam. Ruth kon niet in slaap komen. Zodra ze haar ogen sloot hoorde zij gefluister:

'Raderen moeten rollen voor de overwinning.'

'Wij gaan naar Polen op jodenjacht.'

Plotseling voelde ze de hand van haar vader. Hij streelde haar; opeens voelde ze zich geborgen, ze sliep in als een kind.

Geluiden in de wagon maakten haar wakker. Haar vader ging naar het raam. Een grijs-bruin landschap, doorsneden met vlekken vuile sneeuw, breidde zich voor zijn ogen uit. Vreedzame boerenhuizen, met schoorstenen waar rook uit opsteeg, wekten in Camillo het verlangen naar geurige koffie. Daar in die huizen zitten vast mensen aan de ontbijttafel die niet vermoeden dat een paar honderd meter verder een trein met ongelukkige mensen in het ongewisse rijdt, dacht hij.

Bij een spoorwegovergang stond een boer met paard-en-wagen die hen na keek; het was een bescheiden wagentje en een eenvoudige man in sjofele kleren. Torres kon slechts een korte blik op het onverschillige boerengezicht werpen. Plotseling overviel hem de wanhopige wens, de man uit zijn onverschilligheid te rukken, hem duidelijk te maken hoe kostbaar zijn vrijheid was, een vrijheid waarvan hij zich zeker niet bewust was — en hoe onvoorstelbaar mooi de gedachte dat hij met zijn paarden vrij door de weilanden kon rijden, alleen tegengehouden door gesloten spoorbomen. Als hij wist wat de inhoud van deze wagon was, zou hij daar misschien niet zo rustig staan, dacht Camillo.

Maar toen herinnerde hij zich de vele voorbijgangers die hun wandeling niet hadden onderbroken toen hun joodse medeburgers naar de Sperlschool en later naar het station werden gebracht. Ze wisten allemaal wat er aan de hand was; ze wisten dat er joden in de vrachtwagens zaten — maar wat wisten ze eigenlijk van joden? Wat wilden ze weten?

Wij leefden te midden van hen en zij kenden ons niet. Ze interesseerden zich voor de Polynesiërs of voor andere wilde stammen ergens ter wereld. Van tijd tot tijd verschenen in de bladen wetenschappelijke artikelen over taal en gebruiken van exotische volkeren. Er stonden afbeeldingen in van hun klederdrachten, soms zelfs waren hun volksliederen vertaald. Maar voor ons joden hadden ze genoeg aan gemeenplaatsen, ontstaan uit haat, verlegenheid, vrees, verachting en bijgeloof. Hier, midden in het vooruitstrevende Europa, in de twintigste eeuw. Voor hen waren wij altijd de sjacheraars, de bedriegers. Ieder van hen zou verontwaardigd protesteren, als hij beoordeeld werden naar het karakter of de daden van anderen. Maar voor ons vonden ze altijd generalisaties — niet alleen de overtuigde antisemieten, maar allen die de fabel kenden dat de joden Christus hadden vermoord.

Camillo wist dat er ontelbare boeken over de oorzaken van het antisemitisme waren geschreven. Boeken die de joden verdedigden en boeken die hen veroordeelden. Steeds opnieuw probeerden schrijvers te verklaren waarom de joden zo waren als ze waren.

Er wordt gezegd: elke staat heeft de joden die hij verdient. Er wordt gezegd: de joden zijn wat de christenen van hen gemaakt hebben. De eeuwenlange druk van de christenen wordt vermeld, die zou de joden hebben gedeformeerd. Tenslotte wilde men het hele probleem in een triviale slogan

vatten: 'Zoals het christelt, zo jodelt het.' Het was een kringloop zonder einde.
Camillo draaide zich om en zag dat Ruth met Bernstein praatte.
'Vader, je hebt zo lang bij het raam gestaan. Was er iets interessants?'
'Ik heb een boer gezien; die keek ons onverschillig na. Ze kijken ons allemaal na... Ik denk dat we al in Polen zijn, ik heb boerenhuizen gezien met strooien daken.'
Ruth gaf haar vader een slok van de koffie die ze in een fles had meegenomen uit de Sperlschool.
'Ja, weet u, toen ik zo voor het raam stond, werd onze situatie mij pas duidelijk,' zei Torres.
'Elk van ons denkt telkens dat hij iets nieuws ontdekt en dan zeggen we tegen onszelf: nu is me alles duidelijk, maar de volgende dag lijkt alles nog duidelijker,' zei Bernstein. 'Alles wat je deed was fout. In tijden dat de joden geminacht werden, probeerden sommigen bijzonder fatsoenlijk te zijn – maar wat had dat voor zin? Daar waren ze gewoon niet ontvankelijk voor.'
Plotseling hoorden ze iemand in de wagon vragen:
'Weten jullie waar dat verdomde Nisko ligt?'
'Ze zeggen aan de rivier de San, ergens in de buurt van Lublin.'
'We hadden er allang moeten zijn.'
Camillo luisterde naar het gesprek van de anderen; wie kon hun antwoord geven? Ergens in de trein zaten de joodse begeleiders van de Sperlschool, de leeghalers, die het overbodig vonden in de wagons te komen.
Camillo sloot de ogen. De doorwaakte nacht, de dagen in de Sperlschool en al het andere wat er na het verlaten van zijn huis gebeurd was, drukte op hem als een centenaarslast. Zijn ledematen waren stijf; hij leunde met zijn hoofd tegen Ruths schouder. Ruth voelde de zwaarte van zijn lichaam, maar ze verroerde zich niet om haar vader niet wakker te maken. Ook op haar drukte de ongewisheid van haar lot. Ze was plotseling volwassen geworden. Ze besefte dat ze van nu af aan voor twee moest zorgen. Het was goed dat ze vriendschap had gesloten met Bernstein. Hij had zulke goedige

ogen. Ze zouden bij elkaar blijven.
De trein stopte. Ze wisten niet of ze al op hun plaats van bestemming waren of – zoals vaker – op een van de vele stopplaatsen bleven staan. Toen hoorden ze het gerol van schuifdeuren en geschreeuw:
'Uitstappen, uitstappen.'
ss'ers en leeghalers verschenen. De trein was midden in het veld blijven staan. Naast de rails wachtten vrachtauto's. Rechts van hen was een vervallen schuur. In de verte zagen ze een paar misvormde bomen; verder – zo ver het oog reikte – alleen plassen die van de gesmolten sneeuw waren overgebleven en bruine derrie. Aan de horizon steeg lichte nevel op.
Ruth hielp haar vader met uitstappen. Met al hun zakken stonden ze nu in de openlucht. Een paar jongelui werden door de ss'ers uitgekozen en naar de wagons met de koffers gebracht. Na een half uur was alle bagage op de vrachtwagens geladen, die snel wegreden. Spoedig daarop verdwenen ook de leeghalers, zij stapten weer in de trein waarmee ze gekomen waren.
Plotseling pakte Ruth haar vader bij zijn arm: 'Vader! Die bundels!... Wat is dat?'
Angst stond in Ruths ogen. Ze zag nu duidelijk wat het was: lichamen van mensen die ineengekrompen in de plassen lagen.
'Kijk er maar niet naar!' zei Bernstein sussend. 'Er zijn er waarschijnlijk een paar gestorven die ziek waren; toen hebben ze ze naar buiten gedragen en daar neergelegd.'
Ruth keek om zich heen, naar al die uitgemergelde gezichten met dezelfde uitdrukking van angst en vermoeidheid. De mensen stonden stil op het grauwe, troosteloze veld. Dus hier was de grens van een onbekende wereld. Wat ging er met hen gebeuren?
De trein zette zich in beweging. Negenhonderd mensen volgden hem met de ogen, begeleidden hem tot hij uit het zicht verdween, terugreed naar de wereld die hen niet meer wilde. Hier zijn wij echt begraven, dacht Ruth, en ze durfde die woorden niet uit te spreken.
Opeens verschenen de ss'ers weer. In een pantserwagen kwam

een ss-Unterstumführer, hij stapte uit en ging voor de zwijgende mensen staan:
'Aantreden in rijen van drie!'
De mensen begonnen te dringen; pakken vielen op de grond en werden weer opgeraapt. Het duurde een tijdje voor zich een lange rij had gevormd.
'Kijk dat zootje eens,' zei de ss'er tegen zijn begeleiders. Zij grijnsden. Hij keek op zijn horloge, stelde zich in postuur en zei:
'Zo, vuile joden, ik zie aan jullie gezichten dat jullie blij zijn met het nieuwe vaderland dat de Führer voor jullie heeft bestemd. Hier hoeven we jullie niet eens te bewaken. Waarheen je ook kijkt, het is overal hetzelfde. Over een uur komen we terug; dan worden jullie naar het kamp gebracht.'
Hij stapte weer in, de chauffeur gaf gas. Hij was allang uit het gezicht verdwenen maar ze stonden nog altijd in de rij. Hun ogen zochten en zochten – ze zagen alleen een woestenij: overal bevroren aarde.
Een koude wind blies over hen heen. Ze liepen naar de schuur om daar beschutting te vinden. Naast de schuur lagen stapels planken – een paar gingen er vermoeid op zitten. Maar wat was dat? De planken waren met inschriften bedekt, sommige weggevaagd door sneeuw en regen, sommige nog heel duidelijk. Camillo las:
'Familie Mayer uit de Laudongasse', 'Horowitz uit de Praterstrasse', 'Eisler-Taborstrasse', 'Dr Katz', 'Schlechter'; 'Zdenka Polak, Praha-Vinohrady', 'Pelshandelaar Maislova'. Er waren ook zinnen in het Jiddisch en Hebreeuws: 'Vergeet ons niet. Laat je niet verleiden.' De rest had de sneeuw onleesbaar gemaakt. Camillo had het gevoel dat het een tekst uit zijn kroniek was, het testament van gestorvenen. Die dat hadden geschreven vermoedden dat de planken eens in wagons vertransporteerd zouden worden en dat het bericht van hun lot bij iemand zou komen die hen na stond.
Bernstein stond voor de planken, hij schrok er voor terug om ze aan te raken. Ze waren een boodschap van mensen wier mond voor altijd zweeg.
Op een dag zouden de handen van meubelmakers of timmerlieden die planken nemen en afschaven, dacht hij. Ze

zullen die namen uitwissen en het laatste wat van deze mensen restte zal verdwijnen. Maar misschien zullen deze planken hier blijven liggen en hun boodschap zal de mensen begroeten die na hen komen.
'Opstellen in rijen van drie!'
De auto met de ss'ers was er weer.
De colonne zag er jammerlijk uit, de ss'ers brulden van het lachen.
'Kijk dat zootje eens!'
De ss'ers kwamen half dronken uit de stad. Eerst lieten ze de stoet voorgaan en volgden hem. Toen haalden ze de langzame stoet in om de joden eens beter te bekijken. Daarna reden ze er weer een tijdje achteraan. Dit spelletje speelden ze tot ze bij het kamp kwamen.
Het 'kamp' bestond uit een paar barakken voor de ss'ers; de barakken voor de joden waren nog in aanbouw, er stond ook nog een grote schuur. Daar was de bagage van de joden naar toe gebracht. Maar zijzelf mochten er niet aankomen. Verder konden de nieuwelingen zich vrij bewegen, niemand bekommerde zich om hen. Er werd gezegd dat ze in de omliggende plaatsen tewerkgesteld zouden worden, in Tomaschow, Belzec, Modliborzyce en andere plaatsen, waarvan ze de Poolse namen slechts met moeite konden uitspreken. Een paar honderd joden werkten al in die plaatsen en werden 's avonds door de ss of de Wehrmacht naar het kamp teruggebracht.
Camillo, Ruth en Bernstein kregen een hoek toegewezen in een half afgebouwde barak. De wind floot door de wanden, het was ijzig koud. Niet ver van het kamp lag een pas aangelegd kerkhof, dat elke dag groter werd. De ss'ers hadden geen plezier in hun werk. Er waren ook geen bijzondere aanwijzingen – zelfs niet bij vluchtpogingen. Niemand wist eigenlijk wat van hem werd verwacht. Het kamp heette 'Zentralstelle für jüdische Umsiedlung Nisko am San',* maar het was niets anders dan een drassig, half dichtgevroren weiland. Het lag op een afstand van bijna zeven kilometer van het dichtstbijzijnde dorp, Zarzecze, en ongeveer acht kilo-

* Centrum voor joodse emigratie Nisko aan de San

meter van de oostelijke oever van de San.
Rondom breidde zich de woestenij uit. De boeren uit de omgeving werden door de Duitsers met straf bedreigd als ze de joden onderdak gaven of levensmiddelen verkochten. Van tijd tot tijd bracht de Gestapo vluchtelingen terug uit Tomaschow die over de Russische grens hadden willen vluchten. Sommigen werden ook door de Sovjetrussische douanes teruggestuurd. Soms kregen de vluchtelingen slaag of werden ze in Tomaschow een paar dagen opgesloten. Maar het was algemeen bekend dat vluchten geen groot risico opleverde en er werd gezegd dat de Duitsers het wegens de moeilijkheden met de bevoorrading in dit gebied niet eens erg vonden als het aantal joden verminderde.
In het begin, november 1939, had de ss de gevangen joden over de Russische demarcatielijn naar het door de Sovjets bezette gebied gedreven. Maar toen klaagden de Sovjets bij de Duitsers, zodat de nazi's in het voorjaar van 1940, toen het transport met Camillo en Ruth in Nisko aankwam, met die praktijken ophielden.
Reeds twee dagen na hun aankomst in het kamp dachten sommigen aan vluchten. Vooral jonge mensen beraadslaagden met degenen die al een mislukte vluchtpoging hadden ondernomen, om nieuwe plannen te smeden.
Ook Bernstein nam contact op met twee Weense joden, de gebroeders Fischmann. Ze waren een paar dagen tevoren door een militaire patrouille bij de grensovergang in de buurt van Rawa Ruska gepakt en naar Tomaschow gebracht. De gebroeders Fischmann vertelden dat ze door een oude Gestapoman verhoord waren, die alleen maar tegen hen schreeuwde. Er was niet eens proces-verbaal opgemaakt. Ze wilden naar Lemberg waar ze familie hadden. Hele groepen waren al gevlucht. Maar die groepen mochten niet te groot zijn. Bovendien was het goed als je je kon verzekeren van hulp van de boeren aan de grens, die kenden de onbewaakte plaatsen.
Bernstein had, zonder met Ruth en Camillo te overleggen, die twee voor de vluchtgroep 'aangemeld'.
'We moeten hier weg, daar is geen twijfel aan, of we moeten wachten tot...'

Bernstein wees in de richting van het kerkhof. Ruth en Camillo begrepen het. Camillo scheen koorts te hebben, hij zat onbeweeglijk in zijn sjaal gehuld. Zijn gezicht was ouder geworden en met diepe groeven doorploegd. Ruth wendde zich tot Bernstein:
'Wanneer moeten we het volgens u wagen? 'Wagen' — ik heb me verkeerd uitgedrukt: wanneer gaan we? Nu zijn we nog sterk genoeg. Binnen een week of hoogstens twee zien we er net zo uit als die daar in dat blok, die niet eens meer van hun brits op kunnen staan. Vader, we gaan toch mee met meneer Bernstein en de anderen?'
Een zacht, nauwelijks hoorbaar 'ja' kwam van zijn lippen. Bernstein wist wat de zorgen van de oude man waren, het was alsof hij gedachten kon lezen:
'Alles is nog niet verloren! Als ze ons bij de grens pakken of als we door de Sovjets terug worden gestuurd, proberen we het opnieuw — net zo lang tot we succes hebben. Sommige vluchtpogingen, heb ik gehoord, zijn pas de vijfde of de zesde maal gelukt. Nu is het hun gelukt en lopen ze vrij door Lemberg, Stanislau of Tarnopol. Ik weet niet hoe het daar is, maar je bent er tenminste vrij...'

'Daar zijn ze, kameraad commissaris,' zei de schildwacht. 'Ze verstaan geen woord Russisch.'
Camillo, Ruth, Bernstein en de gebroeders Fischmann, die gevlucht waren, stonden in de bedompte kamer van het NKVD*-bureau. Aan een muur was het Sovjet-embleem aangebracht, daaronder hingen een aantal foto's. Op de middelste foto stond Stalin, die goedig glimlachte. Aan een andere muur zag Ruth nog een foto van de Russische leider: hij boog zich over een kind dat hem bloemen gaf.
Het vriendelijke gezicht van Stalin gaf haar nieuwe moed.
'Wat moeten jullie hier bij ons?' vroeg de commissaris in het Russisch en met ervaren blik zocht hij op de gezichten naar een reactie die kennis van het Russisch verried. De vrees voor spionnen was in de Sovjetunie groot. In alle scho-

* NKVD: Narodnij Kommissariat Vnoetrennijch Del; de Russische geheime dienst.

lingscursussen werd de leerlingen ingeprent dat vreemdelingen die Russisch spraken, spionnen konden zijn dat toeristen die zich zonder tolk verstaanbaar konden maken, dubbel en drievoudig bewaakt dienden te worden. De blik van de commissaris gleed van de een naar de andere. Hij zag direct dat de vluchtelingen joden waren. Twee maanden geleden was hij overgeplaatst naar Rawa Ruska en sindsdien werden hem nu al voor de tiende maal joodse vluchtelingen voorgeleid, die hem wanhopig smeekten in de Sovjetunie te mogen blijven. Ook al had hij soms medelijden met de opgejaagden, hij kon hun geen asiel geven, want er waren twee bevelen — een uit Kiev, een uit Lemberg — die verklaarden dat vluchtelingen uit het door de Duitsers bezette Polen teruggestuurd moesten worden.

Commissaris Brodski, al vele jaren lid van de communistische partij en gestaald in de zware school van de zuiveringen, was zelf jood. Om hem op de proef te stellen hadden zijn superieuren hem in het zog van de grote zuiveringsacties overwegend joodse zaken laten afhandelen. Joods in die zin, dat de mensen die hij moest arresteren 'toevallig' joden, meestal oude communisten, waren die hij bekentenissen moest afdwingen. Ze moesten toegeven in dienst van de Gestapo of trotskisten te zijn, of in opdracht van een vreemde mogendheid een spionagenet te hebben opgebouwd en anderen daarvoor te hebben aangeworven. Hij legde de gevangenen van tevoren klaargemaakte lijsten voor, waarop de namen van zulke 'spionnen' stonden en zijn chef Kossygin lette goed op dat hij met de joden gauw klaar was. Vaak zat op bevel van Kossygin een spion in de kamer of werd Brodski afgeluisterd via een ingebouwde microfoon, want zijn chef wilde controleren of hij joodse gevangenen niet toch milder behandelde.

Commissaris Brodski vocht voor zijn leven en zijn positie. Hij was maar een klein radertje in de grote zuiveringsmachine die na de dood van Kirow, de partijleider van Leningrad, was opgebouwd om elke potentiële oppositie binnen de communistische partij van de Sovjetunie dood of althans monddood te maken. Hij was een eenvoudige man en het produkt van het regime.

Voor verhoren waren er aanwijzingen van zijn superieuren: 'Laat hem eerst over zichzelf vertellen en let op of hij zichzelf tegenspreekt; dan moet hij over anderen vertellen, ook al zijn het maar gissingen. Stel hem tijdens het gehele verhoor een milde behandeling in het vooruitzicht.' En Brodski had succes. Hij overleefde alle arrestatiegolven, dat wil zeggen hij handhaafde zich. Maar de angst die hij de anderen inboezemde, nestelde zich in zijn eigen ziel. De tijd van de grote zuiveringen had ook bij Brodski diepe sporen achtergelaten, maar hij had geen spijt van wat hij had gedaan, want het was tenslotte door Stalin bevolen en die moest toch weten wat hij deed. Dat was zijn antwoord als zijn vrouw onaangename vragen stelde. Hoewel hij thuis niet veel vertelde, wist zij dat hij hun vroegere buurman Stern, een 'oude' communist en half-invalide, als 'verrader' had ontmaskerd. Stern was een vurig aanhanger van het communisme; in het jaar 1917 had hij op de barricaden gevochten en later had hij als lid van het Rode Leger aan vele fronten verwondingen opgelopen. In Kiev had hij in de voorste rijen van de communistische partij de partijparolen hooggehouden. In 1937 werd Stern gearresteerd en naar het gebouw van de NKVD gebracht, Kossygin droeg Brodski op de 'Gestapo-agent, die met Oekraïense nationaliteiten in contàct stond om de val van de Sovjetmacht te bewerkstelligen' tot een bekentenis te brengen. Uit de korte mededelingen van haar man wist Tanja Brodski wat er aan de hand was. Kossygin had gehoord dat Brodski en Stern elkaar kenden en dat de families met elkaar omgingen. Brodski verkeerde nu in de onaangename situatie dat hij een goede bekende als spion moest ontmaskeren, waardoor hijzelf in een kwaad daglicht kwam te staan omdat hij behoorde tot de vriendenkring van de verrader. Zelfs als ze daaruit geen strop draaiden om hem aan op te hangen dan stond hem toch een aanklacht wegens 'gebrek aan waakzaamheid' te wachten. Zowel de commissaris als zijn slachtoffer hadden slapeloze nachten, Brodski omdat hij niet wist hoe hij Stern tot een bekentenis kon dwingen zonder zelf verdacht te worden, Stern omdat hij een uitweg zocht uit het net van leugens. De vertwijfelde uitdrukking op Sterns gezicht toen hij hem

dwong een bekentenis te ondertekenen die de gevangene nooit had afgelegd, kon Brodski niet vergeten. Stern schreeuwde hem toen in zijn gezicht:
'Je kent me toch! Als ik een spion ben, waarom ben jij dan ook geen spion?'
Brodski probeerde die beschuldiging af te weren. In zijn hart sidderde hij en hoopte dat het afluisterapparaat deze ene maal had geweigerd. Maar zijn wens ging niet in vervulling. Toen hij zijn superieur de bekentenis gaf, maakte Kossygin opmerkingen die Brodski in paniek brachten. Zijn superieur kon niet bewijzen dat hij joden voortrok, daarom werd hij gered toen ook de NKVD niet langer aan de zuiveringen ontsnapte en de leiders dezelfde weg gingen die ze eens hun slachtoffers hadden toegedacht. De arrestatie van Kossygin kort daarna redde hem. Zijn angst verminderde evenwel niet, want hij was bang dat Kossygin hem tijdens het proces als 'medewerker aan een geheim spionagenet' zou aanwijzen. Maar Kossygin capituleerde tijdens de verhoren en legde, net als de andere gevangenen, een 'volledige bekentenis' af. Zo werd Brodski van het onmiddellijke gevaar gered, maar zijn innerlijke onzekerheid bleef. Hij probeerde die door verdubbelde ijver in dienst te onderdrukken en zijn nieuwe superieuren waren over hem tevreden...
Op zekere dag hielden de arrestaties op, Brodski werd overgeplaatst van Kiev naar Odessa. Toen de oorlog uitbrak werd hij bij de frontafdeling van de NKVD te werk gesteld en met het Sovjetleger kwam hij als burger-achterhoede in de bezette delen van Polen terecht. Hij moest in de gebieden die vroeger Pools waren de leden van het Poolse officierscorps, van politie en van de gegoede klasse elimineren. Toen hij daarmee bezig was werd hij opeens overgeplaatst naar Rawa Ruska, waar hij voornamelijk met de grensbewaking te maken kreeg.
De zakken die de vluchtelingen vasthielden, leken geen bagage die doorzocht moest worden of er misschien geheime zenders in verstopt zaten. Brodski herhaalde zijn vraag in het Russisch. Bernstein, die een beetje Tsjechisch sprak, verstond hem ongeveer. Hij wist evenwel dat je een commissaris van de NKVD niet in het Russisch moest antwoorden.

Maar de vragende blik van de commissaris en de drukkende situatie maakten dat hij toch reageerde:
'Ne ponimaju' — Ik versta u niet.
Bij de klank van die woorden spitste Brodski zijn oren:
'Dus je verstaat onze taal toch!'
'Ik versta echt niets. De woorden 'ne ponimaju' zijn algemeen bekend,' antwoordde Bernstein in het Duits.
Plotseling begon Brodski Jiddisch met hen te praten. Toen de eerste woorden uit zijn mond kwamen, lichtten de ogen van de vluchtelingen op.
Camillo vroeg opgelucht of hij mocht gaan zitten. Brodski maakte een toestemmende handbeweging en zij schoven stoelen aan.
'Wat moeten jullie hier?' herhaalde Brodski zijn vraag in het Jiddisch.
Camillo liet Bernstein niet aan het woord komen: 'Mijnheer de commissaris, wij zijn uit het concentratiekamp gevlucht, waar we als joden naar toe zijn gebracht...'
'Het woord "mijnheer" hebben we afgeschaft,' zei de commissaris kortaf. Camillo liet zich niet van de wijs brengen:
'Alle joden worden gevangen genomen en naar een concentratiekamp gebracht. Velen zijn al vermoord, gezinnen zijn uiteengescheurd, hun geld is in beslag genomen. We worden geslagen en ze laten ons verhongeren.'
'Nu is het ons gelukt te vluchten en wij vragen om asiel,' vulde Bernstein aan.
'Wat bedoelen jullie met asiel? Jullie hebben onbevoegd het gebied van de Sovjetunie betreden. We weten nog steeds niet wat jullie van plan zijn. Jarenlang waren er vluchtelingen uit Oostenrijk die wij vriendelijk hebben opgenomen. Daarna bleken het spionnen en terroristen te zijn.'
'Zien wij eruit als spionnen en terroristen?' vroeg Ruth, die uit het Jiddisch van de commissaris alleen de woorden 'spionnen' en 'terroristen' had opgevangen. Brodski gaf geen antwoord.
Bernstein probeerde Brodski tot andere gedachten te brengen:
'Hoe kunnen wij spionnen zijn? Ze hebben ons toch in een kamp gestopt? Ze hebben ons alles afgenomen; wij zijn toch

tegen het nationaal-socialisme en tegen Hitler.'
De commissaris zat breed uitgestrekt in zijn gemakkelijke stoel, wachtte voor hij antwoordde en zei toen:
'Als jullie tegen Hitler zijn, is het jullie plicht in Duitsland te blijven en tegen Hitler te vechten. Er zijn ook tegenstanders van Hitler die geen joden zijn. Ook de Duitse arbeiders zijn tegen het nationaal-socialisme – het zou niet best zijn als ze allemaal naar ons vluchtten.'
'De Duitse arbeiders kunnen zich vrij bewegen, voor zover ze niet gevangen genomen zijn. Zij kunnen tegen Hitler vechten. Maar wat kunnen wij in een concentratiekamp tegen de nazi's doen, streng bewaakt en uitgehongerd, in barakken met vrouwen, kinderen en oude mensen?'
Brodski had geen zin om het gesprek voort te zetten.
'Dat is jullie zaak, vertel me maar eens hoe jullie heten.'
Hij begon proces-verbaal op te maken. Terwijl hij schreef probeerde Bernstein nog iets te zeggen, maar Brodski maakte een afwerend gebaar. Toen het proces-verbaal klaar was las hij het de gevangenen in het Russisch voor en zei dat ze moesten tekenen. Toen ze weigerden zei hij in het Jiddisch: 'Ik heb op basis van jullie verklaringen het proces-verbaal opgemaakt, jullie moeten alleen bevestigen dat alles klopt.'
Wat moesten ze doen? Het scheen hun niet raadzaam de commissaris boos te maken. Ze tekenden. Brodski belde, een soldaat kwam binnen en hij beval hem de vluchtelingen vijf broden en een kilo worst te geven, een vrachtauto te halen en ze naar de Duitse grens te brengen. Bernstein verstond alleen het woord 'grens'. Nog eenmaal probeerde hij in te grijpen:
'Hoe kunt u ons naar die hel terugsturen? U weet toch wat ons als joden te wachten staat?'
'Golubtsjik, mijn duifje, je verstaat dus toch Russisch? Zie je wel, jullie hebben toch gelogen!'
Twee andere soldaten kwamen binnen en brachten de vluchtelingen weg. In het voorbijgaan gleed Ruths blik over de foto van Stalin met het kind... Brood en worst weigerden ze, tegenstribbelend klauterden ze in de vrachtwagen.
Tijdens de rit werd er geen woord gesproken. De vijf vluchtelingen zaten als versteend. Wat zou de Gestapo met hen

doen? De twee soldaten leunden met de bajonet op het geweer tegen de wand en keken verveeld. Toen ze bij de grenspost waren, sprong de soldaat die naast de chauffeur zat uit de cabine, ging naar het douanehuis en kwam met een tolk terug. Die zei dat de vluchtelingen moesten uitstappen en bracht ze naar de Duitse schildwacht. Toen Ruth begon te huilen stelde hij haar gerust:
'Niks gebeuren, ik brengen elke dag vluchtelingen terug.'
Nu waren ze weer in door de Duitsers bezet gebied. Zwijgend nam de grenswacht de vijf joden in ontvangst. De Russen gingen weg, de Duitsers brachten hen naar een wachtkamer.
Camillo herinnerde zich het verbijsterde gezicht van een kennis van hem, doctor Roth. Hij was een oude communist. In Wenen moest hij zich verbergen voor de Gestapo. Op zekere dag kwam hij snikkend bij Camillo; een paar uur daarvoor was door de radio de ondertekening van het Molotow-Ribbentrop-verdrag bekend gemaakt. Zijn wereld was ingestort. Had het nog zin verder te leven? Waarvoor?
Wat zou Roth nu zeggen? Communisten leverden gevluchte joden aan de ss uit. Kon je dat geloven? Ze wachtten urenlang. Uren vol kwelling en wanhoop, waarin hun laatste hoop verdween. Ze wisten dat andere kampbewoners wel waren gevlucht. Ze hadden de achtergeblevenen in het kamp via bevriende Polen laten weten, dat ze zich vrij konden bewegen en zij hadden hen aangemoedigd om ook te vluchten.
Als eerste verbrak Bernstein het zwijgen:
'De Russische bepalingen zijn waarschijnlijk veranderd. Ook vroeger hebben ze soms vluchtelingen teruggestuurd. Het is te hopen dat de Duitse bepalingen niet ook scherper zijn geworden. Hier verandert er elke dag wel iets.'
Toen de anderen zwegen vervolgde hij:
'Misschien heeft de commissaris ons teruggestuurd omdat hij jood is. Zo iemand heeft het bijzonder moeilijk.'
'Ook in de tijd van de Spaanse inquisitie...'
'Vader, hou toch eindelijk op met Spanje,' riep Ruth ongeduldig. 'We weten niet eens wat er met ons zal gebeuren en jij wilt een lezing houden over de Spaanse inquisitie.'
Nog nooit had Ruth zo'n toon tegen haar vader aangesla-

gen. Ze schrok van haar eigen woorden, keek hem aan en begon te huilen. Camillo streelde haar troostend:
'Mijn lieve kind, er gebeurt ons niets, dat zul je zien. Ik voel het, ik ben er zeker van.' Die liefdevolle woorden waren ook voor de anderen een troost. Toen de aflossing van de wacht kwam werden ze naar buiten gehaald en weer op een vrachtwagen gezet. Ze reden naar Tomaschow Lubelski. Op een gang moesten ze wachten; ze werden niet eens bewaakt. Eindelijk werden ze binnengeroepen. Een oude, grijsharige man die aan een lessenaar zat ontving hen met de ironische woorden:
'Terug uit het paradijs?'
Zij zwegen.
'Wanneer zijn jullie gevlucht?'
'Vier dagen geleden.'
'Hoe?'
'Door het bos. En toen heeft een boer ons over de grens gebracht.'
'Hoe heet die boer?'
'Dat weten we niet. We kwamen bij een boerderij en vroegen of hij ons de weg wou wijzen. De boer vroeg wat we konden betalen. Toen heb ik hem mijn horloge gegeven.'
'Zo, zo, het horloge dat je in het kamp vergeten hebt af te geven.'
Ruth begon zachtjes te huilen.
'Stil,' schreeuwde hij, 'of moet ik je stil maken?'
Hij dacht een poosje na.
'De Führer heeft jullie een nieuw tehuis gegeven en daar moeten jullie blijven. Het is goed dat jullie nu zelf hebben ondervonden dat niemand jullie hebben wil − zelfs de bolsjewieken niet. Ik zal het kamp bellen, dan halen ze jullie op. Wee jullie gebeente als jullie nog eens proberen te vluchten en hierheen worden gebracht!'
Weer moesten ze een uur op de gang wachten. Een affiche trok Ruths blik: een oproep voor de winterhulp. Vriendelijk lachend boog Hitler zich over een kind dat hem een collectebus voorhield. De foto kwam haar bekend voor, ze vroeg zich af waar ze hem had gezien. Plotseling realiseerde ze zich dat een dergelijke foto in het NKVD-bureau in Ra-

wa-Ruska hing. Alleen was het daar Stalin die zich lachend over een kind boog dat hem een bos bloemen gaf.
Eindelijk kwam de vrachtwagen, ze kregen het bevel erin te klimmen. Toen ze op de grond zaten zei de ss'er: 'Jullie kennen toch het mooie volkslied: Alle Vöglein sind schon da?
– Vooruit, zing op!'
Toen sloeg hij de klep dicht en klom in de cabine naast de chauffeur.

Daar waren ze weer – een paar ervaringen rijker en minder optimistisch dan voor hun vlucht. Ze werden omringd door een groep van het Weense transport die hen met vragen bestookte. Maar ze konden geen antwoord geven, ze waren te moe.
'Laat ze toch, morgen is er weer een dag, morgen zullen ze wel praten.'
Hun oude plaats in de barak was door anderen ingenomen, maar daarnaast was nog ruimte. Ze hadden maar één wens: slapen, slapen en alles vergeten. Hun buren brachten hun een brouwsel dat koffie heette te zijn en dat net was rondgedeeld. Het grijsbruine water was tenminste heet. Toen vielen ze in een loden slaap.
Bernstein was de eerste die wakker werd. Zijn ledematen waren stijf van de kou. Een hardnekkig gehoest had hem gewekt. Hij keek verdwaasd om zich heen, liep naar het raam en zag hoe iemand die 's nachts was gestorven op een kar uit een barak werd gereden. Toen hij terugkeerde naar zijn plaats werd Ruth wakker. Bernstein vertelde haar zijn plan: 'Zodra we kunnen, proberen we het nog eens,' fluisterde hij. 'Eens moet het toch lukken. Misschien vinden de gebroeders Fischmann een andere boer die ons over de grens brengt. Zeg dat maar tegen je vader als hij wakker wordt. Ik ga naar de Fischmanns.'
Maar het ging niet zo gauw als de onervaren Bernstein had gedacht. Ook de gebroeders Fischmann dachten direct weer aan vluchten en daarom besloten ze dat eerst een van de broers naar de grens zou gaan om een boer te zoeken die bereid was te helpen. Zulke boeren kende men in het kamp, want gevangenen die erin geslaagd waren te vluchten gaven

de boeren die hen hadden geholpen brieven voor hun vrienden in het kamp.

'Ik hoop dat niemand u gezien heeft toen u hier bent gekomen! Mijn buren denken namelijk dat ik door het smokkelen van joden miljonair ben geworden. Eens zullen ze me aangeven – misschien hebben ze dat al gedaan.'
Fischmann viel hem niet in de rede; hij knikte begrijpend.
'Ja, weet u, op het ogenblik is het verdomd moeilijk. De Russen hebben de grenswacht verdubbeld; ik heb al patrouilles met honden gezien. Langs een deel van de grens hebben ze prikkeldraad gespannen, bij een overgang waar ik al tientallen naar de andere kant heb gebracht. Ik heb ook een andere plaats ontdekt, maar daar moet je 's morgens heel vroeg komen. Dat betekent dat jullie bij mij op zolder moeten slapen. Maar hoe kan dat zonder dat mijn buren het zien? Het risico is groot. Voor de oude prijs kan ik het niet meer doen.'
De boer zweeg; hij noemde de prijs niet. Fischmann, die in Wenen een gefortuneerde handelaar in textiel was geweest, woog de woorden van de boer zorgvuldig. Misschien, zo dacht hij, zijn er werkelijk moeilijkheden bijgekomen; of verzon hij ze om meer geld te kunnen vragen?
'Wij zijn met vijf personen, vier mannen en een vrouw. Wat moet u daarvoor hebben?'
'Vijf personen! Dat is veel te veel. Stel je voor – met mij erbij zijn dat er zes! Dat valt op!'
'Natuurlijk valt dat op. Maar u hebt gezegd dat we heel vroeg moesten gaan. Als ze ons zien doet het er niet toe of we met zijn drieën, vieren of vijven zijn. Er is me verteld dat u eens een groep van twaalf personen over de grens hebt gebracht!'
De boer voelde zich gevleid.
'Voor mijn part zijn het er vijf. Het kost duizend zloty; maar het is me liever dat u me goud geeft. Wie weet of die zloty zijn waarde behoudt? Als de oorlog afgelopen is kan ik daar misschien de kachel mee aanmaken of mijn kamer mee behangen. Geef maar twee gouden horloges. Van dat spul hebben jullie toch genoeg. Dan hoeven we niet over

geld te praten.'
'Misschien kan ik voor u een gouden horloge vinden, maar niet meer dan één. Als het me niet lukt, krijgt u duizend zloty.'
'Ik heb toch liever een horloge.'

Behaaglijk strekten ze hun benen uit in het stro op zolder. Ze waren gelukkig. De weg was eindeloos lang geweest, ze hadden hem te voet afgelegd. Eenmaal had een boer de uitgeputte Ruth en Camillo een eindje meegenomen op zijn wagen. Eindelijk was het zover. Fischmann gaf de boer het beloofde horloge, de boer begon te onderhandelen; hij wilde nog meer hebben. Steeds opnieuw begon hij over het risico, over zijn buren, over het gevaar aan de grens. Hij bracht hun warme melk en boterhammen. Ruth trok uit haar zak een bloes en gaf die voor de vrouw van de boer. Fischmann gaf een sjaal. Toen zag de boer plotseling iets van leer dat uit Camillo's zak stak – het was de leren band van de kroniek.
'Geef me dat ook nog. Leer is hier op het ogenblik schaars.'
De gebroeders Fischmann raadden Camillo aan de boer zijn zin te geven. Maar Camillo wilde onder geen beding zijn familiekroniek weggeven:
'Ik ga nog liever terug naar het kamp. Jullie weten niet wat dit boek voor mij betekent!'
Was het nog nacht of schemerde de ochtend al? De boer wekte hen. Een wagen met een paard stond voor de boerderij. Toen ze beneden waren wees de boer in de verte:
'Daar gaat de grens midden door het bos. Ik breng jullie daarheen, dan lopen jullie een eindje opzij van de bosweg maar in de richting van de straat. Na een paar honderd meter zijn jullie al op Russisch gebied. Van daaruit hebben jullie hoogstens nog zes of zeven kilometer te gaan naar Jaworow. Daar zullen joden jullie helpen. Ze zullen jullie Russisch geld geven, dan kunnen jullie naar Lemberg gaan.'
Ze keken in de richting die de uitgestrekte hand aanwees, maar hun ogen zagen niets anders dan grijze schemering. Na een half uur rijden zette de boer hen midden in het bos af, herhaalde zijn advies en reed weg.

Ze liepen in de richting die de boer had aangewezen, eerst door het bos, maar toen hun voeten weg dreigden te zakken in de sneeuw keerden ze naar de weg terug. Bij elke stap vroegen ze zich af of ze al in Rusland waren. Het was nog steeds donker, want het dichte naaldbos liet slechts spaarzaam licht door.
Maar toen hield het bos op. Ze liepen blindelings voort. Het was waarschijnlijk al tegen zessen toen ze een boer tegenkwamen. Ze konden zich slechts moeilijk verstaanbaar maken, maar toen ze de naam Jaworow noemden wees hij hen met een handbeweging de weg. Ze hadden dus goed gelopen. Almaar verder liepen ze door een verlaten streek. Plotseling draaide de oudste Fischmann, die voorop liep, zich om en zei:
'Je kunt het stadje al zien; ik geloof dat de twee die ons tegemoet komen er als joden uitzien!'
Hun ogen begonnen te glanzen. Fischmann had warempel gelijk: het waren twee joodse jongens, die brachten de vluchtelingen naar de stad, namen ze mee naar huis, gaven ze eten en ook geld. Voor het eerst sinds hun deportatie uit Wenen voelden ze zich goed en veilig. Ze kregen te eten, ze konden zich wassen en scheren, en hun werd beloofd dat ze bij het instappen van de overvolle treinen naar Lemberg hulp zouden krijgen.
'We hebben al tweemaal vluchtelingen in huis gehad die ons vertelden wat er in de kampen gebeurt. Sindsdien weten we pas hoe gelukkig we hier moeten zijn, hoewel bij ons ook niet alles goed gaat,' zei de vader van de twee jongens.
Toen gaf hij hun goede raad: 'Als jullie in Lemberg zijn, zoek dan meteen werk. En wat nog belangrijker is: zorg dat je een werkvergunning krijgt, want de Sovjets sturen mensen die niet werken naar Siberië of, zoals ze dat bij ons noemen, naar de witte beer. Ook hier hebben ze heel wat mensen weggehaald. De lijsten werden door de communisten hier opgesteld. Als die er niet waren zou je in de Sovjetunie best kunnen leven. Weliswaar niet in weelde, maar het is tenslotte oorlog. De hoofdzaak is dat we leven, en als je werk hebt en je niet met politiek bemoeit – dat wil zeggen als je geluk hebt en door niemand wordt aangegeven – dan

kun je met Gods hulp overleven.'
De oude Salzmann, hun gastheer, zweeg. Een tijdje keek hij stil voor zich uit. Alleen het vuur in de oven knisterde.
'En er is nog iets belangrijks,' vervolgde hij. 'Zorg ervoor dat je niet opvalt. Jullie zullen mensen zien die allemaal grauw zijn. Denk erom, de kleren zijn belangrijk. Wie een keurig pak heeft wordt verdacht. Ze hebben allemaal hun oudste en sjofelste spullen te voorschijn gehaald om zich aan te passen aan de Russische burgers.'
'Wees daar maar niet bang voor,' zei Fischmann. 'Alles wat we bezitten dragen we aan ons lichaam.'
Ze bleven voor het middageten. Het was hun eerste echte maaltijd na lange tijd. Toen gingen ze naar het station.
Toen de trein binnenreed was hij al overvol. Boeren en boerinnen met veel bagage wilden naar Lemberg om inkopen te doen of om hun eigen produkten te ruilen want de ruilhandel bloeide. Toen de vluchtelingen die mensenmenigte zagen, verdween hun hoop dat ze in de trein terecht zouden komen. Maar de twee zonen van Salzmann leken wel acrobaten. Een van hen klom door een raam naar binnen en pakte de bagage aan. De andere gaf de conducteur twintig roebel en daarna bracht die hen eindelijk naar een coupé.

'Ik geloof toch dat het beter is dat u en uw vrienden naar de provincie gaan. Daar is het gemakkelijker om je aan te melden en een pas te krijgen. Hier in Lemberg hebben ze al zoveel mensen een pas geweigerd, en wie zonder pas buiten is, raakt gemakkelijk in moeilijkheden. We kunnen jullie bij vrienden onderbrengen en werk krijgen is ook niet moeilijk. Maar, zoals ik al zei, op het ogenblik is die verdomde pas het belangrijkste.'
De gebroeders Fischmann hadden familieleden opgezocht en Bernstein en vader en dochter Torres zaten nu tegenover hun gastheer, die een goede bekende van Bernstein was uit zijn studententijd in Wenen. Hij had zich in Lemberg als advocaat gevestigd.
Niemand zei iets. Camillo en Ruth hadden in Lemberg, noch in de provincie vrienden of kennissen. Ze keken allemaal vol spanning naar Bernstein.

'Ik heb een idee. In Mosty woont een graanhandelaar, een heel intelligente man. Hij was een soort filosoof; we noemden hem allemaal rebbe Herschel. Ik heb hem in Wenen leren kennen toen hij daar jaren geleden voor zaken moest zijn. Hij heeft me toen zelfs proberen te bewijzen dat we familie van elkaar zijn. Of dat waar is weet rebbe Herschel alleen. Ik hoop dat ze hem met rust hebben gelaten. Als hij nog in Mosty is, zal hij ons vast in huis nemen. Rebbe Herschel is een moedige man. Ik wou dat ik een Pools telefoonboek had, dan kon ik hem opbellen of oproepen om naar het postkantoor te komen.'
Bernstein en de advocaat gingen naar het postkantoor. Na vier uur wachten werden ze verbonden. Aan de andere kant van de lijn was rebbe Herschel; hij zei, zoals Bernstein had verwacht:
'Welkom!'
Hij voegde eraan toe dat hij geen groot huis meer had omdat er Russen bij hem waren ingekwartierd, maar toch moest Bernstein komen en zijn vrienden ook.
Weer stapten ze in een propvolle trein. Ze konden alleen maar om de beurt zitten want ze hadden maar één zitplaats weten te bemachtigen. Bernstein vertelde over rebbe Herschel. Hij had vast veel vrienden in Mosty die bij hem raad kwamen vragen, want rebbe Herschel had veel ervaring en mensenkennis. Hij had een zoon die ingenieur wilde worden, op hem was hij erg trots.
'Rebbe Herschel heeft nu vast de hik omdat we zoveel over hem praten!'

Rebbe Herschel had niet de hik, hij had zorgen. Toen het Rode Leger binnenviel was zijn graansilo in beslag genomen, ofwel 'genationaliseerd'. Hij had het moeilijk met de communisten uit het plaatsje, want voor hen was deze man, die in een grote stad amper tot de middenstand zou worden gerekend, een kapitalist. Wat rebbe Herschel het meest kwetste, waren de pesterijen van de collega's van zijn zoon, die al in de tijd van het Poolse regime communisten waren en die hij toen uit goedhartigheid vaak onderdak had gegeven als ze moesten onderduiken voor de politie. En nu

maakten zij hem het leven zuur. Want de bevolking, vooral de zakenlieden en huiseigenaars, werd niet lastig gevallen door het Sovjetrussische leger, maar door de plaatselijke communisten. Zij vormden een kleine, vastbesloten groep waartoe zowel joden als Oekraïners behoorden.
In Mosty woonden geen rijke joden. Het begrip 'rijk' is in dit geval zeer relatief. Want toentertijd werden mensen met een vast inkomen als rijk beschouwd. Huiseigenaars (het hoogste huis had één verdieping) en kooplieden waren er financieel natuurlijk beter aan toe dan de andere inwoners van Mosty. De kosten van levensonderhoud waren laag en de behoeften van de burgers niet erg groot. Bioscoopbezoek werd beschouwd als een luxe, die de meesten zich niet elke week konden veroorloven, bovendien werd er alleen zondags een film gedraaid.
Vanuit het standpunt van de klassenstrijd liepen alleen de joden gevaar die tot de klasse van de volksvijanden – de bourgeoisie – werden gerekend. De eerste weken na de Sovjetrussische bezetting gebeurde er met de joden niets. In het begin arresteerde de NKVD een paar Poolse reserve-officieren en maar één Oekraïense nationalist. De joden liet men met rust. Uit Kiev en Moskou kwamen Sovjet-ambtenaren en met hen vertegenwoordigers van de industrie en de landbouw. De meeste Russen die toen naar Polen kwamen, waren verbaasd dat het in het westen niet zo ellendig was als hun elke dag door de propaganda werd ingeprent. Integendeel, ze zagen mensen die beter gekleed waren dan in de Sovjetunie. Ze vonden ook geen 'bloeddorstige' uitbuiters. Maar de plaatselijke communisten 'sliepen' niet en meldden zich bij de Sovjets, naar wier komst ze zo lang hadden verlangd, als spionnen en informanten. Uit de gevangenis ontslagen criminelen en andere louche individuen meldden zich bij de pas opgerichte ordepolitie, de militie, en voerden een schrikbewind uit. Vaak was de bevolking gedwongen de hulp van Russische officieren in te roepen om zich tegen de nieuwe 'ordebewaarders' te beschermen. De Sovjet-ambtenaren voerden onder elkaar een harde strijd om de hen door de stadssovjet toegewezen woningen. Daardoor kwam het vaak tot geschillen die slechts met hulp van de procureur, de

officier van justitie, konden worden beslecht.
Rebbe Herschel had een mooi huis met vijf kamers, dat door de stadssovjet in beslag werd genomen. De geschiedenis van die inbeslagneming was typerend voor de chaos die er heerste. Op zekere dag hadden verschillende Sovjets woningen gevorderd. Maar de huisvestingsdienst had zich vergist en een personeelslid van de 'Rybtrust' dezelfde woning toegewezen als een personeelslid van de vleescombinatie. Toen de laatste met zijn spullen, zijn vrouw en zijn drie kinderen verscheen, stond de eerste net op het punt zijn boel te gaan uitpakken. De een liet de ander zijn toewijzing zien en toen ze het niet met elkaar eens konden worden, gingen ze naar de procureur. De procureur nam beide toewijzingen, belde met het gemeentebestuur, gaf de verantwoordelijke ambtenaren een standje wegens foutief en oppervlakkig werk, en besloot eerst zelf maar eens naar het huis te gaan kijken. Het huis beviel hem en daar hij en zijn gezin nog provisorisch waren ondergebracht, wist hij voor beide partijen een nieuwe toewijzing te krijgen en trok zelf in het huis. Rebbe Herschel was met die regeling zeer tevreden, want het gezin van de procureur bestond slechts uit drie personen. Bovendien hoopte hij op bescherming tegen de willekeur van de politie. De procureur vond het goed dat de familie Herschel één kamer van hun vroegere woning behield.
De sociale status van de joden was de voornaamste oorzaak dat ze onder de sovjetmacht te lijden hadden, want zij oefenden beroepen uit die door de Sovjets bijzonder werden gehaat, zoals koopman of makelaar. Op zekere dag werden alle huizen die groter waren dan een eengezinswoning 'genationaliseerd', ofwel onteigend. Toen er nieuwe passen werden ingevoerd, werd daarin voor vroegere kooplieden, wier zaken genationaliseerd waren, en grondbezitters die meer dan vijf hectare bezeten hadden, de zogenaamde paragraaf elf genoteerd. De genationaliseerde huizen kregen huismeesters die vertrouwensmannen van de partij waren. Ze stelden lijsten op met de namen van de bewoners, waarin ook opmerkingen stonden over hun politieke verleden, instelling tegenover de Sovjets, contacten met het buitenland, familieverhoudingen, vooral voor zover het vroegere officieren en

politiebeambten betrof.
In maart van het jaar 1940 werden de inwoners van de West-Oekraïne op de kantoren van de NKVD ontboden om passen als Sovjet-burgers aan te vragen. Ze moesten voor de documenten een 'autobiografie' opstellen. Reeds eerder waren dergelijke autobiografieën voorwaarde om in aanmerking te komen voor een functie. Bij elk contact met officiële diensten moest een verzoek worden geschreven en natuurlijk werd als bijlage steeds een autobiografie geëist. Deze autobiografieën kwamen bij de NKVD terecht, waar ze vergeleken werden met de documenten die ze reeds bezaten. Daarom kwam het vaak voor dat van een en dezelfde persoon een aantal autobiografieën aanwezig was. Urenlange, vaak sadistische verhoren over gegevens die van elkaar verschilden waren geen uitzondering. De ambtenaren van de NKVD probeerden elke aanvrager op een leugen, een fout, dus op bedrog van de Sovjetunie, te betrappen. Ze waren er vooral op gebrand, details te horen over verenigingen, waar de aanvrager lid van was of lang geleden lid van was geweest. Zodra een of andere vereniging in een autobiografie werd vermeld, ook al was die nog zo onbelangrijk en onschuldig, werd dat genoteerd. Als iemand dit detail een paar maanden later vergat bij het opstellen van een nieuwe autobiografie, dan namen de ambtenaren van de NKVD, die meestal helemaal niet of slechts weinig met de materie vertrouwd waren, als bewezen aan dat die vereniging in feite een anti-communistische organisatie was. De grootste zorg van de betrokkenen bestond er daarom uit, de in de eerste autobiografie verstrekte gegevens te onthouden, want alleen aan die eerste gegevens werd alles gemeten. Zij gingen overal met de Sovjetburger mee. Ook al werd hij duizenden kilometers overgeplaatst, zijn autobiografie was meestal reeds voor zijn aankomst in handen van de plaatselijke commandant. Als nieuweling moest hij natuurlijk weer een autobiografie opstellen, die met de oude werd vergeleken.
Toen het verstrekken van passen werd aangekondigd, moest de gehele bevolking bij de desbetreffende diensten verschijnen. Iedereen moest verhoren en inspecties ondergaan. De verhoren werden door een ambtenaar, de commissaris van

de militie en een plaatselijke communist gevoerd. Voor hen lagen de door de huismeesters opgestelde lijsten. Ze vroegen naar correspondentie met het buitenland van vóór de oorlog, naar de militaire dienst en naar de partij waarop was gestemd.

Slechts zelden werd een pas meteen uitgeschreven; meestal werd door de militie nog van alles en nog wat onderzocht. Zij die geen pas kregen, werden als volksvijanden beschouwd en te zamen met gearresteerde Oekraïense nationalisten, vroegere officieren, politiemannen en Poolse aristocraten, naar kampen in Siberië gebracht.

Een groteske situatie, die een macabere grap leek, ontstond toen in Mosty een filiaal van de Sovjetrussische staatsbank werd geopend. De staatsbank nam de bestaande banken, spaarbanken en een filiaal van de Poolse hypotheekbank over en begon de schulden van de vroegere Poolse kredietinstellingen te innen. Ofschoon de huizen en zaken genationaliseerd waren, eiste de directeur van de staatsbank in Mosty dat de vroegere kooplieden en huiseigenaars hun schulden betaalden. Hun protesten dat de staat, die hun huizen in beslag had genomen, ook de eigenaar van de staatsbank was en dat de gebouwen meestal met langlopende hypotheken waren belast, hielpen niet. De directeur aanvaardde geen van die argumenten en verlangde dat de hypotheek betaald werd tegen de koers van een zloty tegen een roebel. De verklaringen van de vroegere huiseigenaars dat ze niets bezaten omdat de staat de huur incasseerde en zijzelf hun huizen hadden moeten verlaten, waren vergeefs. Tegen achterstallige betalers werden door de bank processen gevoerd. De verdachten consulteerden Russische advocaten uit Lemberg en Kiev. Die juristen waren er vooral in geïnteresseerd de processen te rekken, want het was ondenkbaar dat de staatsbank een proces tegen een lid van de bourgeoisie zou verliezen. De processen duurden dan ook inderdaad zo lang, tot de Duitsers de Sovjets aflosten.

Ook rebbe Herschel was gedwongen zo'n proces te voeren. Het probleem van de passen duurde en duurde. De procureur die bij de familie woonde, wilde zich natuurlijk niet openlijk aan de zijde van 'volksvijand' opstellen; maar de vele diensten die zijn vrouw bewezen werden, de kleine geschenken die hij kreeg, misten hun uitwerking niet en de procureur hield zijn hand beschermend over het gezin.

Rebbe Herschels zoon Felix was slank, donkerblond, hij had grijze ogen en een vooruitstekende, energieke kin. Zijn vrienden noemden hem 'dawkinist', van het woord 'dawke*'; want hoe groter de moeilijkheden waren, hoe meer hij zijn best deed om ze de baas te worden.

Felix was heel anders dan zijn vader, die door het hele stadje werd vereerd. Rebbe Herschel was geen strenge vader, maar hij kende het karakter van zijn zoon precies. Als hij hem de les las, voegde hij altijd een scheut humor of filosofie toe. De bon-mots van rebbe Herschel deden onder zijn kennissen de ronde. Zo zei hij eens tegen zijn zoon: 'Een jood kan dom zijn. Maar moet hij dat? Nee, hij moet het niet. Feiwel, als je volwassen bent zul je dat begrijpen. De anderen, de gojim, zijn in de meerderheid en een meerderheid kan het zich permitteren zorgeloos te leven. Maar wij, wij zijn een minderheid en een minderheid moet altijd op zijn hoede zijn. Een minderheid moet nadenken en daarom zeg ik: Hij moet niet!'

Dat was de levensfilosofie van rebbe Herschel. Zijn enige zoon had zijn studie door de oorlog niet af kunnen maken. De technische hogeschool in Lemberg wees de zonen van de voormalige bezittende klasse af.

Zijn collega's noemden hem Felek of Felix. Maar eigenlijk heette hij Feiwel, en voor rebbe Herschel bleef hij dat, omdat het de naam was van zijn overleden vader. Felix was drieëntwintig jaar. Zijn vader was erin geslaagd bij de verkeersdienst een baantje als technicus voor hem te bemachtigen. Maar de voornaamste zorg van de familie was de pas, die men hun tot dusverre geweigerd had.

'Welkom, Bernstein! Ik had je liever onder andere omstandigheden als gast ontvangen. Maar de hoofdzaak is dat we leven en zolang we leven is nog niet alles verloren.'

Met deze woorden begroette rebbe Herschel zijn gasten. Hij verontschuldigde zich voor zijn woonomstandigheden, die

* 'dawke' betekent in het Nederlands 'desondanks'.

tegenwoordig 'overeenkomstig zijn stand' waren en stelde hen voor aan zijn vrouw en zijn zoon. Herschel wilde alles weten om te kunnen helpen.
De eerste nacht sliepen ze allemaal bij Herschel, de volgende dag zorgde hij voor onderdak. De eerste stap was zich aan te melden en passen aan te vragen. Ze waren vluchtelingen uit het westen, hun verklaringen waren moeilijk na te gaan en voor vluchtelingen bestonden geen algemeen geldende voorschriften. De vluchtelingen uit het westen wisten dat Sovjetburgers het land niet mochten verlaten. In de hoop op een spoedig einde van de oorlog weigerden ze eerst de passen aan te nemen en vroegen alleen om asiel. Daarop werden ze onmiddellijk als vijanden van de Sovjets geregistreerd en op zekere dag werd er een verbod uitgevaardigd om vluchtelingen passen te verschaffen, ook al hadden ze daarom uitdrukkelijk gevraagd.
Ook Camillo en Ruth vroegen Russische passen aan. Toen ze in Mosty waren, meldden ze zich bij de plaatselijke militie. Een jonge soldaat aan wie Ruth het ingevuld aanvraagformulier gaf, keek het mooie meisje diep in de ogen en schonk nauwelijks aandacht aan het formulier. 'Tsjarsjo, wanneer kom je weer, Tsjernoesjka?'
Ruth begreep hem niet goed. Toen kwam plotseling zijn superieur. De jonge man drukte vlug een stempel op het formulier en stopte haar de gestempelde aanvraag in de hand. Bernstein en Camillo waren verbaasd dat het allemaal zo gauw ging en Ruth vertelde dat de jongeman het over een 'tsjernoesjka' had gehad. Bernstein barstte in lachen uit: 'Tsjernoesjka — zwarthaartje!'
Voor Bernstein was de aanmelding niet zo eenvoudig. Hij moest met geld helpen. Desondanks kreeg hij geen gestempeld formulier, alleen de verzekering dat alles in orde was. Bij een inkoopmarkt voor gevogelte, die van de Ukrptizetrust was, kregen Ruth en Camillo werk. Ruth moest eieren inpakken, de oude Torres werd als nachtwaker aangesteld. Aan die staatsinstelling moesten de boeren uit de streek bepaalde hoeveelheden eieren en gevogelte leveren. De eieren werden in kisten verpakt en naar de Sovjetunie gestuurd. De kippen kwamen in kratten en gingen dezelfde weg. De on-

derneming was vroeger van een jood geweest, die eieren naar Engeland exporteerde. De zaak werd genationaliseerd en bij het ministerie waaronder vlees- en melkprodukten ressorteerden ondergebracht. De vroegere eigenaar werd als potentiële staatsvijand met zijn gezin naar Siberië gedeporteerd. Een Rus uit Odessa kreeg de leiding van de onderneming. Uit Lemberg kwamen vaak controleurs van de melken vleestrust, waar de inkoopmarkt onder ressorteerde. Camillo en Ruth waren niet erg tevreden met het werk, maar wel met de levensmiddelenvoorziening, want Kolenko, de chef, zorgde uitstekend voor zijn arbeiders. Het ontbrak hen nooit aan eieren en gevogelte.

Het nachtwerk viel Camillo zwaar. Hij kon er niet aan wennen overdag te slapen. De markt was ondergebracht op een vierkante binnenplaats en geheel van de buitenwereld afgesloten. Er was alleen een ingangspoort en boven de poort een kamer voor de nachtwaker. Camillo had een telefoon om in geval van nood de directeur of de politie te kunnen bellen. Met tussenpozen van twee uur moest hij alle sloten controleren en het resultaat van zijn controle in een boek noteren. Als nachtwaker – ochrannik – kreeg hij een pet met een klep, die met een rode tres was versierd. Aan die pet kon Camillo niet wennen; toen hij hem voor het eerst opzette, barstte Ruth in schaterlachen uit. Daarom droeg Torres de pet nooit overdag, hij bewaarde hem in zijn dienstkamer en zette hem alleen 's nachts bij zijn rondes op.

Camillo kon zich niet voorstellen dat hij als ochrannik en Ruth als eierinpakster lang in Mosty zou blijven. De Sovjetrussen voelden zich onzeker; dat gaf te denken. Vooral de nieuwsberichten die ze op de Engelse zender BBC hoorden, wezen op veranderingen. Weliswaar gingen veel Russische ambtenaren met hun gezinnen in Mosty wonen, maar er werden ook sterke militaire eenheden in het stadje geconcentreerd.

In de lange nachten had Camillo tijd genoeg om na te denken. Ofschoon het streng verboden was, hield Ruth haar vader in de dienstkamer vaak gezelschap. Op een avond nam Camillo zijn oude pinkas mee, waarin hij ook thuis op vrije avonden vaak las. Bij het spaarzame licht bladerden hij en

Ruth erin. Het gemeentebestuur had het stroomverbruik gerantsoeneerd en bij overschrijding van het toegestane aantal kilowatt-uren ging automatisch het licht uit. Daarom waren alle gloeilampen zwak. Camillo dacht aan het manuscript, waar hij jarenlang aan had gewerkt. Hij dacht aan de moeizame onderzoekingen in de archieven van Barcelona, Madrid, Alcala de Henares, Saragossa, Simancas en aan de mooie uren die hij in de Bibliotheca Colombina in Sevilla had doorgebracht.

In die tijd had hij contacten met belangrijke geleerden in Europa en Amerika en in lange disputen behandelden ze het thema dat ieders vurige belangstelling had: de afstamming van Columbus en de gebeurtenissen in de tijd van zijn reizen, waarbij het om de these ging, dat Columbus, die in Spanje Colon heette, van joodse afstamming zou kunnen zijn.

Hoe interessant die discussies ook waren, ze leidden toch nooit tot een definitieve conclusie omdat niet alle bronnen onderzocht konden worden, want zelfs geleerden werd de toegang tot de pauselijke archieven en geheime documenten in het Vaticaan ontzegd.

Toen Camillo terugkeek op de jaren die hij aan het onderzoek had gewijd, moest hij bekennen, dat hij tot voor kort het leven en de situatie waarin zijn voorvaderen zich in Spanje samen met andere joden hadden bevonden, slechts uit schriftelijke overlevering kende. Het had hem ontbroken aan de ervaring waardoor echt begrip mogelijk wordt. Zijn voorstellingsvermogen alleen was niet voldoende geweest om het verleden in al zijn facetten te doorgronden.

'Wat ik je nu ga zeggen, Ruth, vind jij misschien onbelangrijk — maar het is de waarheid: op het ogenblik zou ik onze familiegeschiedenis, waaraan ik al zoveel jaren werk, heel snel kunnen afmaken. Na twee jaar vervolging, verdrijving en vernedering begrijp ik eindelijk, wat ik door jarenlange onderzoekingen en studie niet kon bevatten.'

Ruth keek op van haar werk; ze stond op het punt tegen haar vader te zeggen dat het allemaal onbelangrijk was, maar op het laatste ogenblik kwam zij tot andere gedachten, want ze was blij dat haar vader de ellende, de nood en de

dagelijkse ervaringen die het leven bitter maakten op deze manier kon vergeten.
'Ik denk dat het zelf beleefde in elk boek dat geschreven wordt een grote rol speelt,' zei ze.
'Ik denk al dagenlang aan mijn manuscript,' vervolgde Camillo. 'Ik heb gewild, dat dat werk mij overleefde en dat jij en je kinderen en kleinkinderen aan mij zouden denken als ik er al lang niet meer was. Kon ik dat werk maar afmaken!'
'Je zult het afmaken, vader,' zei Ruth troostend.
'Vier en een halve eeuw scheiden ons van die gebeurtenissen en toch zouden ze vandaag weer kunnen gebeuren. Alleen de plaats en de techniek is veranderd, de instelling en de wil om te vernietigen zijn gelijk gebleven.'

Nog nooit had men op de stations een zo groot aantal lege veewagons gezien. Niemand wist waarvoor ze gebruikt zouden worden. De wildste speculaties en geruchten waren in omloop, zelfs weddenschappen werden afgesloten. Uit het gehele gebied van de West-Oekraïne — zo werden de geannexeerde delen van Polen genoemd — werden al dagenlang leden van de communistische partij opgeroepen voor bijeenkomsten in de partijsecretariaten. Niet-ingewijden konden niets te weten komen over die vergaderingen, hoeveel moeite ze ook deden. Menige fabrieksdirecteur of ambtenaar in een leidende functie monsterde in het geheim zijn arbeiders en personeel, de 'mjestnye' — inheemsen.
De 'mjestnye' werden in twee groepen verdeeld, zij die al lang in het stadje woonden en de vluchtelingen en emigranten, meestal vluchtelingen uit de gebieden in het westen van Polen die door de nazi's waren bezet. Het was eind mei 1940. In elke plaats patrouilleerde militie door de straten. Nog wist niemand waarom. Op een nacht tegen twaalf uur werden de bewoners door kolfslagen tegen de deuren uit hun slaap gewekt.
Voor de huizen waarin een 'bjeschenjetz' — een vluchteling — woonde, wachtten twee leden van de politie en een partijgenoot. De namen van de vluchtelingen werden omgeroepen, er werd hun bevolen hun koffers te pakken omdat ze moesten verhuizen. Binnen drie dagen en nachten waren er

al meer dan 50 000 joden die voor de Duitsers uit de bezette delen van Polen naar West-Oekraïne waren gevlucht, naar Siberië gedeporteerd. Met vrachtwagens werden ze met hun bagage naar de goederenstations gebracht. Daar werden ze in wagons gepakt en naar afgelegen gebieden in het Aziatische deel van de Sovjetunie gestuurd. Ze waren vaak veertien dagen en langer onderweg.
Camillo en Ruth waakten de eerste nacht. Weer hadden ze hun armetierige bundeltjes gepakt en zaten ze te wachten op het transport. Maar niemand vroeg naar hen; blijkbaar stonden hun namen niet op de lijst. In Mosty duurde die actie maar een dag. Op aanraden van hun joodse buren bleven Ruth en Camillo twee dagen thuis. Toen ze weer op hun werk verschenen was Kolenko zeer verbaasd. Hij informeerde meteen bij de militie. Maar het transport was al weg en daar de militie fouten niet wilde toegeven, bevalen ze Camillo en Ruth passen aan te vragen als Russische staatsburgers. Een week later kregen ze die passen ook inderdaad.
Bernstein had niet zoveel geluk. Zijn naam stond op de lijst; zijn omkooppogingen waren tevergeefs.
Ruth en haar vader waren de enige vluchtelingen in Mosty die met rust gelaten en zelfs genaturaliseerd waren. Ze waren nu dus gelijkgesteld aan de andere bewoners. Vaak dacht Camillo weemoedig aan Bernstein en hun lange discussies. Hij miste zijn vriend en gesprekspartner zeer. Daarom was zijn vreugde groot toen hij op zekere dag een brief van Bernstein kreeg. De brief kwam uit het gebied van Archangel, waar sommigen naar toe waren gebracht. Hoewel ze allebei wisten dat brieven gecensureerd werden, vervulde de inhoud van de brief hen met grote zorg. Bernstein beschreef de lange, moeizame reis, het ontoereikende sanitair, de honger en de wreedheid van de bewakers. Eén zin gaf Camillo vooral te denken: wij reden achtmaal de afstand van Wenen naar Nisko.
'Zo'n reis zouden wij niet overleefd hebben,' zei Ruth.
'Er bestaat een spreekwoord: een mens is niet van ijzer. Dat klopt, hij is harder. IJzer en staal zouden breken maar de mens blijft heel,' antwoordde Camillo.
Bernstein schreef ook dat een deel van de vluchtelingen in

de mijnen, een ander in de bossen te werk was gesteld. Ze woonden in kampen en kregen 800 gram brood per dag, mits de norm werd bereikt. Van dat nieuws schrokken Ruth en Camillo. Weliswaar waren er ook in Mosty normen voor het inpakken van eieren die gehaald moesten worden, maar die normen golden alleen voor het geld dat je kreeg uitbetaald. Bernsteins lot schokte hen. Hij was voor de Gestapo gevlucht en nu in handen van de NKVD gevallen. Zwaar werk, honger, wachttorens en prikkeldraad waren er aan beide kanten – alleen de uniformen waren anders. Maar aan dat verschil hadden de mensen die achter prikkeldraad zaten niets.
Ruth ging direct naar het postkantoor en vroeg of er een mogelijkheid bestond om Bernstein een levensmiddelenpakket te sturen. Op het postkantoor hadden ze er niets op tegen, dus pakten ze suiker, honing, noedels en een busje met boter in. Het pakket was drie weken onderweg; pas een maand later kregen ze van Bernstein een bedankbrief.
Het was een feestdag voor Ruth en Camillo en ze wilden hun vriend zo gauw mogelijk weer een pakket sturen. Ruth begon een warme trui voor hem te breien. Intussen kwam er een nieuwe brief van Bernstein, waarin hij over de toestand in het kamp vertelde. Velen waren ziek, een paar al gestorven. Ze hadden te horen gekregen dat ze allemaal voor de rechtbank zouden komen – waarvoor wist Bernstein niet. Kennissen van Bernstein in Mosty probeerden hun vriend te helpen en gingen naar Lemberg om bij de 'Obkom' – het partijdistrict – te bemiddelen. Maar ook deze poging was vergeefs. Toen ze terug waren in Mosty vertelden ze de oude Torres dat het lot van de meeste gedeporteerden, ook dat van Bernstein, was bezegeld. Alle voormalige vluchtelingen uit het westen die – zoals Bernstein – geweigerd hadden Sovjetrussische passen aan te vragen, werden ervan beschuldigd de Sovjetunie illegaal binnen te zijn gekomen om een spionagenet op te bouwen. Een latere aanvraag van Bernstein voor een pas werd niet in behandeling genomen. Ruth en Camillo konden niet geloven dat hun oude vriend van spionage werd beschuldigd. Ze stuurden hem nog twee pakjes, die niet terugkwamen.

In de woningen die na het vertrek van de vluchtelingen leeg stonden, trokken nieuwe huurders – Russen en Oekraïners – die in de West-Oekraïne nieuwe banen kregen. Hun bagage was meestal armoedig en meelijwekkend. Als men hun vroeg, waarom ze maar zo weinig hadden meegenomen, dan antwoordden ze ontwijkend dat ze de mooiste dingen thuis hadden gelaten. Maar het was geen geheim dat de Russen de opdracht hadden vragen over welstand, distributie en inkoopsmogelijkheden in de Sovjetunie positief te beantwoorden. Zij beschreven hun leven in de Sovjetunie in de schitterendste kleuren. Je zou denken dat ze uit een land van melk en honing kwamen, waar alle artikelen in grote hoeveelheden voorradig waren.

Het beeld van de stad veranderde snel. Veel inwoners trokken weg, velen werden naar Siberië gedeporteerd. Na een jaar Sovjetrussische heerschappij had Mosty een ander, een somber gezicht.

De winter stond voor de deur. Op zekere dag kwam er een brief van Bernstein, die Ruth aannam. Die brief was een kreet van wanhoop. Hij was na een proces, waarbij hij niet aanwezig was, tot vijftien jaar dwangarbeid veroordeeld. 'Elke dag sterven mensen,' schreef Bernstein. De grond was zo hard bevroren dat de doden niet meer begraven konden worden, alleen maar bedekt met stenen om te voorkomen dat zij ten prooi vielen aan wilde dieren.

Op de lange winteravonden als nachtwaker in Mosty bladerde Camillo in de kroniek. Zijn notities waren niet alleen bedoeld als familiegeschiedenis, ook als een doorsnede van de joodse geschiedenis. Het idee was tijdens een lange ziekte van zijn vader bij hem opgekomen. Toen Camillo aan zijn ziekbed zat, had hij hem veel verteld over zijn voorvaderen. Zijn vader noemde een neef in Turkije, die ook een pinkas bijhield. Toen was er een vreemd gevoel over Camillo gekomen, een gevoel dat in het algemeen alleen aan de Chinezen wordt toegeschreven. Een Chinees telt namelijk, zolang hij in het huis van zijn vader woont, bij zijn eigen levensjaren die van zijn voorvaderen op. Op de vraag hoelang hij al in Wenen woonde zou ook Camillo op dat moment hebben geantwoord: 'Al eeuwenlang.'

Camillo stond in geregeld contact met zijn wijdvertakte familie. Hij correspondeerde met bloedverwanten in Joegoslavië, Italië, Zuid-Amerika, Turkije en de Verenigde Staten. Zijn vader wist van vrijwel alle familieleden de afstamming en de graad van bloedverwantschap. Camillo was nog een kind toen zijn vader hem vol trots een papier met de stamboom van de familie liet zien. Aan de wortels van de boom las de jongen de namen van zijn Spaanse voorouders. Ook de namen van hun kinderen kon hij gemakkelijk vinden; maar daarna vertakte zich de boom. De stamboom van de familie was twee vierkante meter groot en kon als een landkaart worden opgevouwen. Camillo herinnerde zich nog hoe opgewonden hij was toen zijn vader hem zijn eigen naam aanwees: 'Als je trouwt en een familie sticht moet je aan dit takje een nieuw rankje tekenen en daarnaast de naam van je vrouw zetten. Later moet je ook de namen van je kinderen erbij zetten.'
En toen Ruth was geboren, had Camillo eerbiedig de naam van zijn kind opgeschreven.

Het werd juni 1941. De Russen waren merkbaar zenuwachtig, de Oekraïners fluisterden verstolen. Rebbe Herschel luisterde naar een grote radio die eigendom was van de procureur en volgde de buitenlandse nieuwsberichten. Er hing iets in de lucht. De spoorwegmannen vertelden over ononderbroken transporten, die van de Sovjetunie naar Przemysl en Rawa Ruska gingen en aan de grensstations op Duitse treinen werden overgeladen. Dag en nacht reden volle goederentreinen met groente, olie, ijzererts en alle mogelijke materialen naar Duitsland. De joden die uit de door Duitsland bezette gebieden van Polen naar de Sovjetunie waren gevlucht, konden het niet begrijpen, waren verbijsterd. Vaak kwamen er in vergaderingen van arbeiders vragen aan de partijsecretarissen van de bedrijven, die verlegen antwoordden: 'Onze vader Stalin weet wat hij doet.' Discussies over het feit dat de Sovjetunie Duitsland belangrijk materiaal en levensmiddelen leverde en daardoor hun oorlogspotentieel versterkte, waren verboden. De bevolking in de Sovjetunie was er aan gewend geraakt geen vragen te stellen,

want elke vraag werd als kritiek beschouwd.
Het werd bekend dat de NKVD 's nachts een aantal Oekraïense nationalisten had gearresteerd. De burgemeester, kandidaat voor de opperste Sovjet, was verdwenen. Er werd gezegd dat hij naar de Duitsers was gevlucht. Ook bij de militie ontbraken plotseling een paar mensen. Hun gezinnen, zo werd gezegd, waren gearresteerd. De Engelse radio berichtte over de concentratie van omvangrijke Duitse strijdkrachten langs de Russische demarcatielijn.

Het gehuil van vliegtuigmotoren wekte hen uit de slaap. Boven hun hoofden was de hel losgebroken. Uit de verte kwamen doffe knallen, aan de horizon was het schijnsel van branden. De mensen liepen verschrikt de straat op, allemaal door elkaar heen: Polen, Oekraïners, joden, Russen. Niemand wist wat er gebeurde. Velen liepen hun huizen weer binnen, zetten de radio aan en hoorden dat Duitsland de oorlog tegen de Sovjetunie was begonnen. Het was 22 juni 1941. Colonnes Russische militairen kwamen in de stad, andere colonnes verlieten de stad; niemand wist hoe of wat. Waren de Sovjets op de terugtocht of brachten ze versterkingen naar de grens? Russische burgers namen contact op met de partij en kregen het advies elke paniek te vermijden. Op diezelfde dag riepen ze de arbeiders in de bedrijven op, legden hen uit dat de nazi's binnengevallen waren en verzekerden hen dat er grote Russische eenheden in aantocht waren om de vijand terug te slaan.
Onder de joden brak paniek uit. Ze wisten wat hen bij een Duitse inval te wachten stond. Ze hadden van vluchtelingen uit de door Duitsland bezette gebieden gehoord hoe het daar toeging. Vluchtplannen werden besproken, men overwoog om als het niet anders kon samen met de Russen te vluchten. Onder de joden bevonden zich jonge mensen die door het Russische leger 'deugdelijk' waren bevonden en op een oproep wachtten. Ze liepen nu naar de 'Wojenkomat', de militaire staf. Daar werd hun gezegd dat ze op hun oproep moesten blijven wachten. In tegenstelling tot de Sovjetrussische berichten spraken de Duitse en de Engelse radio over grote militaire overwinningen. Ze spraken over tangbewe-

gingen van de Duitse legereenheden en over volledige verrassing en totaal gebrek aan voorbereiding van de Sovjetrussische militaire staf.
Russische families, vooral vrouwen en kinderen, verlieten stilletjes in de nacht de stad. Rebbe Herschel smeekte de procureur, hem en zijn gezin mee te nemen op de vrachtauto; treinen gingen er niet, er waren geen particuliere voertuigen, de straten waren door de terugtrekkende militairen verstopt. Je kon alleen maar vluchten met behulp van de Russische transportmiddelen.
'We komen gauw terug! Het is maar voor even. Misschien zijn we er over tien dagen al weer. In de Obkom hoorde ik over voorbereidingen voor een groot offensief; dan rukken we op tot Berlijn.'
Met die woorden probeerde de procureur rebbe Herschel te troosten en tegelijkertijd zijn weigering om het gezin te helpen vluchten aannemelijk te maken. Vooral jonge mensen trokken weg. Als ze op de straten niet vooruit kwamen of door de Russische militaire politie werden teruggestuurd liepen ze in oostelijke richting dwars over de velden naar Tarnopol.
'Feiwel, je moeder heeft een pak voor je klaarstaan. Je moet gaan. Denk niet, dat je ons in de steek laat. Je bent jong, je hebt je leven nog voor je. Ons leven ligt in Gods hand.'
Met die woorden probeerde rebbe Herschel zijn zoon over te halen om te vluchten – maar tevergeefs. Velen wilden toentertijd hun kinderen op deze manier van een onzeker lot redden. Maar slechts weinigen besloten te vluchten; niet alleen de familiebanden hielden hen tegen maar ook de banden van een lotsgemeenschap, waaruit vluchten ondenkbaar was.
Voor Camillo en Ruth bestond dit probleem niet. Ruth kon als meisje niet alleen vluchten; ze verstond maar een paar woorden Pools en Russisch; maar het belangrijkste was dat ze haar vader niet alleen wilde achterlaten.
Na vier dagen kwamen Oekraïners en Polen weer op straat. Grijnzend keken ze de terugtrekkende Russen na. Ze keken hoe in Russische kantoren papieren werden verbrand. Vooral de Oekraïners konden de dag dat alle Russen verdwenen

waren haast niet afwachten. Hun plaatselijke leiders die een paar maanden tevoren waren gevlucht – de burgemeester, de plaatsvervangende aanvoerder van de militie en een paar anderen – hadden beloofd als leden van een Oekraïens bevrijdingsleger samen met de Duitsers terug te keren en een Oekraïense staat te vestigen. Nu leek het uur gekomen.
Ettelijke oudere Oekraïners, die met rebbe Herschel al jarenlang vriendschappelijke betrekkingen onderhielden, raadden hem aan te vluchten. Ze wisten heel goed wat de joden te wachten stond, want zij luisterden naar de Oekraïense vrijheidszender, die door een Duits-Oekraïense eenheid werd bemand:
'Over een paar dagen komen we jullie bevrijden! Ontvang ons niet met bloemen maar met afgehakte jodenkoppen!'
Ook de joden hoorden die radio-uitzendingen. Angst en schrik verbreidden zich. Velen vluchtten, hoewel ze wisten dat ze niet ver zouden komen. De Duitse lawine kwam aanrollen.
Die middag waren er al geen Russen meer in het stadje. De straten waren uitgestorven, de joden verstopten zich waar ze konden. Het was 's avonds laat toen Oekraïense liederen en de kreet 'Waar zijn de joden' door de straten galmden. Een compagnie in Duitse uniformen met geelblauwe rozetten op de mouw trok het stadje binnen. De Oekraïners kwamen hun huizen uit. Er werd omhelsd en gehuild en midden op het marktplein werden tafels neergezet om de troepen een waardige ontvangst te bereiden.
'Waar zijn de joden?' riepen ze.
'Hier met de joden!'
De eerste joden werden al door de Oekraïners uit hun huizen gehaald en naar het marktplein geranseld. Daar lagen de eerste in elkaar geslagen, bewusteloze slachtoffers. Ze kregen hun genadeschot.
'Haal die jodendrek weg!' werd de nog levenden bevolen. In de verte klonken doffe kreten. Een grote mensenmenigte trok naar het marktplein. Ze hadden doden bij zich op draagbaren. In de nacht na de aftocht van de Sovjetrussen hadden de families van de gevangenen de gevangenis, die niet meer bewaakt werd, bestormd om hun familieleden te

bevrijden. Zij vonden hen dood. De NKVD, die de gevangenen niet mee kon nemen, had hen doodgeschoten. Er waren in totaal elf doden: vijf Oekraïners, vier Polen en twee joden. Maar wie bekommerde zich om de dode joden? Een schreeuw steeg op uit de menigte: de joden hebben de gevangenen vermoord! Weer stormden ze joodse huizen binnen, sleurden onschuldige mensen de straat op om op hen de misdaad te wreken die de NKVD had begaan.
De joden waren de schuld van alles!
Toen de volgende dag de overwinningsroes was uitgewoed, hadden de joden meer dan tachtig doden te betreuren. Duitse soldaten trokken binnen en al een paar uur later kwamen de oproepen van de stadscommandanten om rust en orde te bewaren. Pas twee dagen later kwam Duitse gendarmerie en een kleine eenheid van de SS. Zij bevalen de Oekraïense vlaggen van de huizen te verwijderen. De Oekraïense compagnie trok een dag later verder naar het oosten.
De hoop van de Oekraïners ging in rook op: men had hun toch een eigen staat beloofd. Reeds kwamen uit Lemberg en andere steden slechte berichten: de Oekraïense zelfstandigheid had daar maar drie dagen geduurd. In die tijd hadden ze de vrije hand tegen de joden gekregen. In Lemberg alleen al waren zesduizend joden vermoord, in heel Galicië speelde zich hetzelfde af.
Het door de Duitsers bezette Galicië werd als district Galicië in het gouvernement-generaal ondergebracht; alleen behielden de Oekraïners, vergeleken met de rest van de bevolking, een bevoorrechte positie. Een Oekraïense hulppolitie werd in het leven geroepen, die de Duitsers bij alle maatregelen tegen de joden moest ondersteunen. Dat was het surrogaat voor de Oekraïense onafhankelijkheid.
De Duitsers voerden direct de registratieplicht voor joden van beide geslachten tussen de twaalf en zestig jaar in. De Oekraïense burgemeester herkreeg zijn post. Een joodse raad van een paar prominente personen werd opgericht. Een van de opgaven van die joodse raad was het innen van de contributie die de gouverneur van Galicië, Lasch, de joden had opgelegd en het werven van joden die konden werken voor de Duitse instanties. De joden moesten verhuizen naar

het deel van het stadje waar de meeste joden reeds woonden. Rebbe Herschel trok met zijn gezin in het huis waar Camillo, Ruth en nog een paar anderen woonden. Hij was geheel gedeprimeerd en had alle vertrouwen in de mensen verloren. Polen en Oekraïners, met wie hij tientallen jaren was omgegaan en die hij vaak diensten had bewezen, draaiden het hoofd om als ze hem zagen of ze mompelden een paar vrijblijvende woorden.

De joden kregen een hongerrantsoen. Om te kunnen leven waren ze gedwongen hun laatste bezittingen te verkopen. De kopers verlaagden willekeurig de prijs van het aangebodene. Toen kwam de herdenking van de dood van Petljura, de Oekraïense leider, die in 1928 door een jood werd doodgeschoten. Drie dagen lang waren de joden vogelvrij – ditmaal voor de Oekraïners. Ze drongen joodse huizen binnen, roofden meubels of sloegen ze kapot, vulden de zakken die ze hadden meegenomen. De joden verlieten hun huizen, verstopten zich in kelders en op vlieringen. Maar overal werden ze gevonden door het gepeupel dat hen de straat op ranselde. Overal lagen doden.

De Duitsers waren toeschouwers, ze grepen niet in. Het was net of ze met vakantie waren, ze fotografeerden ijverig. Een auto met oorlogsverslaggevers reed langzaam door de stad. Alles werd gefotografeerd. Het journaal in de bioscopen werd met actualiteiten bediend.

De Oekraïense politie haalde meer dan honderd joodse mannen en vrouwen uit hun schuilplaatsen. Ook rebbe Herschel en zijn vrouw waren daarbij. 's Avonds kwam Felix thuis van zijn werk. Hij was met een groep in de kazerne. Hij vond het huis leeg, geen spoor van zijn ouders. Ook een paar buren waren verdwenen. Hij holde naar de Oekraïense politie.

'Waar zijn mijn ouders?' vroeg hij de politieman voor de poort. 'Breng me naar hen toe, ik wil ze nog eenmaal zien.'
'Ze zijn hier niet meer. Ga naar huis, je kunt hen niet meer helpen – niemand kan hen helpen.'
Felix bleef naast hem op de trap zitten. Hij was als verlamd. De politieman schudde hem door elkaar en trok hem overeind. Verdoofd door de schok liep Felix terug naar huis. Pas

toen hij de lege woning zag, begon hij te huilen. Hij wierp zich op het bed van zijn vader en spreidde zijn armen, alsof hij hem zo nog kon omklemmen. Hij was zo diep verzonken in zijn smart, dat hij het zachte kloppen op de deur niet hoorde. Pas toen er een hand op zijn schouder werd gelegd schoot hij overeind. Het was Ruth, die hem kwam halen. Bij de familie Torres liet Felix zich op een stoel vallen, zonder het glas thee te zien dat Ruth hem toeschoof. Vele uren bleef hij in die houding zitten. Ten slotte bracht Camillo hem terug naar zijn kamer; de eerste nacht zonder zijn ouders.
Felix viel in een loden slaap, nog voor hij zijn kleren had uitgetrokken. Om vijf uur 's morgens maakte Ruth hem wakker. Om die tijd moest zij naar haar werk en Felix naar de kazerne. Ze stopte hem een gesmeerde boterham toe en nodigde hem uit voor het avondeten.
Voor Felix was het een verlossing dat hij zich bij Ruth en Camillo kon aansluiten. Ruth zorgde voor hem. Zonder veel te vragen deed ze zijn was en Felix vond het op zijn beurt vanzelfsprekend dat hij alle levensmiddelen waar hij de hand op kon leggen met Ruth en haar vader deelde.
Het werk in de kazerne was niet erg moeilijk. Eerste luitenant Kroupa, een Wener, behandelde vergeleken met andere militairen het joodse personeel heel menselijk. Vaak kwam hij zowel bij de burgemeester als bij de Oekraïense politie tussenbeide als 'zijn' arbeiders werden opgepakt.
Ruth en Camillo werkten net als in de tijd van de Russen in het magazijn voor landbouwprodukten, dat door de Duitsers was overgenomen. Chef van die afdeling was een zekere Wieser, die vooral Camillo graag mocht; zo nu en dan stopte hij hem levensmiddelen toe. Omdat Wieser het toezicht had op een heel magazijn vol levensmiddelen, kreeg hij vaak bezoek van ss'ers, die hij diensten bewees. Ze stuurden de levensmiddelen die hij hun gaf, naar hun gezinnen in Duitsland. Daarom kon hij vaak iets voor zijn arbeiders doen bij de Duitse instanties.

Op zekere dag kwam Felix met nieuws uit de stad: 'Ze richten een getto op, de joden hebben acht dagen de tijd om daarheen te verhuizen. Duitse en Oekraïense politie zal het

bewaken. Het bad mag door joden niet gebruikt worden.'
Er viel een stilte in de kamer. Felix vertelde verder: 'Uit de plattegrond blijkt dat wij niet hoeven te verhuizen. Het getto zal hier rondom ons huis zijn.'
Camillo zei alleen maar: 'Dat is er allemaal al eens geweest.' De getto-verordening in Spanje was het voorbeeld voor de nazi's. Er stonden precies dezelfde ge- en verboden in: de joden die in andere delen van de stad woonden, moesten binnen een week naar de 'juderias' verhuizen, die door geen christen mocht worden betreden. Joden mochten de badhuizen buiten de juderias niet gebruiken.
En toch leek het alleen maar hetzelfde, dacht Camillo. Het getto van vroeger eeuwen had de joden in hun isolement tijd en gelegenheid gegeven om zich met religieuze problemen bezig te houden. De gettogemeente was − zoals rabbijn Leo Baeck het eens uitdrukte − een gemeente van denkers geworden. Maar nu had de concentratie in een getto alleen maar de vernietiging ten doel.

In de tussentijd hadden de Oekraïners uit alle naburige dorpen de joden die in leven waren gebleven met paard-en-wagen naar het stadje gebracht. Ook zij werden in het getto opgenomen − wat zij vertelden was het gebruikelijke: alles was hen afgenomen, ze moesten blij zijn dat ze niet ter plekke waren gedood. De hele omgeving was nu 'jodenvrij'. Er werd gezegd dat de Oekraïense gemeenteraad zich tot de Duitse overheid wilde wenden om ook het stadje 'jodenvrij' te maken.
De Duitsers probeerden de joden onder controle te krijgen. Ze wilden precies weten hoeveel er waren en wat er zoal gebeurde. In samenwerking met de Oekraïense gemeenteraad werd de joodse raad bevolen, een joodse politie − een soort ordedienst − op te richten. De joodse raad bestond uit vijf personen, de politie uit twintig. Ze werden met persoonsbewijzen uitgerust.
Met de instelling van de joodse raad wilden de Duitsers tegenover de joden verdoezelen wat hun werkelijke plannen waren − en daarin slaagden zij ook. 'De oude mensen gaan naar Lemberg, naar een bejaardentehuis,' luidde een veror-

dening aan de joodse raad. Die stelde een lijst op; de joodse politie haalde de mensen op en bracht ze naar reeds wachtende, door de Oekraïense politie bewaakte wagens. Alles liep op rolletjes. Maar het 'bejaardentehuis' was een massagraf een paar kilometer buiten de stad.

'De kinderen komen in een kindertehuis, dan kunnen de ouders ongestoord werken'; deze verordening aan de joodse raad volgde een paar maanden later. De joodse raad had een lijst opgesteld. Een man van de joodse raad pleegde zelfmoord en ook een paar leden van de joodse politie wilden niet meer meedoen. Wie bleef, degradeerde zichzelf tot de verlengde arm van de Duitsers.

Steeds opnieuw belogen de Duitsers de joodse raad en die op zijn beurt de joden. Na elke actie kreeg de joodse raad te horen: de rest blijft. In de getto's waren al gauw vele alleenstaanden zonder ouders, zonder kinderen, zonder familieleden.

Op een dag in de nazomer zat Camillo op de stoep die naar het magazijn leidde. Het was schafttijd. Naast hem zaten twee joodse arbeiders, die al een paar maal geprobeerd hadden met Camillo een gesprek aan te knopen, maar hij had meestentijds nauwelijks antwoord gegeven. Hij was verzonken in gepeins en liet zich niet storen. Er kwam nog een arbeider bij hen zitten. Op zijn gezicht stonden angst en ongerustheid te lezen.

'Wat is er, wat is er gebeurd?' vroegen zijn kameraden.

'Een boer heeft me verteld dat ze gisteren in Zolkiew driehonderd joden hebben doodgeschoten. Dezelfde avond moest de joodse raad een paar duizend zloty betalen voor de kogels waarmee de joden waren vermoord. Tien dagen geleden werden de leden van de joodse raad in Lemberg opgehangen. Er werd meteen een nieuwe ingesteld. De Gestapo presenteerde hun de rekening voor de stroppen waarmee hun voorgangers waren opgehangen.'

Camillo luisterde naar het verhaal van zijn lotgenoot. Hij kon nog steeds niet begrijpen dat men in de twintigste eeuw, de eeuw van de vooruitgang, de cultuur, de ontwikkeling en de civilisatie, tot zulke dingen in staat was. In de ogen van deze eenvoudige mensen was Camillo een geleerde, die zijn hele leven in Wenen had gewoond en ook met Duitsers was omgegaan. De chef van het magazijn, Wieser, praatte vaak met hem; hij waardeerde de oude man en het speet hem dat de joden zo'n verschrikkelijk lot te wachten stond. Wieser zou bereid zijn geweest Camillo meer levensmiddelen te geven. Maar hij probeerde hem dat alleen met toespelingen te laten weten, want hij voelde zich tegenover de geleerde man geremd en wilde hem niet kwetsen. De collega's van Camillo wisten dat Wieser hem bewonderde en ze hoopten dat hij de oude Torres bij acties van de Duitsers zou waarschuwen. Het nieuws over de moordpartij in Zolkiew had iedereen gealarmeerd en iedereen stelde zichzelf de vraag: 'Wanneer ben ik aan de beurt?' Iemand sprak die vraag ook uit. Camillo, op wie aller ogen waren gericht, voelde dat hij zijn zwijgen moest verbreken en antwoord moest geven.

'De joden hebben altijd voor alles moeten betalen. Ik heb hier vroeger niet gewoond, maar uit alles wat ik gehoord heb wordt mij duidelijk, dat het de joden in dit land nooit bijzonder goed ging. Al in het oude keizerrijk kenden de joden uit Galicië het woord "democratie" alleen van horen zeggen. Ze werden vertrapt onder de laarzen van de ambtenaren of ze sidderden onder de willekeur van Poolse adellijken en Roetheense popen. De keizer trok er zich weinig van aan.'

In het begin luisterden de arbeiders gespannen naar de woorden van Camillo. Maar toen werden ze weer door angst en onrust overspoeld. Ze wilden weten of hij dacht dat hen hetzelfde lot wachtte als de joden van Zolkiew.

'Wij delen het lot van onze broeders,' zei Camillo. 'Wat er met hen gebeurde, zal er ook met ons gebeuren. Wij zijn allemaal gelijk. Niemand kan zijn lot ontlopen. Jullie hebben toch aan de vooravond van Yom Kippoer "Unsane Tokef" gebeden. Terwijl jullie vrouwen huilden in het gebedshuis trokken jullie doodsgewaden aan om symbolisch verenigd te worden met de geest van de martelaren. Waarom zijn jullie dan bang? Misschien is ons lot nog erger dan dat van onze voorvaderen, want wij hebben geen vrienden, en geld kan ons niet meer beschermen. De nazi's willen niet alleen ons geld en goed maar ook ons leven. In mijn woorden moeten

jullie troost vinden en onthoud één ding goed: onze moordenaars kunnen niet allen doden, want Israël is eeuwig. Joden zullen overleven zoals zo vaak in de geschiedenis.'
Camillo zweeg en verzonk weer in gepeins.
En niemand maande hem om weer aan het werk te gaan, want ze wisten dat zelfs Wieser geen woord zou zeggen als hij zag dat hij niets deed.
Camillo probeerde in het verleden een soortgelijke gebeurtenis te vinden als die in Zolkiew, waarbij de joden de kogels waarmee ze waren vermoord zelf moesten betalen.
In gedachten was hij weer in de bibliotheek van het Vaticaan – dat moest in het jaar 1926 zijn geweest. Toentertijd interesseerde hij zich in het bijzonder voor het gedrag van de pausen tijdens de verdrijving van de joden uit Spanje. De plaatsbekleders van Christus op aarde keurden de maatregelen van de inquisitie goed, zij gaven zelfs hun toestemming. Paus Alexander VI, die Spanjaard was en in het jaar 1492 door ondoorzichtige machinaties tot opperste herder van de christenheid was gekozen, bepaalde in zijn edict van 23 januari 1497 dat de joden met hun vermogen moesten bijdragen aan de verdediging van het katholieke geloof. Met verdediging van het geloof werd niet alleen de strijd tegen de Moren bedoeld, maar ook het werk van de inquisitie, die onder de naam 'geloofsgericht' in Spanje woedde.
Camillo had de vergeelde bul in handen gehad en een pater had hem geholpen bij het vertalen van de Latijnse tekst. Een in dat perkament opgenomen clausule had de geleerde aan het denken gezet. De paus had namelijk bevolen dat de joden een deel van hun vermogen aan de kerk moesten geven. Om te verhinderen dat de joden de kerk bedrogen bepaalde hij, dat de joden spionnen die konden bewijzen dat er een valse opgave was gedaan, een beloning van vier procent moesten geven. Camillo zag talrijke kopergravures van Alexander VI, de meest omstreden paus, die in de loop der eeuwen ook van katholieke zijde grote misdaden ten laste gelegd waren. Hij stelde zich de honende glimlach van Alexander voor, toen hij het edict ondertekende. De joden moesten degenen die hen verraadden ook nog betalen. Hoevelen werden er toen niet toe aangezet hun landgenoten en

buren aan te geven en zich te verrijken?
'Waarom zouden de joden de kogels niet zelf betalen,' mompelde hij halfluid. 'Het is vergeefs als men het volk van dichters en denkers uit naam van de dichters en denkers wil bezweren,' zei Jakob Wassermann. Alles is al eens eerder gebeurd, die nazi's zijn geen geniale uitvinders.'
'Wat doet u hier?' klonk opeens de stem van Wieser.
De oude Torres was de enige jood die Wieser met 'u' aansprak. Camillo stond op en voor hij een woord kon zeggen was Wieser al verdwenen in het magazijn.
Weer gingen er maanden van schijnbare rust voorbij. De Duitsers waren in een overwinningsroes, de Oekraïners wanhopig dat hun droom van een zelfstandige Oekraïne was uitgedroomd. Oekraïense nationalisten die iets te doen wilden hebben, merkten dat er nog te veel joden in leven waren gebleven. Van tijd tot tijd had de uit Oekraïners bestaande gemeenteraad verzoekschriften gezonden aan de gouverneur van het district Galicië om alle joden te verwijderen. Soms kwamen ook van de districtscommissaris, aan wie die brieven door werden gestuurd, vragen bij Duitse instanties of ze de joden die bij hen in dienst waren wilden houden. De beantwoording van deze verzoekschriften nam gewoonlijk tijd in beslag, omdat de chefs van de instanties het met hun 'opperjoden' wilden bespreken.
De Oekraïense gemeenteraad voelde zich bedrogen. Vooral de burgemeester, Stroncickyj, zag in dat alles een joodse intrige. Van de Oekraïense politie hoorde hij dat eerste luitenant Kroupa tijdens een actie de joden had toegestaan in de kazerne te blijven. Daarom betichtte hij de luitenant van jodenbegunstiging. De brief ging naar de gouverneur, die de brief direct doorstuurde naar de legerleiding. Kroupa verdween; men wist niet of hij was gearresteerd of voor een fronttribunaal terecht had moeten staan.
De winter kwam en zij leden zeer onder de kou. Felix ging vaak naar boeren die hij kende om hout te halen. Op warmere dagen stookten ze niet en stelden ze zich tevreden met koude maaltijden. Met het cynische argument wie de rekening zou moeten betalen als zij werden weggebracht, werd bij joden de elektrische stroom afgesneden. Ze zaten in het

donker.
'Weten jullie niet dat dit een samenzwering is? Jullie komen bij elkaar en voeren politieke gesprekken.'
Midden in de kamer stond een Oekraïense politieman. Toen hij langs het huis liep had hij stemmen gehoord uit een donkere kamer, waarin Ruth, Camillo, Felix en een paar buren zaten. De politieman tastte met het licht van zijn zaklantaarn de gezichten af, hij telde acht personen.
'Achthonderd zloty straf,' zei hij op een toon die geen tegenspraak duldde.
Wat konden ze anders doen dan betalen? Een kwitantie kregen ze natuurlijk niet, want wie zou er een hebben durven vragen? Hij had ze allemaal naar het politiebureau kunnen brengen onder verdenking van samenzwering.
Dergelijke chicanes waren aan de orde van de dag. Toen later een post van de gendarmerie in het stadje werd gevestigd, onderbraken de Oekraïners tijdelijk hun persoonlijke oorlog tegen de joden; maar spoedig gebeurden er dingen die het Oekraïense antisemitisme weer deden opvlammen.
De situatie was troosteloos. Ook de deelname van Amerika aan de oorlog veranderde voorlopig niets aan de situatie aan de fronten. De ene overwinning na de andere werd gemeld door de Duitse radio. Bij de successen aan de Europese fronten kwamen nog de overwinningen op de Atlantische Oceaan en de Stille Zuidzee.
De joden hadden geen radio's; ze hadden die drie dagen na het binnentrekken van de Duitsers bij de Oekraïense politie moeten inleveren. Maar er waren Poolse arbeiders die de joden op de hoogte hielden van afgeluisterde Engelse uitzendingen. Daaruit putten ze nieuwe hoop. Het Amerikaanse oorlogspotentieel was nog in opbouw; uiteindelijk zouden de nazi's zich tegenover die macht gewonnen moeten geven.
Het nieuws ging van mond tot mond. Zullen wij dat nog beleven? vroegen de joden zich af. Alle andere volkeren hadden tijd, alleen het joodse niet. Ook zonder de directe lichamelijke uitroeiing door doodschieten of deporteren was het sterftecijfer door ondervoeding enorm hoog.
Toen het voorjaar kwam deden nieuwe geruchten de ronde. De Duitse offensieven, die tijdens de winter in ijs en sneeuw

waren blijven steken, zouden opnieuw beginnen. Russische zenders troostten hun landgenoten met patriottische kreten en verklaringen hoe sterk ze wel waren. De acties van Russische patizanen achter de Duitse linies namen toe.

Nadat er een paar maanden relatief rustig voor de joden waren verlopen, kwamen er weer geruchten over grotere acties. Men hoorde uit naburige stadjes dat steeds meer jonge mannen door leden van de ss werden ontvoerd. Iets dergelijks gebeurde op zekere dag ook in Mosty: een vrachtwagen bleef staan, stopte, een ss'er sprong eruit. Hij keek rond. Toen hield hij een voorbijganger aan die om de wagen heen wilde lopen:

'Waar is de Oekraïense politie?'

De voorbijganger wees in de goede richting. Zonder een woord van dank sprong de ss'er weer in de wagen. Toen Rottenführer Koller – zo heette de man – voor het Oekraïense politiebureau uitstapte, stonden twee Oekraïners met een brede lach op hun gezicht hem op te wachten. Het onderhoud was kort. Tien Oekraïense politiemannen waren bereid de ss te helpen. Vier ss'ers sprongen op een wenk van Koller van de vrachtauto en gingen het politiebureau binnen. Met behulp van een kaart waarop de woningen van de joden waren aangekruist, werden de ressorts voor de actie verdeeld. Elke ss'er werd door twee Oekraïners begeleid.

De straten waren leeg: Polen en Oekraïners hadden zich in hun huizen teruggetrokken. De joden waren gewaarschuwd dat een auto van de ss voor het Oekraïense politiebureau stond. Niemand wist wie dit bezoek gold: het kon gaan om joden, Polen of zelfs om de Oekraïense nationalisten, die de droom van een zelfstandige staat nog niet hadden opgegeven.

De Oekraïense burgemeester, zelf een vurige nationalist, was het tijdens de korte Sovjetrussische heerschappij gelukt zich bij de Russen op te dringen. Als lid van de arbeidende klasse – hij was de zoon van een slotenmaker – werd hij ondanks zijn radicaal nationalistische verleden (lid van de oun, in de Poolse tijd verschillende malen in de gevangenis) als kandidaat voor de Opperste Sovjet aangemeld.

De Sovjets voelden dat het allergrootste deel van de Oekraïense bevolking afwijzend tegenover hen stond. De vervolgingen, waarvan Oekraïense nationalisten het slachtoffer waren, de strafexpedities van Poolse ulanen, die hele Oekraïense dorpen in de as hadden gelegd, het verbieden van Oekraïense verenigingen en het gevangenzetten van Oekraïense studenten had het verlangen van de Oekraïense bevolking naar zelfstandigheid versterkt.

Hun droom was een onafhankelijke staat, waarvan Oost-Galicië een provincie zou vormen.

Toen de Duits-Russische oorlog uitbrak, hadden zij veel hoop dat de hun van Duitse zijde gedane beloften gehouden zouden worden. Zij werden teleurgesteld. Slechts drie dagen duurde de feeststemming over de zelfstandigheid, toen werden ze gedwongen hun nationale geel-blauwe vlaggen weer in te halen. Maar ze kregen in ruil de vrije hand tegenover de joden...

In de loop van de geschiedenis was praktisch elke Oekraïense vrijheidsbeweging met moord op de joden begonnen. Zo was het ook ditmaal. Alleen volgde nu op de moord geen Oekraïense onafhankelijkheid. De nazi's trokken de Oekraïners bij de Poolse bevolking voor en gebruikten hen als helpers bij de uitroeiing van de joden. En daar profiteerden zij van, doordat ze joodse woningen, zaken, kapitaal en grond overnamen. Daar er in de provincie slechts kleine Duitse politie-eenheden waren gelegerd en afdelingen van het leger, uitzonderingen daargelaten, niet aan de acties meededen, heersten in de joodse getto's de Oekraïners als plaatsvervangers van de nazi's. Maar het beviel hun niet dat de nazi's het meubilair en de kleren van gefusilleerde of gedeporteerde joden naar Duitsland stuurden. Om elke twijfel over wie het recht had om te roven, uit te bannen, werd op zekere dag door de ss bekendgemaakt: 'De joden zijn eigendom van de ss; alleen de ss mag over joden en hun bezittingen beschikken.'

Door deze bepaling kwam het zelfs voor, dat Oekraïners die joden hadden mishandeld door ss'ers terecht werden gewezen.

Hoe minder de Oekraïense politie aan een eindoverwinning van de Duitsers geloofde, hoe meer zij de wens ging koesteren de joden als getuigen van hun beulswerk op te ruimen. De burgemeester van Mosty, een 'beschaafde' man die Duits sprak, stelde nog een petitie op, gelardeerd met nationaal-socialistische citaten uit de 'Stürmer' en andere propagandabladen, en een delegatie van het gemeentebestuur overhandigde die aan de commissaris om hem door te sturen naar de gouverneur. Zo verliepen er weken. De gemeenteraad verwachtte dat er binnenkort een commando van de ss zou verschijnen om het stadje van joden te 'zuiveren'. Maar de commissaris had geen haast; hij had de joden nodig als onbetaalde arbeiders. Bovendien hadden de joden, die het nodige over het gedrag van de Oekraïners hadden gehoord, hem geschenken gebracht. Uit voorzorg liet hij bij het leger en een paar bedrijven informeren of zij de joodse arbeidskrachten konden missen. De vraag van de commissaris was voor de chefs van Duitse instanties een geschenk uit de hemel. Bij elke instantie die joden tewerkstelde, benoemde de Duitser die voor de joden verantwoordelijk was een jood met wie hij onderhandelde. Die werd de 'opperjood' genoemd. Door omkoping kon hij veel voor de werkende joden bereiken. Meestal werd er een klein comité gevormd waarmee hij voortdurend ruggespraak hield.

De joden werden voor hun werk niet betaald, hun loon was hun persoonsbewijs. De belangrijkheid van de Duitse instantie gaf het persoonsbewijs waarde en garandeerde een soort veiligheid van de bezitter. Een tijd lang waren deze persoonsbewijzen van legeronderdelen fel begeerd, omdat men hoopte dat de Wehrmacht de ss niet de baas zou laten spelen over de bij hen tewerkgestelde joden. Rijkere joden boden grote bedragen om bij een legerafdeling tewerkgesteld te worden. Arbeidsinzetleiders van het leger deden vaak goede zaken door het aantal bij hen werkende joden te vergroten. Maar het werk beschermde de joden niet en mettertijd bleken alle persoonsbewijzen een illusie te zijn. De ss vond steeds nieuwe middelen en wegen om het aantal joden te reduceren. De werkende joden hadden bijvoorbeeld persoonsbewijzen die door het leger werden afgestempeld. Nu verlangde de ss — ditmaal was de 'beul van de Galicische joden', Brigadeführer Katzmann, de drijvende kracht — dat

elk persoonsbewijs ook een stempel van de ss kreeg. Deze
actie werd opgedragen aan de adjudant van Katzmann, Untersturmführer
Inquart. De handtekening van Inquart op
het persoonsbewijs schonk de joden voorlopig het leven. En
daarmee begon het grote zakendoen: de chefs verzamelden
de persoonsbewijzen van de joden en brachten ze naar het
kantoor van de gouverneur. De ss deelde mee, dat niet alle
persoonsbewijzen zouden worden afgestempeld, dat het
aantal zou worden gereduceerd tot die joden die absoluut
onmisbaar waren. Op elke arbeidsplaats haalden de joden
geld op, om in leven te blijven. Kostbare sieraden, textiel,
bontmantels en koffie werden als smeergeld aangeboden.
Niet alleen de familie van de actieleider, ook zijn minnares
werd van top tot teen aangekleed, om het aantal Inquart-
handtekeningen zo groot mogelijk te laten blijven.
Maar de ss wist heel goed wat zij wilde: zij wilde ditmaal de
dood van 80 000 joden in Galicië en daarom werden de door
Inquart getekende persoonsbewijzen op dat doel afgestemd.
Kleine, onbeduidende Duitse firma's kregen de persoonsbewijzen
zonder ondertekening terug; bij andere werd het contingent
sterk verminderd. De vogels waren vrij – de jacht
liet niet lang op zich wachten.

Met de machinegeweren in de aanslag verlieten de ss'ers en
Oekraïners het politiebureau. De wagen lieten ze daar staan.
Al na een paar minuten had de patrouille twee jongemannen
gepakt; in amper een uur waren het er dertig.
Ze hielden op straat voetgangers aan en drongen joodse huizen
binnen. Als er niet meteen werd opengedaan, sloegen ze
de deur met geweerkolven in. Naar persoonsbewijzen werd
niet gekeken of ze werden verscheurd.
Toen Felix met de opdracht van de luitemant om wat spullen
te kopen de kazerne verliet, ging hij op de terugweg even
bij zijn huis langs. Hij was daar nauwelijks of de ss verscheen.
Hij liet zijn persoonsbewijs van de Wehrmacht zien.
Het antwoord was een vuistslag.
Felix was een van de dertig ongelukkigen, die men op het
politiebureau verzamelde voordat ze met de vrachtauto van

de ss naar Lemberg werden gebracht.
Drie ss'ers schoven hun krukjes tegen de wand van de wagen. Hun levende vracht zat gehurkt op de vloer. Een geroutineerde blik overtuigde hen van het feit dat ze van dit kluwen mensen niets te vrezen hadden. Na een tijdje legden ze de machinegeweren naast zich neer. Drie tegen dertig. Maar wat hadden die dertig te verliezen? Er waren voor hen twee mogelijkheden: of ze werden direct na aankomst doodgeschoten of ze kwamen in het Lembergse kamp Janowska. Daar, zo werd verteld, bleef een gevangene hoogstens drie maanden in leven. In de hoofden van de gevangenen spookte de hoop op een derde mogelijkheid: misschien werden ze slechts tijdelijk tewerkgesteld? Dat gebeurde soms ook, dan kwamen ze weer terug.
Maar toen de rit al bijna een uur had geduurd, verdween elke hoop. Voor tijdelijk werk zouden ze niet zo ver worden weggebracht. Zwijgend zaten ze daar tot ze in Lemberg kwamen. Felix herkende de Janowska-straat. De wagen stopte. De klep werd neergelaten, de ss'ers sprongen eruit en toen kwam het gebrul: 'Errrruit!'
Nog verwezen van de rit stonden ze daar: om hen heen prikkeldraad met wachttorens. Ze stelden zich in twee rijen op: Untersturmführer Rokita kwam hen begroeten.
'Beste vrienden, het zal jullie bij mij aan niets ontbreken! Wie van jullie ziek is en niet kan werken, moet naar voren komen. Hij gaat naar een hospitaal, want bij ons is er orde en discipline. Iedereen komt daar waar hij hoort.'
Rokita nam de nieuwelingen op. Niemand meldde zich ziek, het waren ook allemaal jonge mensen. Ze werden naar de opname gebracht. Daar moesten ze hun zakken leegmaken en alles afgeven wat ze bezaten, ook hun persoonsbewijzen. Toen werden ze naar het kledingmagazijn verwezen. Daar kregen ze in plaats van kleren kapotte lompen en in plaats van hun naam een nummer. Van nu af aan moest iedereen alleen nog maar zijn nummer onthouden – zijn naam kon hij vergeten.
Ze mochten naar de barak, een van een paardestal omgebouwde, van kleine raampjes voorziene keet, met bedompte lucht en plaats voor tweehonderd gevangenen. Het was er

halfdonker. De britsen, houten rekken, stonden driehoog boven elkaar, de tussenruimte was nauwelijks tachtig centimeter: als je op je brits zat, stootte je je hoofd tegen de volgende verdieping. Dekens vol luizen lagen over een dun laagje samengeperst stro. Verwarming was er niet, die was ook niet nodig – tweehonderd mensen in één vertrek geven genoeg warmte.

De gevangenen die terugkwamen van hun werk waren doodmoe. Ze vertelden dat ze in een hels tempo, letterlijk opgezweept, greppels moesten graven. Als ze daarmee klaar waren, moesten ze de greppels weer dichtgooien. Niet alleen hun leven, ook hun werk had iedere zin verloren.

In het concentratiekamp werd Felix ingedeeld bij het vuilafvoercommando. Op een ochtend kreeg de groep het bevel in een kazerne te komen opruimen. Felix was voortdurend op zoek naar een vluchtmogelijkheid. Toen ze op de binnenplaats waren, zochten zijn ogen onbewaakte uitgangen. Terwijl hij aan het werk was ontdekte hij een open kelderraam. Zou hij zich in de kelder kunnen verstoppen en 's nachts, onder bescherming van de duisternis, vluchten?

Maar de voorman van het commando was voortdurend op zijn hoede dat niemand vluchtte. Als een gevangene erin slaagde te vluchten, werden er tien joden van de groep waartoe hij had behoord doodgeschoten. Vluchtten er van een groep twee joden, dan werd de voorman doodgeschoten en meestal meteen maar de gehele groep. Het leven van een jood was waardeloos, want het concentratiekamp kon altijd weer worden gevuld met joden uit het getto.

Felix stond voor het kelderraam en keek naar boven. Plotseling verscheen de voorman, hij zei met dreigende stem:

'Jullie uit de provincie, jullie denken altijd alleen maar aan vluchten! Weet je wat er met je kameraden gebeurt als jij vlucht? Kijk ze maar eens aan: je kunt gemakkelijk uitrekenen wie van hen wordt doodgeschoten!'

Felix wist niet hoe hij zich houden moest. Voorzichtig zei hij:

'Ik denk niet aan vluchten. Ik heb alleen zo'n honger, dat ik iets eetbaars zoek.'

'Op jou zal ik bijzonder goed letten! Denk daaraan, en haal

geen stommiteiten uit!'

Tijdens de schaft ging Felix naast Arthur zitten, die eens jurist was. Arthur keek treurig voor zich uit, terwijl hij langzaam de resten uit zijn gamel opat.

Plotseling keek hij Felix aan en zei:

'De voorman heeft tegen een paar mensen gezegd dat jij wilt vluchten. Hij gaf hun de raad, goed op je te letten.'

'Moet je hier dan op de dood wachten?' vroeg Felix. 'Je ziet toch wat er met ons gebeurt! Ik ben jong, ik wil leven! In het kamp voel ik me als een beest in een kooi dat wacht tot het geslacht wordt.'

Felix' ogen brandden. Hij voelde dat hij met iemand praatte voor wie hij niet bang behoefde te zijn; Arthur zweeg even voor hij antwoord gaf:

'Ik geloof dat er over ons een doodvonnis is uitgesproken en dat we allemaal – zonder uitzondering – zullen sterven. Geen van ons zal zijn lot ontlopen! Jaren geleden heb ik de geschiedenis van de criminologie bestudeerd en gezocht of mensen die zich onschuldig voelden, zich verzet hebben toen ze voor het schavot stonden. Slechts in een enkel geval verweerde een slachtoffer zich. Het was een zigeuner, die zijn beul een schop gaf. In de regel had het doodvonnis op de veroordeelden een verlammende uitwerking en zij resigneerden. Ook moordenaars werden wanhopig als er van buiten geen hulp meer kwam. Ze zagen hun einde met angst en schrik tegemoet, maar zij verzetten zich niet – net zomin als wij!'

'Maar...'

'Geen maar! Er zijn vierduizend joden in het concentratiekamp. De bewaking bestaat uit veertig tot vijftig man, die zwaar bewapend zijn. De nazi's zijn uitstekende mathematici. Ze hebben ingecalculeerd dat de wanhoop en uitzichtloosheid van onze situatie elk verzet verhinderen. Kijk maar eens naar onze kameraden! Kijk, hoe ze vechten om de soep! Zij zijn bereid daarvoor hun leven te geven. Wat zou er gebeuren als Willhaus in die opdringende groep voor de keuken zou schieten? Nadat de doden weggebracht zouden zijn, zouden de anderen weer gaan dringen. Al hun problemen zijn ze vergeten, ze hebben er nog meer een: hoe kom

ik aan eten! Wie van hen zal zich verzetten tegen de ss? In een kleine ruimte samengeperst vechten ze om een betere plaats op de brits. Van honger bestelen ze hun kameraden. En als jij aan vluchten denkt, dan denk ik ook aan de geïntimideerde bevolking waarop jij zult zijn aangewezen! Denk eraan hoe ze zich tegenover ons gedragen!'
Felix zweeg bedremmeld.

De nazi's verklaarden vele volkeren de oorlog, maar alleen tegen het joodse werden vele factoren tegelijk uitgespeeld. Door jarenlange propaganda onder de niet-joodse bevolking en door omgekochte agenten konden ze ook in Polen, waar het antisemitisme altijd al een grote rol speelde, sympathie voor hun maatregelen winnen. Alleen in de streken waar de Oekraïners het grootste deel van de bevolking vormden en ook de Polen onderdrukt werden, bestond er soms bij de Polen begrip voor het lot van de joden.
Al eeuwenlang leefden er joden in Polen. Zij waren uitgenodigd door de koningen om nijverheid en handel op te bouwen. Maar ook na hun assimilatie, zelfs wanneer zij zich lieten dopen, bleven zij de bevolking vreemd. Lang voor de Duitsers Polen de oorlog verklaarden, vormden Poolse rechtsradicale kringen en antisemieten de 'vijfde colonne' van de Duitsers.
Poolse studenten sloegen hun joodse medestudenten en de regering stelde onder druk van de rechtse partijen de zogenaamde 'numerus clausus' in, die bepaalde dat aan een faculteit hoogstens tien procent joden mocht studeren. Dit percentage was gebaseerd op het feit dat tien procent van de totale bevolking joods was. Maar behalve de numerus clausus waren er ook altijd andere beperkingen bij het inschrijven; op alle mogelijke manieren werd geprobeerd onder het percentage te blijven. Corpsstudenten organiseerden pogroms tegen de joden, barricadeerden de toegang tot de universiteit en hingen spandoeken op met het opschrift 'Dag zonder joden'.
Meermalen per jaar waren er zulke dagen, meestal examendagen, zodat de joden hun examens niet konden afleggen. In de universiteitsgebouwen werden de joden afgeranseld,

maar de professoren gaven de politie nooit verlof om de academische grond te betreden en de joden te beschermen. Bovendien was er nog een economische boycot. Plakkaten met het opschrift 'Koop niet bij joden' werden overal opgeplakt en voor joodse winkels werden, naar Duits voorbeeld, wachtposten opgesteld.

De democratische partijen waren te zwak om zich effectief tegen de machtige rechtsradicale groeperingen te verzetten en ook de regering wilde geen maatregelen nemen om de joden te beschermen. In de tijd dat de Duitsers zich bewapenden en de oorlog voorbereidden, werd in het Poolse parlement gediscussieerd over de vraag of het koosjere slachten moest worden verboden.

Dat was de situatie toen de Duitsers zich opmaakten het land in een 'Blitzkrieg' te veroveren. De Poolse 'patriotten', die zo dapper waren als het erom ging weerloze joden in elkaar te slaan, faalden toen Hitlers legers binnendrongen. Menigeen veranderde snel in een 'volksduitser' om aan de kant van de overwinnaars te staan. Met het persoonsbewijs van een volksduitser kon je joodse bezittingen overnemen en meedelen in de buit. Velen van hen spraken geen woord Duits, maar zij probeerden te bewijzen dat ze Duitse voorouders hadden.

Vele Polen stonden welwillend tegenover de maatregelen van de nazi's, voorzover het de joden betrof. Anderen kon het niet schelen wat er met de joden gebeurde, maar ze hoopten allemaal dat de Duitse 'vernietigingsmachine' op de joden zou stuklopen en de Polen gespaard zouden blijven. De Duitsers gebruikten voor de bestrijding van 'staatsvijand nummer een', zoals zij de joden noemden, niet alleen politie, ss, leger en burgerregering, maar ze zorgden ook voor de volstrekte isolering van de overige bevolkingsgroepen.

Het concentreren van joden in getto's bracht een deel van de inheemse bevolking materieel gewin. Polen en Oekraïners namen joodse bezittingen en zaken over, en waren er niet bij gebaat dat de joden zouden blijven leven om later eventueel hun bezit weer op te eisen. Bovendien stelden de Duitsers zware straffen op de omgang met joden, zodat ook

Polen, die met de vervolgden sympathiseerden het niet waagden hen te helpen.
De joden werden volgens een geraffineerd plan geliquideerd. Eerst werd het grootste deel van de intelligentsia, die in staat zou zijn geweest het verzet te organiseren, uitgeroeid.
Het duurde lang voor de joden begrepen wat er eigenlijk met hen gebeurde; tot het laatst klampten velen zich aan een strohalm vast – aan het woord 'emigratie' – en dachten dat het geen bijbetekenis had. Ook toen joden die uit de transporten des doods gevlucht waren, spraken over terechtstellingen en vergassing, geloofde men hun verhalen niet, want de Duitsers zorgden ervoor dat de 'geëmigreerden' korte gefingeerde berichten en brieven aan familieleden en vrienden stuurden, waarin sprake was van werk op landgoederen in de Oekraïne.
Vele joden in Polen waren steeds de wegbereiders van de Duitse cultuur in het oosten geweest. In elk joods gezin van een zeker ontwikkelingsniveau stonden in de boekenkast de verzamelde werken van Schiller, Goethe en Heinrich Heine. De joden kenden meestal Duits en hadden bewondering voor de Duitse cultuur. Niet alleen op Duitse grond maar tot ver over de grenzen waren ze met de Duitse cultuur vergroeid. Met geen andere Europese taal waren ze zo verbonden als met de Duitse.
Toen ze na de machtsovername van Adolf Hitler over concentratiekampen en mishandeling van joden hoorden en lazen, dachten de meesten dat die berichten overdreven waren. Ook toen de Duitsers Polen bezetten en de joden tussen de raderen van de vernietigingsmachine terechtkwamen, konden zij nog altijd niet geloven, dat dit dezelfde Duitsers waren die de wereld op het gebied van kunst en cultuur zoveel genieën hadden geschonken. Maar ze zouden algauw uit de droom worden geholpen, want niet voor niets had Goebbels eens gezegd: 'Als ik het woord cultuur hoor, trek ik mijn revolver.'

'Petten af!' klonk het commando.
De colonne bleef voor de poort van het concentratiekamp

staan. Daarbinnen klonken schoten. Felix maakte zichzelf bittere verwijten dat hij zich door de woorden van Arthur had laten beïnvloeden, want toen ze de Janowkastraat passeerden, had hij een kans gehad om te vluchten. Hij had zich gemakkelijk achter een parkerende vrachtauto kunnen verbergen.

Ook een tweede werkploeg werd niet binnengelaten in het kamp. De twee colonnes moesten zich terzijde opstellen, er werden extra bewakers gehaald, de poort ging open en vier vrachtwagens met gevangenen verlieten het kamp. De auto's waren open, Felix zag de wanhopige gezichten van zijn kampgenoten. Behalve de ter dood veroordeelden zaten in elke vrachtauto vier ss'ers met hun machinegeweer in de aanslag, die ongetwijfeld bij de geringste beweging die hun verdacht leek zouden schieten.

Toen de vrachtwagens uit het zicht waren, mochten de groepen het kamp binnen. Na het appel deden de wildste geruchten de ronde. Niemand wist waarom die ploeg werd doodgeschoten. Paniekmakers verspreidden het bericht dat dit pas het begin was; uit de provincie werden nieuwe gevangenen verwacht, voor hen moest plaats gemaakt worden.

Op die avond beloofde Felix zichzelf dat hij zou vluchten zonder zich iets van de eventuele gevolgen aan te trekken, want in dit kamp zou niemand in leven blijven.

De vreselijke gebeurtenissen hadden Felix de eetlust benomen; hij sloeg het avondmaal over en trok zich meteen terug. De barak scheen leeg. De gevangenen hadden nog meer dan een uur tijd voor ze moesten gaan slapen; ze liepen op de appelplaats en tussen de barakken heen en weer. Toen Felix op zijn brits ging liggen, merkte hij niet dat er nog iemand in de barak was. Plotseling hoorde hij zachte stemmen boven zijn hoofd.

Adam Grünberg, een voormalige Poolse officier, was in zijn jeugd het type van de avonturier en vrouwenversierder. In joodse kringen werd vaak verteld over vechtpartijen waaraan Grünberg had meegedaan. Toen de Russen Lemberg bezetten en alle vroegere Poolse officieren deporteerden, dook Grünberg met een valse naam onder in de provincie. Hij kwam pas bij zijn familie terug toen de Duitsers Lemberg bezetten. Maar de Oekraïense politie had lijsten waarop de namen van joden stonden die gearresteerd moesten worden; Adam Grünberg stond er ook op. Ze haalden hem 's avonds laat uit zijn huis, maar hij slaagde erin te vluchten. Korte tijd woonde hij bij kennissen, toen werd hij naar het getto en ten slotte naar het concentratiekamp gebracht. Brigadiers en kamppolitie kenden Grünberg en wisten dat hij bij de eerste de beste gelegenheid zou vluchten. Daarom werd hij niet ingedeeld bij een buitencommando maar bij de kampbrigade.

Toen reeds deden er verhalen de ronde over de 'groene brigade'; daarmee werden gevangenen bedoeld die gevlucht waren en in de bossen huisden; ze probeerden met de wapens in de hand Oekraïense politie en ss te bestrijden. Als het woord 'groene brigade' in een gesprek viel, lichtten zelfs de ogen van halfverhongerde en zieke gevangenen op.

Toen Felix boven zijn hoofd het woord 'groene brigade' hoorde, was hij plotseling klaarwakker en kwam overeind. Onmiddellijk verstomden de stemmen. De mannen boven Felix hadden klaarblijkelijk iets gehoord en waren bang geworden. Daarom stapte Felix van zijn brits en klom via de ladder naar boven. Met indringende woorden wendde hij zich tot zijn lotgenoten:

'Jullie hoeven voor mij niet bang te zijn! Dag en nacht breek ik mij het hoofd over een mogelijkheid om te vluchten. Hier wacht ons de dood. Kan ik me niet bij jullie aansluiten?' Niemand antwoordde, ze keken hem alleen argwanend aan. Felix vervolgde:

'Ik kreeg vandaag geen hap door mijn keel nadat ik had moeten aanzien hoe ze een brigade wegvoerden om doodgeschoten te worden. Waarom zijn jullie bang voor mij? Ik zou even goed bang kunnen zijn voor jullie. Maar ik heb uit jullie gesprek opgemaakt dat wij over dezelfde dingen nadenken.'

Diep stilzwijgen. Eindelijk verbrak Adam Grünberg de stilte:

'Kom bij ons zitten! Aan wat je van mij hoort zul je waarschijnlijk niet veel hebben. Ik probeer mijn vrienden het principe van het verzet uit te leggen. Misschien helpt het hen, die een mogelijkheid hebben om te vluchten. Ikzelf heb geen kans; ik heb vaak gehoopt dat ik bij een buitencommando zou worden ingedeeld, maar het werd altijd geweigerd.'

Er viel een korte stilte, toen vervolgde Adam Grünberg: 'Jullie weten, dat ik officier was en ik zal jullie ook vertellen dat ik me wilde aanmelden als vrijwilliger naar Spanje, om voor een rechtvaardige zaak te strijden. Familie-omstandigheden maakten dat onmogelijk. Maar ik heb alle berichten over de Spaanse Burgeroorlog gelezen, over de wanhopige gevechten van de guerrilla's. Zij hadden het heel wat gemakkelijker dan wij. Om dat te weten moet je allereerst de psychologische en strategische wetten van het verzet leren kennen en begrijpen. Strategisch gezien heb je een groot terrein nodig met veel uitwijkmogelijkheden, bovendien contacten met mensen die onverdacht zijn. Alleen door hen kunnen wapens en levensmiddelen worden aangevoerd.' Adam zweeg. Zij wachtten.

'Als aan die twee voorwaarden is voldaan, kunnen kleine mobiele groepen, al naar de gesteldheid van het terrein, zich jarenlang handhaven. Het deel van de bevolking dat niet wordt vervolgd moet ertoe worden gebracht ons te steunen.'

Grünberg vervolgde na weer een korte stilte:

'Al die mogelijkheden zijn ons afgenomen. Wij zijn bijna volledig geïsoleerd van de bevolking; een deel profiteert van ons ongeluk, een ander werkt zelfs nauw met de nazi's samen. Bovendien hebben we het uitgebreide terrein niet, want we leven in getto's en kampen.'

Toen Grünberg de treurige gezichten van zijn kameraden zag, die er niets tegenin konden brengen, zei hij:

'Ik zeg jullie dat niet om jullie te ontmoedigen. Maar jullie mogen niet de fout maken, jullie tegenstanders te onderschatten. Er bestaat een "groene brigade", zeker, er zijn er zelfs meer dan één; maar op de weg daarheen loeren duizenden gevaren. Ik heb gehoord dat groepen partizanen mensen zonder wapens niet opnemen. Een wapen kun je of veroveren of kopen. Maar dat is net als met de jood die zijn bril zoekt: om zijn bril te zoeken moet hij zijn bril op hebben. Wie al een geweer of een pistool heeft kan gemakkelijk nog een wapen veroveren. Maar om een geweer te kopen moet

je goede contacten hebben en een jood moet minstens tweemaal de prijs betalen. Vergeet dat allemaal niet!'
Felix, die gehoopt had door het gesprek met de kameraden de passiviteit die hem bedrukte te kunnen afwerpen, was teleurgesteld. Hij keek in de voortijdig verouderde gezichten van zijn kameraden, die nog jong in jaren waren:
'Dat de situatie hopeloos is weet ik. Maar wat hebben we te verliezen? Een dode is toch niet bang voor de dood – en de dood woont bij ons! Zolang de dode weet dat hij gestorven is, is hij nog niet dood!'
'Een jood vecht in eerste instantie met zijn verstand,' zei een ander. 'Als je niets te verliezen hebt ga dan maar naar het prikkeldraad en laat je doodschieten. Natuurlijk kunnen we vluchten! Ik ken zelfs een Pool die ons wil opnemen en verstoppen. Maar daarvoor heb je geld nodig, want hij moet ons te eten geven; bovendien vraagt hij een hoog bedrag voor het risico dat hij loopt. Deze vervloekte oorlog kan nog lang duren. Het front is vijftienhonderd kilometer van Lemberg verwijderd en de Duitsers rukken nog altijd op. Iemand heeft me verteld dat de Duitsers, als ze de oorlog winnen, amnestie voor de joden zullen afkondigen. De overlevenden zouden zich in Afrika mogen vestigen. Ik persoonlijk geloof dat gerucht niet. Ten eerste lijkt het mij onwaarschijnlijk dat de Duitsers zullen winnen en ten tweede geloof ik niet aan amnestie. Maar zelfs als we ''begenadigd'' zouden worden – waar halen we het geld vandaan dat nodig is om bij een Pool onder te duiken tot het zover is? Voor ons is er maar één mogelijkheid: de ''groene brigade''. Als het ons lukt Adam aan een buitencommando te helpen, vluchten we samen.'
De deur van de barak werd geopend en een aantal gevangenen kwam binnen. Op een teken van Adam verlieten zijn vrienden zwijgend zijn brits. Iedereen was nu met zichzelf en zijn gedachten alleen. Felix overdacht de dingen die hij gehoord had en besloot de volgende avond na het appel nog eens met Grünberg te gaan praten.
Hoewel Felix doodmoe was, kon hij niet in slaap komen. Duidelijk herinnerde hij zich de verachtelijke opmerking van een Poolse vriend: 'Jullie joden laten je als lammeren

afslachten! En of dat nog niet genoeg is: velen van jullie gaan zelf naar de slager!'
De volgende dag verliep zonder bijzondere gebeurtenissen. Bij het uitdelen van het avondeten drong Felix voor om zo vlug mogelijk naar de barak te kunnen en zo lang mogelijk met Adam Grünberg te praten. Een Kapo merkte het en schreeuwde:
'Ieder op zijn beurt!'
En om zijn woorden kracht bij te zetten gaf hij Felix een klap met zijn knuppel. Ten slotte zat Felix met een halfvolle gamel naast Grünberg:
'Zo, jonge vriend, nog hier?' zei Adam.
'Misschien niet lang meer,' antwoordde Felix en hij vertelde zijn nieuwe vriend de opmerking van zijn Poolse vriend in Mosty.
'Dat is niets nieuws,' zei Adam. 'Zulke praatjes kun je in Lemberg van minstens de helft van de Polen horen. Wie niet bedreigd wordt kan gemakkelijk de held uithangen. Maar als die helden zelf gevaar gaan lopen, zijn ze net zo weerloos als wij. Er zijn er die zich bij de rol die de veroveraars hun hebben toegemeten hebben neergelegd. Maar er zijn er ook die beesten werden, daarvoor zijn de voorwaarden nu ideaal. Ze zijn het helemaal eens met de uitroeiing van de joden, ze denken alleen aan hun deel van de buit. Ze bewijzen hun heldhaftigheid door joden te bespotten of aan de politie uit te leveren omdat ze daarvoor een beloning krijgen.'
'Maar er zijn ook Polen die niet zo denken en die verzet plegen op alle mogelijke manieren en ook joden helpen.'
'Natuurlijk zijn die er, maar door het grote risico zijn ze in de minderheid. Ze zeggen: We moeten op militaire nederlagen van onze vijanden wachten. Pas dan zullen er meer Polen zijn die zich bereid verklaren joden te helpen. Maar helaas is het nog niet zo ver. Ik heb over joden gehoord die bij Polen zijn ondergedoken en die een radio hebben waarop ze Londen kunnen ontvangen. Om hun eigenaars op te monteren overdrijven ze de sterk tendentieuze berichten van de BBC nog die spreken over een snelle nederlaag van de nazi's. Dat imponeert hun gastheren.'
Felix bemerkte dat pessimisme en resignatie ook aan Adam

knaagden. Maar hij wilde de voormalige officier niet kwetsen, daarom zweeg hij. Grünberg scheen Felixs gedachten te hebben geraden want hij vervolgde:
'Bij de kamppolitie is een zekere Heller. Toen ik nog in dienst was, stond hij onder mijn bevel. Onlangs sprak ik hem aan en deelde hem frank en vrij mijn oordeel over onze huidige situatie mee. Ik wilde hem duidelijk maken dat juist wij, voormalige soldaten, niet passief mochten blijven tot wij aan de beurt zijn om naar de zandgroeve te worden gebracht. Wat denk je dat Heller zei? "Grünberg, je bent geen luitenant meer. Hier ben ik bij de politie en jij bent een gevangene. Alleen omdat ik je ken zal ik dit niet melden." Het eerste ogenblik wilde ik hem een pak slaag geven maar toen bedacht ik me, ik schreeuwde alleen maar: "Idioot! Denk jij dat de kamppolitie zal blijven leven? We worden allemaal vernietigd. Want als er geen joden meer zijn hebben ze ook geen kamppolitie meer nodig. Jullie zullen geen zier beter behandeld worden dan wij. Alleen jullie uitstel van executie is langer. Overigens zijn er ook al leden van de politie doodgeschoten! Van de executie gisteren zijn twee leden van de kamppolitie die de gevangenen begeleidden, niet teruggekomen. Dat weet je net zo goed als ik en toch durf je me op die manier te antwoorden?" Ik wilde al weggaan, maar hij riep me terug: "Je moet me begrijpen. Ik heb vrouw en kinderen in het getto. Als ik in het concentratiekamp meedoe aan het verzet, worden ze doodgemaakt." Ik zei het hem nog eens: "Toch ben je een idioot en je vergist je als je denkt dat het getto nog lang zal blijven bestaan." Hij gaf me geen antwoord meer. Met andere leden van de politie wil ik helemaal niet praten, want vroeger dacht ik dat die Heller een dappere vent was.'
Toen begon Adam weer over de strategische en psychologische basis van het verzet.
'In Spanje hoefden de guerrilla's geen rekening te houden met kinderen, vrouwen en oude mensen. Bovendien is het saamhorigheidsgevoel tussen leden van een Spaanse familie geheel anders dan dat tussen leden van een joodse familie. Een joodse verzetsstrijder zou het liefst zijn vrouw, kinderen, ouders en schoonouders meenemen naar de "groene

brigade". En welke vechtende groep kan zo'n belasting verdragen? En welke jood kan het over zijn hart verkrijgen alleen het bos in te gaan en zijn familie aan de vernietiging prijs te geven? Als het zo doorgaat en de nazi's stelselmatig vrouwen, kinderen en oude mensen uitroeien zal het gemakkelijker worden voor de joden die verzet willen plegen.'
Deze woorden troffen Felix midden in het hart. Hij dacht aan Ruth en Camillo Torres en hij voelde dat Adam gelijk had:
'Maar hoe kun je willen leven en vrij zijn, zonder er iets voor te doen?'
Plotseling hoorden ze schoten. Vluchtelingen kwamen de barak binnenrennen en ze vertelden dat kampcommandant Willhaus, om zijn vrouw en zijn kind van zes jaar een plezier te doen, vanaf het terras van zijn villa op gevangenen had geschoten. Twee waren er dood, één zwaar gewond. En het was niet de eerste keer dat hij dit afgrijselijke spelletje speelde...

Ruth liep van de ene instantie naar de andere. Eindelijk slaagde ze erin bij Wieser te worden toegelaten. Ze huilde zo hartverscheurend dat hij beloofde haar in de eerstvolgende weken mee te nemen naar Lemberg om te proberen hoe ze Felix konden helpen. Ruth had een paar slapeloze nachten tot het eindelijk zo ver was. Wieser zei dat ze haar joden-mouwband moest afdoen; ze zouden onderweg naar Lemberg toch niet worden gecontroleerd. Ze moest buiten de stad op hem wachten en daar op een geschikt moment bij hem in de auto stappen. Het belangrijkste was dat niemand in de stad iets van het plan mocht weten.
Vroeg in de ochtend ging Camillo een eind met haar mee en verliet haar op de straat buiten de stad; hij moest naar zijn werk. Op de terugweg kwam hij Wieser tegen, die vanuit de auto naar hem zwaaide. Camillo zei tegen de arbeiders dat Ruth ziek was.
Gedurende de hele rit was Ruth erg nerveus en slechts met moeite kon ze Wiesers vragen beantwoorden. Toen ze in Lemberg kwamen stapte zij in een stille straat uit en hij sprak met haar af dat hij haar twee dagen later om dezelfde

tijd op dezelfde plaats zou ophalen.
Al spoedig kwam Ruth een paar joden tegen, die ze herkende aan hun mouwband. Ze sprak een oudere man aan en vroeg hem de weg naar het kamp Janowska.
'U stelt zich de zaak veel te eenvoudig voor,' zei de oude man. 'De mensen die familieleden in dit concentratiekamp hebben, treffen hen gewoonlijk als ze naar het bad worden gebracht. In het kamp is namelijk geen bad, daarom worden ze onder bewaking naar het stedelijke badhuis gebracht. Ik geloof dat het morgen gebeurt. In het getto kunnen ze u dat precies vertellen, want daar zijn er velen die op deze dag wachten om hun familieleden te zien, al is het maar uit de verte.'
Voor de poort van het getto deed Ruth haar mouwband weer om en men liet haar zonder meer binnen. Ze wist dat er familieleden van Bernstein in het getto waren. Die zocht ze op.
De sfeer in het getto was gespannen. Er werd over een actie gesproken, elke jood bekeek zorgelijk zijn attest en vroeg zich af of dat hem ook nu weer zou beschermen.
Toen Ruth over de komende actie hoorde, dacht ze allereerst aan haar vader. Gewoonlijk vonden de acties tegelijkertijd in de provincie plaats. Ze werd heen en weer geslingerd tussen haar vader en Felix. Na een slapeloze nacht voelde ze zich 's morgens vroeg geradbraakt.
Drie vrouwen gingen uit het getto in de richting van het bad. Een van hen was Ruth. Een andere had een zoon van zeventien van wie ze lang niets had gehoord, tot ze bericht kreeg uit het kamp. Ze hoopte hem die dag op weg naar het bad te zien.

De stoet halfverhongerde gevangenen maakte een jammerlijke indruk. Reeds bij het opstellen in rijen van drie had Felix geprobeerd aan de buitenkant van de colonne te komen om een kans om te vluchten onmiddellijk te kunnen grijpen. Gewoonlijk werd een plaats midden in de colonne het meest gewaardeerd, omdat je daar weinig kans liep om geslagen te worden. De gevangenen werden door zogenaamde 'askari' bewaakt – zo noemde de ss de uit voormalige Russische krijgsgevangenen samengestelde bewakingsdienst. Er waren onder hen uitgesproken sadisten, die dachten dat ze zich op deze manier konden wreken over chicanes, waar ze zelf in de Sovjetunie onder hadden geleden. Ze waren zwaarbewapend en hadden ook nog zwepen waarmee ze zo nu en dan de gevangenen 'opmonterden'. Op de straten bleven de mensen staan, hoewel het voor hen geen ongewoon gezicht meer was.

Het bad was erg klein. Voordat alle gevangenen gewassen waren was de dag voorbij, daarom hoefden ze die dag niet te werken. Zij die al klaar waren moesten op straat op de anderen wachten. De straat was aan beide kanten door de 'askari' afgezet. Bij de afzettingen stonden talrijke nieuwsgierigen en ook joden die hun familieleden zochten. Felix had zich zo opgesteld dat hij in de eerste groep zat. Zijn besluit stond vast: hij zou de eerste de beste kans om te vluchten aangrijpen. Daarvoor moest hij zo dicht mogelijk bij de afzetting zien te komen.

De gevangenen moesten op de grond gaan zitten. Felix zat in de derde rij en keek nieuwsgierig naar de groep achter de afzetting. De askari draaiden een sigaret en maakten een praatje met voorbijgangers.

Ruth stond aan de andere kant van de straat, daarom kon ze Felix niet zien, hoe ze ook tuurde. Ze liep met een boog om de straat heen en kwam aan de andere kant. Ze probeerde tot aan de afzetting te dringen. Plotseling kromp ze ineen: ze zag Felix, hij zat maar een paar meter voor haar. Hij keek net een andere kant op en zag haar niet. Maar ze wilde hem geen teken geven, want er stond een askari in de buurt. Ze wachtte, hopend dat hij naar de andere kant van de straat zou gaan. Op precies hetzelfde wachtte ook Felix, dan kon hij nog dichter bij de afzetting komen.

Eindelijk verliet de bewaker zijn post en ging naar het midden van de straat, omdat hij had gezien dat een vrouw een gevangene die voor haar zat een pakje had gegeven.

'Felix!'

Hij herkende Ruths stem en zag haar ook meteen tussen de mensen. Zijn hart stond op springen. Hij knikte tegen haar en zij begreep dat hij wilde weten waar hij haar kon vinden.

Op die vraag was ze voorbereid en ze had een geluidloos antwoord bedacht. Vlug trok ze haar mouwband naar beneden en liet hem Felix zien. Hij knikte – in het getto. Zijn hersenen begonnen koortsachtig te werken: Ruth was gekomen om hem te helpen; misschien had ze de vlucht voorbereid; hij moest uit die vervloekte colonne weg. Hij begon zwakke plekken in de afzetting te zoeken. Zijn ogen volgden elke beweging van de askari, om het geschikte ogenblik niet te verzuimen. Zo gingen uren voorbij.

Felix en Ruth communiceerden alleen nog met blikken. Toen bedacht Felix dat ze wel eens konden ontdekken dat ze bij elkaar hoorden. Hij gaf Ruth een teken met zijn hand dat zij weg moest gaan. Ruth begreep dat Felix wachtte op een kans om te vluchten. Ze besloot naar het getto terug te keren en daar bij de poort op hem te wachten.

Er stond een jong meisje bij de afzetting dat de askari vroeg of ze voor de gevangenen iets mocht kopen. De askari begreep het niet helemaal, hij ging naar haar toe. Dit ogenblik gebruikte Felix. Hij stond langzaam op, liep naar de afzetting en verdween. Pas toen hij een paar meter verder de hoek om was geslagen, begon hij te rennen, maar hij ging onmiddellijk weer gewoon lopen om niet op te vallen. Alles was gemakkelijker gegaan dan hij gedacht had. Of was het een gelukkig toeval? Hij moest beslist in het getto zien te komen. Hij wist dat die avond bij het appel zou worden ontdekt dat er een gevangene ontbrak en dat dan de voorman van de colonne zou worden bestraft; de ss zou hem gaan zoeken. Maar Ruth was in het getto, daar moest hij heen.

Bij de poort van het getto stond een man van de joodse ordedienst. Een bewaker zat er verveeld naast, geen van beiden nam notitie van Felix. Hij keek rond en ontdekte Ruth. Ze wilde naar hem toehollen, maar hij maakte een afwerende handbeweging. Daarop ging Ruth hem voor in het getto en Felix volgde. Ten slotte ging ze een portiek binnen en bliksemsnel was Felix bij haar. Zwijgend omhelsden ze elkaar.

Ze kwamen al gauw bij de familie van Bernstein. Daar hoorden ze dat er inderdaad een actie zou komen. Ruth moest de volgende dag met Wieser terugrijden. Felix moest eerst zorgen dat hij andere kleren kreeg en een mouwband, maar hij beloofde haar zo gauw mogelijk te komen. Het leek hun raadzaam dat hij met de trein zou gaan.

Urenlang vertelde Felix over het leven en sterven in het kamp. Hij had het besluit genomen naar Hongarije te vluchten, Ruth moest met hem meegaan. Ze gaf geen antwoord, haar gedachten gingen, nu Felix gered was, naar haar vader. Tot laat in de nacht praatten ze. Gedurende al die tijd dat ze samen waren in Mosty hadden ze niet zoveel gepraat als nu in die paar uur. Hun harten liepen over.

's Morgens vroeg nam Ruth afscheid. Felix, die een vreemde was in het getto en geen papieren had, durfde het huis niet uit. Ze spraken af dat hij de volgende dag zou proberen het getto stilletjes te verlaten en naar Mosty te gaan. Hij zat de hele dag in de kamer en keek naar het leven op straat. Een leven in de schaduw van de dood. Iedereen die van de straat kwam, meldde nieuwe geruchten. Sommigen zeiden dat de actie pas over een week zou plaatsvinden, anderen dat hij was afgelast. Leden van de joodse raad beweerden van niets te weten. De verbindingsman tussen joodse raad en Gestapo hulde zich in stilzwijgen.

Maar er hing iets in de lucht dat naar een actie rook. De bewegingen van de mensen verrieden het. De kinderen waren bleker dan anders, de moeders gejaagder dan ooit. Het verderf kondigde zich aan. Morgenochtend...!

Felix had eens voor een abattoir samengedreven dieren gezien, die gejaagd in het rond liepen en geen rust konden vinden. Precies zo zag het getto eruit. Halfgeklede vrouwen, half krankzinnig van angst, de armen beschermend over hun kinderen gelegd, liepen rond, zachte uitroepen, hartkloppingen, zo luid dat je dacht dat het in de verte te horen was, wanhopige bewegingen; dat alles in een onnatuurlijke, lugubere stilte, terwijl men elkaar vermaande om kalm te zijn. Voor de poort van het getto stonden Oekraïense wachtposten. Ze hadden reeds de vorige avond versterking gekregen. Ze wisten wat er te gebeuren stond. Van de bedrijvigheid van de joden mochten ze niets merken, anders zouden ze de Gestapo en de ss alarmeren en dan zou elke mogelijkheid tot redding verdwijnen.

In die tijd deed in het getto het gerucht de ronde dat de nazi's in het vernietigingskamp Belzec van de lijken der joden zeep maakten. Oekraïense en Poolse spoorwegmannen die de treinen met gevangenen begeleidden, hadden het gerucht in Lemberg verspreid. Er waren mensen die eraan twijfelden, maar er waren er ook die de nazi's tot zo'n misdaad in staat achtten. Hoe het ook zij: het kon de meesten niet schelen wat er na hun dood met hun lichamen gebeurde. De transporten naar Belzec heetten sindsdien in de volksmond 'zeeptransporten'.

'Tot morgen op de plank naast de Schichtzeep*,' waren de afscheidswoorden van mensen die probeerden hun angst door galgehumor de baas te worden.

De bewoners van het getto hadden niet veel mogelijkheden. De eerste was zelfmoord; de tweede: wachten op de 'emigratie'; de derde: de vlucht. Felix dacht alleen maar aan de vlucht. Wie wilde blijven leven, moest uit het getto weg. Het was niet moeilijk om de rij wachtposten te passeren, want de spoordijk die het getto aan één zijde begrensde, was slechts spaarzaam met wachtposten bezet. Het was ook niet moeilijk de mouwband af te doen. Maar wel moeilijk was de gang door het arische Lemberg. Daar keek de dood je met duizend ogen aan. De weg naar de 'vrijheid' buiten het getto was voor een jood die zichzelf wilde redden het grootste gevaar, bij dag zowel als bij nacht. De gettopoort kwam je met een mouwband om wel door. Maar als je met die mouwband om alleen, dat wil zeggen niet in een werkploeg, zonder speciale vergunning, op straat werd gegrepen, betekende dat onherroepelijk de dood. Als je je mouwband afdeed en gepakt werd, werd je ook gedood.

Op de toegangsweg naar het getto loerden Polen en Oekraïners, boeren, deftige dames en hoeren. Ze hadden tassen bij zich met levensmiddelen, die ze de joden aanboden om te ruilen. De uitgehongerde joden gaven daarvoor hun laatste bezit. Voor een horloge kregen ze een brood, voor een jurk een kilo aardappelen. Deze ruil hield voor beide partijen risico's in, en waar men risico liep moest de winst hoog zijn.

* Schicht was een firma die zeep vervaardigde.

Het gebeurde wel dat er zich agenten van de politie onder bevonden, die arresteerden dan de joden en de mensen die wilden ruilen. Terwijl de ariërs voor zo'n escapade gewoonlijk een paar oorvijgen en trappen kregen, verdwenen de joden voor altijd.

Voor de poort van het getto stonden echter ook aangeworven provocateurs, die probeerden de joden wapens te verkopen. Of ze boden hun veilige onderduikplaatsen buiten het getto aan. Maar die groep had alleen in het begin succes. Zodra het nieuws van de eerste slachtoffers van die 'mensenredders' in het getto was doorgedrongen, was verder al hun moeite tevergeefs.

Waarvoor hadden de joden wapens nodig? Sommigen wilden naar de bossen vluchten; anderen wilden met het wapen een eind aan hun leven maken als er geen andere uitweg meer was. Voor die groep werd goed gezorgd, niet met wapens, maar met cyaankali. Dit vergif stond hoger in aanzien dan een geweer. Je kon het in de naden van kleren naaien en zo altijd binnen handbereik hebben. Wie zich in bunkers* verstopte behield het voor het geval dat de bunker ontdekt werd, om zich de martelingen voor de dood te besparen. Zij die niet wisten of ze op de terugweg van hun werk zouden worden opgepakt en doodgeschoten, droegen het bij zich, en ook zij die zich valse papieren hadden aangeschaft om onder te duiken. Het vergif gaf hun kracht; ze waren niet bang voor de dood, maar voor het onmenselijke lijden dat de ss, de sd of de Gestapo hen voor de dood zou aandoen. Het bezit van cyaankali maakte de mensen standvastiger en moediger. Vooral voor bezitters van 'arische papieren' was het bezit noodzakelijk. Steeds opnieuw kwam het voor dat zij door de Gestapo gepakt werden omdat iemand hen verraden had. Maar ze hadden vaak geen tijd meer om het vergif in te nemen. Zo kwam het in handen van de Gestapo.

Het bezit van cyaankali stond gelijk aan een bekentenis dat iemand jood was. De Gestapo hoefde niet eerst documenten

---

* In het getto bouwden de joden talrijke schuilplaatsen, die ze bunkers noemden.

te controleren of met behulp van middeleeuwse martelingen een bekentenis af te dwingen. Cyaankali — ze noemden het de 'jodenpil' — sprak een duidelijke taal. De Gestapobeulen begrepen algauw dat ze daarmee geld konden verdienen. Via leden van de joodse politie verkochten ze de cyaankali en zo begon de cirkel. De wanhopige wens van de joden om aan het vergif te komen werd echter ook door andere gewetenloze elementen misbruikt. Ariërs die zeiden dat ze goede contacten hadden met apotheken, bedrogen de joden door hun voor veel geld bijvoorbeeld gips in papieren zakjes te verkopen. Zelfs de snelle dood die ze verkochten was bedrog.
Als een jood zijn werkcolonne verliet was hij vogelvrij. Hij wist dat de voorbijgangers hem algauw onbarmhartig zouden uitleveren als hij als jood werd herkend. De ss en de Gestapo wisten uit de bevolking vele helpers te recruteren. Geen jood mocht zijn lot ontlopen. Daarom werden er premies uitgeloofd: voor een jood die buiten het getto werd aangetroffen kreeg je een liter jenever en een paar laarzen. In de straten van Lemberg liepen vele speurhonden rond. Ze keken iedereen brutaal in het gezicht en als iemand verdacht leek, vroegen ze hem heel slim:
'Waar is je mouwband?'
Een reflexbeweging naar rechts, waar de mouwband werd gedragen, was voldoende. Onmiddellijk verzamelde zich een woedende menigte die schreeuwde:
'Een jood, een jood!'
Politiemannen en Oekraïense politie deden de rest... Vele inwoners van Lemberg pronkten met nieuwe laarzen...

Het was de hoogste tijd. Felix koos de weg over de spoordijk. Nadat hij een uur lang op zijn buik had gekropen was hij buiten het getto gekomen. In de bescherming van de ochtendnevel haalde hij de band van zijn arm. Maar hij gooide hem niet weg: misschien moest hij terug naar het getto en als je daar geen mouwband droeg was je gauw dood. Felix verstopte de band onder zijn hemd; zijn knieën knikten, zijn keel was droog. Hij had koorts en hurkte neer. Onbeweeglijk bleef hij een tijdje in die houding zitten, hij hoorde zijn eigen hart bonken.

De gebeurtenissen in het getto van Lemberg hadden hem gesterkt in zijn besluit. Hij dacht even na, haalde de mouwband weer onder zijn hemd vandaan en gooide hem in de struiken. Daarmee sneed hij elke terugweg naar het getto af – nooit meer in die kooi! Tot hij weer in Mosty was, moest hij zich in zijn 'arische' rol verplaatsen. Hij had geen papieren, gaf zichzelf echter de naam van een Poolse schoolvriend, Jan Kowalski, die in 1914 in Mosty geboren was en sinds de inval van de Russen niet meer was gezien. Felix zag er weliswaar uit als een jood, dat beweerden zijn Poolse en Oekraïense kameraden tenminste, maar Duitsers merkten het niet. Op weg naar de stad dacht Felix aan de woorden die hij in het getto had gehoord:
'Veel ariërs zien er joods uit. Jood is alleen hij, die zich jood voelt.'
Felix voelde zich jood, een jood zonder mouwband. Zijn keel was dichtgeknepen. Elke beweging, elke onzekere blik kon hem verraden.
Hij was jood door gebrek aan moed. Hij was jood door zijn uitspraak van het Pools, die anders was dan die van zijn Poolse vrienden.
Het was al zeven uur in de morgen. Mensen gingen naar hun werk, anderen keerden van de nachtploeg terug. De weg naar het station leek hem eindeloos en steeds opnieuw kwam hij Duitsers tegen, Oekraïense politie, gewone politie en 'laarzenjagers'.
Plotseling hoorde hij schoten uit de richting van het getto. De actie was dus begonnen. Zijn gedachten gingen naar Ruth en naar de andere mensen die hij in het getto had leren kennen.
Eindelijk was hij op het station. In elke reiziger zag hij een geheim agent. Elke blik die hem trof scheen hem verdacht. Moe en uitgeput, maar met het treinkaartje in de hand, ging hij naar het perron.
'Kaartje, alstublieft,' hoorde hij. Hij schrok; slechts met de grootste krachtsinspanning slaagde hij erin te glimlachen.
Hij liet de controleur zijn kaartje zien.
Felix mocht doorlopen; hij stapte in de trein.

Veilig kwam hij aan. Begroette Ruth en Camillo. De schrik zat hem nog in de benen. Hij wist dat hij een tweede maal niet op zoveel geluk zou kunnen rekenen. Het was al donker. Met open ogen lag hij op zijn bed. Hij was te moe om zijn schoenen uit te trekken; hij kon niet in slaap komen. Zijn jonge leven verlangde naar bescherming, zijn drang tot zelfbehoud maakte dat hij steeds nieuwe vluchtplannen bedacht: naar het bos, naar het bos, naar de 'groene brigade'! Naar de partizanen – dat moest toch een onbeschrijfelijk gevoel zijn als je van een opgejaagd beest in een jager veranderde! En als je stierf, dan als een mens en niet als een schaap op de slachtbank! En als je moest sterven, dan met hen die je naar het leven stonden.

Felix viel in een halfslaap. Voor zijn ogen zag hij de ingang van een bunker in het bos. Gewapende jonge mannen met baarden hielden de wacht. Ze waren vrij, ze konden voor hun leven vechten en als vrije mensen sterven. Felix dacht dat hij bij hen was. Alles wat hij beleefd had leek een nachtmerrie. Het ogenblik van de wraak was gekomen: wraak voor zijn ouders, zijn broers en zusters, familieleden, vrienden. Wraak voor het grote bloedbad. Felix zag zichzelf in een groep die vertrok om een Duitse patrouille te overvallen. In zijn hand had hij een machinegeweer dat hij tegen zijn hart drukte. Reeds vielen de eerste schoten...

Felix werd wakker. Ruth, die de kamer binnenkwam, had iets op de grond laten vallen. Door het lawaai was Felix wakker geschrokken. Met grote ogen keek hij rond: plotseling leek alles hem vreemd. Opeens besefte hij dat hij gedroomd had; wat overbleef was het verlangen naar vrijheid. Felix wist dat hij niet zou blijven wachten om afgeslacht te worden. Hij zou mogelijkheden zoeken, en ook vinden, om te vluchten.

Terwijl hij naar Ruth keek, werd hij zich bewust van het feit dat hij niet meer alleen was. Als hij zou vluchten, dan samen met haar. Ze was jong en dapper, ze zou alle moeilijkheden doorstaan. Bij de partizanen waren ook vrouwen. Hij had gehoord, dat er een groep was die onder bevel stond van een vrouw. Zij deed in dapperheid niet voor de mannen onder. Hij stelde zich Ruth voor met een pistool of een geweer.

'Het zachte moet uit haar ogen verdwijnen,' dacht hij. 'En dat *zal* ook gebeuren als het om haar leven gaat.'
Hij wilde Ruth zijn gedachten mededelen, wilde samen met haar dromen van vrijheid, strijd en menselijke waardigheid, toen de deur openging en Camillo binnenkwam. De deur naar de droomwereld sloeg dicht. Ruth zou Camillo nooit verlaten en ze konden hem niet meenemen naar het bos. Welke partizanengroep zou een oude man opnemen? Ze zochten jonge strijders – mannen of vrouwen. Grijsaards en kinderen vormden een belasting.
'Ik dank u dat u Ruth heeft toegestaan naar Lemberg te rijden. Zonder haar zou ik nu niet hier zijn!'
Camillo zei niets, hij ging naar Felix toe, omhelsde hem en gaf hem een vaderlijke kus. Felix had tranen in de ogen. Het was de eerste maal dat Camillo tederheid toonde.
Vaak had hij de indruk gekregen dat Camillo hem als een indringer beschouwde, die de liefde van zijn dochter zou stelen. Ruth keek ontroerd naar die twee. Zonder woorden, alleen door een gebaar, had Camillo Felix als zoon aanvaard. Ze bleven in de kamer.
Tot laat in de nacht piekerde Felix over een vlucht met zijn drieën. Het bos kwam niet meer in aanmerking, ook niet als Camillo hen zou laten gaan – het zou Ruth kapot maken. Als er redding mogelijk was, dan voor alle drie. De volgende morgen stond Felix' besluit vast: hij zou zich in de kazerne melden voor een nieuwe pas. Je kon vluchtplannen alleen realiseren als je je vrij kon bewegen.
Felix stond de volgende morgen voor de kazernepoort op de andere arbeiders te wachten, alsof hij van een dienstreis was teruggekomen. Het was zeven uur. De sergeant kwam en liet hem binnen. Toen hij ieder van hen aan het werk zette zei Felix:
'Ik werd hier twee weken geleden opgepakt en naar Lemberg gebracht om te werken. Ze hadden me daar maar tijdelijk nodig, daarom lieten ze me vrij. Ik meld me weer op het werk!'
'Goed, heb je papieren?'
'Nee, ze zeiden dat joden geen papieren nodig hadden. Maar hier in de stad heb ik ze wel nodig.'

'Kom voor twaalven maar op de administratie.'
Tijdens het werk vertelde Felix ook de andere joodse arbeiders dat hij in Lemberg tijdelijk werk had gekregen en toen weer terug mocht. Sommigen geloofden het, anderen waren sceptisch. Het was heel belangrijk voor Felix dat zijn versie werd doorverteld. De Oekraïense politie had spionnen die met de joden omgingen en Jiddisch spraken, en alles wat ze hoorden aan het bureau overbriefden. Als zij erachter kwamen dat hij gevlucht was, zouden ze hem gevangennemen en aan de ss uitleveren.
De sergeant hield woord. Felix kreeg een nieuwe pas. Nu kon hij zich eindelijk weer vrij bewegen, zijn status was weer legaal. Elke dag zei hij tegen zichzelf dat hij iets moest doen om de vlucht mogelijk te maken. Van de andere joden hoorde hij veel over schuilplaatsen bij bevriende boeren, over verborgen kamers waar alleen de huisgenoten binnen konden komen. Felix zag dat velen van de aardbodem zouden willen verdwijnen in een of andere diepte, zolang de tijd van de gruwel duurde. Ze lieten allemaal in gedachten hun niet-joodse vrienden en kennissen de revue passeren, om daarna gelaten vast te stellen: geen van hen zal me willen verbergen!
De niet-joodse kennissenkring van Felix bestond voornamelijk uit zakenrelaties van zijn vader, schoolvrienden en hun ouders en buren. Felix brak zich het hoofd over de vraag bij wie hij zou kunnen onderduiken. Hij moest een plaats voor drie zoeken en dat was moeilijk. Niet iedere kennis kon hen verbergen, zelfs al zou hij gewild hebben. Niet iedereen had een huis met een schuilplaats – ze moesten het tenslotte in die schuilplaats tot het einde van de oorlog uithouden en niemand wist wanneer dat zou zijn. Nu, in de zomer van 1942, met grote overwinningen van de Duitsers aan alle fronten, was het moeilijk te voorspellen wanneer die oorlog zou eindigen. Van een snelle overwinning in de oorlog met de Russen was geen sprake. Ook al drongen de Duitsers tot de Oeral door, dan nog zou de oorlog niet zijn afgelopen, hoogstens zouden de moeilijkheden voor de Duitsers groter worden.
Felix wist dat hij bij enkele kennissen voor korte tijd – voor

een paar dagen, voor een week of twee weken – onderdak zou kunnen vinden, maar daarmee was hij er nog niet. Hij wist dat sommige joden bij hun niet-joodse buren of kennissen in schuilplaatsen leefden. Deze schuilplaatsen waren zeer verschillend: van heel primitieve tot heel geraffineerde. In opgesplitste kelders huisden hele gezinnen, die door een uitneembare steen in de scheidingsmuur het contact met de andere bewoners van het huis onderhielden. Maar er waren ook schuilplaatsen die je alleen maar kon bereiken via een buiten werking gestelde bakkersoven. Andere hadden ingangen in putten, schoorstenen en kasten. De nood maakte de mensen vindingrijk, ze deden hun best de vervolgers te slim af te zijn. Wat soms ook lukte.
Sommige schuilplaatsen waren relatief comfortabel ingericht met elektrisch licht, radio, waterleiding; andere waren zo klein dat de mensen alleen maar konden zitten of liggen. Vaak stierven mensen in zulke hokken en werden daar zo goed en zo kwaad als het ging begraven. De onderduikers zaten of lagen dan op een dunne laag aarde die hen van de doden scheidde.

Christoph Dobrowolski was een Poolse ingenieur in Lemberg die vaak zakelijk met Rawa Ruska te maken had. Omdat hij Pools officier was geweest, moest hij tijdens de Sovjetrussische bezetting meermalen onderduiken, want de Sovjets deporteerden alle Poolse officieren naar gevangenkampen. Dobrowolski was veertig jaar oud en werkte bij een aannemersbedrijf dat opdrachten uitvoerde voor de organisatie TODT.
Er waren slechts weinig vrienden die wisten dat Dobrowolski's voorvaderen joden waren die tot de 'frankisten' – een joodse sekte – behoorden. Dobrowolski, hetgeen betekent 'man van goeden wille', was een typische naam voor joden die gedoopt waren. Veel gedoopte frankisten kregen de voornamen Christoph of Christine en bij de Dobrowski's kwamen deze namen in alle generaties vaak voor. Hij dacht veel aan het lot van de joden en hoewel hij er zelf niet bij betrokken was (ook niet als hij geweten had dat zijn voorouders acht generaties terug joden waren geweest), voelde hij

zich verbonden met de zo zwaar beproefden.

Het aannemersbedrijf waarvoor hij werkte was in de buurt van Mosty gevestigd en er waren ook joden tewerkgesteld; er was zelfs een klein woonkamp voor joodse arbeiders, dat door Oekraïense politie werd bewaakt. Dobrowolski kon vaak met een fles jenever of een goed woord het leven van de joden verlichten. Het bedrijf had nog filialen in de buurt van Stanislau en bij de Roemeense grens. Tijdens een dienstreis naar de Roemeense grens kwam Dobrowolski ter ore dat veel joden naar Roemenië vluchtten. Roemenië, vriend en oorlogs-geallieerde van de Duitsers, had de jodenwetten naar Duits model niet ingevoerd, daarom hadden de joden het daar gemakkelijker. Bovendien kon je vanuit Roemenië ondanks de oorlog per schip naar Turkije of zelfs naar Palestina reizen.

Toen Dobrowolski op zekere dag in de kazerne van Mosty een afspraak had met de compagniecommandant leerde hij Felix kennen, die zwaar transportwerk deed. Dobrowolski vroeg hem wat hij vroeger had gedaan en Felix vertelde hem dat hij door de inval van de Russen de technische hogeschool niet had kunnen afmaken. Dobrowolski mocht de jongeman graag en vroeg hem zonder omwegen waarom hij niet probeerde te vluchten. Felix kreeg vertrouwen in Dobrowolski en antwoordde dat hij al lang aan vluchten dacht, maar dat hij niet alleen kon gaan; hij moest aan de familie Torres denken, die hem even lief was als zijn eigen familie. Sinds de totale ineenstorting van Polen in 1939 was er in Oost-Galicië een Poolse verzetsbeweging die vooral tegen de Sovjetrussen was gericht. De leden probeerden Poolse officieren, die door de Sovjetrussen zouden worden gedeporteerd, te waarschuwen en gaven hun onderduikadressen. Partizanen slaagden erin Poolse officieren en joden, die door de Sovjetrussen vervolgd werden omdat ze rijk waren, naar Roemenië of Hongarije te brengen. Ook Dobrowolski had meermalen een onderduikadres van de Poolse verzetsbeweging gebruikt. Nadat de Duitsers deze gebieden hadden bezet en prominente vertegenwoordigers van de Poolse intelligentsia samen met joden lieten doodschieten, probeerden de leden van de verzetsbeweging vooral bedreigde Polen

te helpen. Van tijd tot tijd hielpen ze ook joden; maar daar kon je niet op rekenen, want er waren Polen opgenomen in de verzetsbeweging die zich wilden wreken voor de daden van joodse communisten. De opvattingen van de diverse ondergrondse groeperingen waren lokaal bepaald en hingen eigenlijk af van de mensen die ertoe behoorden. Dobrowolski, die zich vrij kon bewegen, was soms koerier van de ondergrondse. Hij hielp joodse gezinnen om te vluchten en nam tot grote verbazing van de joden nooit geld aan voor zijn hulp.
'Misschien kan ik u en de anderen helpen om te vluchten? Ik heb er veel over nagedacht: mensen in jullie situatie moeten altijd zo zijn voorbereid, dat ze binnen een uur weg kunnen.'
Hij draaide zich om om te controleren of niemand hen kon horen. Ze stonden in een hoek van het kazerneplein; Dobrowolski moest nog op de betaalmeester wachten.
'Ik bedoel het volgende,' vervolgde hij, 'misschien kan ik jullie binnenkort naar Roemenië brengen voordat jullie hier te gronde gaan. Je weet: ik waag mijn leven, dus geen woord hierover! Na mijn terugkeer uit Czernowitz krijg je bericht. Blijf gezond en geen woord!'
Felix bleef nog een ogenblik staan. Zijn hart sloeg snel. Hoe graag zou hij naar Ruth zijn gegaan om haar het goede nieuws te brengen! Maar hij moest nog vijf uur hard werken.

Peter Berger was als vrachtwagenchauffeur in dienst van de organisatie TODT. Hij was van gemiddelde lengte, breed, en onder zijn borstelige wenkbrauwen twinkelden vriendelijke ogen. Als hij met iemand praatte leek het of hij knipoogde, dat wekte vertrouwen. Hij droeg een Duits werkuniform en men zag hem nooit zonder zijn pijp. Het leek alsof hij onverschillig stond tegenover het dagelijks gebeuren – maar dat was schijn.
Peter Berger was in een klein plaatsje in Pommeren opgegroeid en was, evenals zijn vader en zijn broers, lid van de sociaal-democratische partij. In de tijd tussen de twee wereldoorlogen had hij vaak van zijn vuisten gebruik gemaakt

tegen nationaal-socialistische bendes die sociaal-democratische vergaderingen wilden verstoren. Zo was hij ook van tijd tot tijd met de politie in aanraking gekomen.
Na de machtsovername door de nationaal-socialisten werd zijn vader werkloos en de zonen leek het beter hun geboorteplaats te verlaten. Peter ging naar Rostock. Daar ontmoette hij een paar kameraden die vroeger ook lid van de sociaal-democratische partij waren geweest, maar nu om verschillende redenen dichter bij de nazi's stonden en lid waren geworden van die partij of van een nationaal-socialistische organisatie. Ze werden 'biefstukken' genoemd – van buiten bruin, van binnen rood. Het duurde lang voor Berger er toe kon komen zelf een 'biefstuk' te worden. Vrienden en kennissen die hem vertelden dat het in zijn eigen belang was om de partij te aanvaarden of lid van de partij te worden, gaf hij steeds hetzelfde antwoord:
'Laat me met rust! Ik heb mijn buik vol van de politiek!'
Ten slotte liet hij zich toch overhalen om lid te worden van het Duitse Arbeidsfront (DAF). Maar zijn afschuw kon Berger niet geheel overwinnen. Hij betaalde zijn bijdrage, kreeg de scholingsboekjes, die hij geen blik waardig keurde, en als hij op een vergadering kwam dan was het alleen om gezien te worden. Van tijd tot tijd moest hij aan straatdemonstraties meedoen. Met het busje in de hand collecteerde hij voor allerlei liefdadig werk; maar hij voelde zich dan niet op zijn gemak en voorbijgangers die hij om geld vroeg keek hij niet aan.
Berger hoopte dat op zekere dag zijn vroegere kameraden zich tot hem zouden wenden met het verzoek, verzetscellen te vormen. Hij overwoog wat hij in zo'n geval zou doen. Tenslotte hadden zestien miljoen mensen in Duitsland sociaal-democratisch of communistisch gestemd; die waren toch niet opgelost in het niets. Maar Berger kwam nooit verder dan die gedachten. Zij stelden zijn geweten gerust.
Uit gesprekken met zijn collega's op het werk maakte hij op dat ook zij die eens bij het 'rode front' waren geweest, zich heel goed aan de nieuwe verhoudingen hadden aangepast. Een paar gingen naar de SA of zelfs naar de SS en dachten dat ze de doelstellingen van hun vroegere partij met behulp

van de nieuwe beweging konden verwezenlijken of de beweging in die richting konden sturen. De grote politiek interesseerde Berger slechts weinig en wat hij van tjd tot tijd over het lot van de joden hoorde deed hij met het woord 'smeerlapperij' af. Maar later werd hij voorzichtig en verzweeg zijn mening. Wat er gebeurde kon hij weliswaar niet goedkeuren, maar hij was opportunistisch genoeg om zijn afwijzing niet te laten blijken.

Als beroepschauffeur kwam hij overal. Hij trouwde met een eenvoudig kerks boerenmeisje. Het lukte haar niet hem mee te krijgen naar de zondagse mis, daarom vertelde ze hem onder het middageten vaak over de preek. Al met al waren ze – hoewel Berger lid was van de DAF – een gezin dat afwijzend tegenover het nationaal-socialisme stond. Van zulke gezinnen waren er duizenden, maar er was niemand die hen verenigde en hun afwijzende houding versterkte. De vroegere partijen bestonden niet meer, hun leiders zaten gevangen of waren gedwongen tot verraad of emigratie. De massa van de leden probeerde het op een of andere wijze met het nieuwe regime op een akkoordje te gooien – sommigen tandenknarsend, anderen onverschillig, opportunistisch, een enkele keer enthousiast.

Na het uitbreken van de oorlog werd Berger, die niet alleen vrachtwagenchauffeur maar ook mecanicien was, ondergebracht bij de organisatie TODT. Zijn eerste post was Warschau, waar hij ook met Polen in aanraking kwam. Het was een voordeel dat hij van vroeger nog wat Pools kende. Door zijn joviale manier van doen kreeg hij onder de Polen die als arbeiders in de organisatie TODT waren ondergebracht, veel vrienden. De controlerende officier vermaande Berger vaak vanwege die vriendschappen: 'Je vergeet blijkbaar dat de Polak onze slaaf is, Berger!'

Maar Berger trok zich van die woorden niet veel aan.

Na het uitbreken van de Duits-Russische oorlog werd hij met een groter wagenpark, bouwmachines en materiaal naar Mosty gestuurd, waar een basis voor de organisatie TODT zou worden opgericht. In Mosty waren al Poolse aannemersbedrijven die van Duitse instanties opdrachten hadden gekregen en in sommige streken met de organisatie TODT sa-

menwerkten.
Met Dobrowolski kon Berger het uitstekend vinden. Toch duurde het lang voordat ze een 'gemeenschappelijke' taal hadden gevonden. Langzaam tastte Dobrowolski Berger af. Hij liet bepaalde opmerkingen vallen en keek hoe Berger reageerde. Maar die knipoogde alleen maar. Mettertijd ontstond er tussen die twee een sterke vriendschap, waarvan de anderen niets mochten weten. Dobrowolski zorgde ervoor dat Berger extra levensmiddelen kreeg om naar zijn vrouw te sturen en Berger hielp Dobrowolski met benzine en cement.
In die tijd bestond er binnen de Wehrmacht, de organisatie TODT en ook onder de Polen slechts één actueel gespreksthema: de joden. Sommigen wisten wat er gebeurde en wat er nog te gebeuren stond. Anderen wilden het niet geloven zolang ze het niet met eigen ogen hadden gezien en daarvoor waren gelegenheden te over. Duizenden Duitsers die in Polen bij een afdeling waren ingedeeld of bij de burgeradministratie waren tewerkgesteld, werden met het probleem geconfronteerd. Iedereen moest een standpunt innemen; hij werd daartoe eenvoudig gedwongen. Het hielp niet of hij zijn ogen sloot en zijn oren dichthield. In de kantine, in de officiersmess, in de kantoren vertelde de een de ander wat er in zijn directe omgeving gebeurde. Meestal werd op die verhalen geen commentaar gegeven, want de een vertrouwde de ander niet. Maar deze gesprekken moesten wel op een of andere wijze worden beëindigd en daarvoor was de almachtige toverspreuk gevonden:
'De Führer zal wel weten wat hij doet.'
Daartegen was geen oppositie mogelijk. Desondanks waren er veel Duitsers die zich er niet bij neerlegden. In het onderbewustzijn van velen was het gevoel medeschuldig te zijn diep doorgedrongen. Maar slechts zelden klaagde de een de ander zijn zielenood.
Berger wist wat er met de joden gebeurde. Hij zag joodse dwangarbeiders en was soms getuige van executies, zij het uit de verte. Hij zag de vrachtauto's die weerloze mensen naar de plaats van executie brachten, de linie van wachtposten die het gebied afzette, hij hoorde de schoten en zag

de lege vrachtauto's terugkeren.

Eind mei ging Berger naar de plaats waar volgens hem kortgeleden joden waren doodgeschoten. Hij nam twee open vrachtwagens mee om uit een nabijgelegen zandgroeve zand te halen. Vier Poolse arbeiders moesten het zand opladen. De zandgroeve lag in een kom; het hek stond open en op het zandpad dat erheen liep, waren bandsporen van auto's te zien die hoogstens een paar dagen oud waren. De zon brandde onbarmhartig aan de hemel, scharen kraaien cirkelden rond. In het midden van de groeve was een hoge hoop zand opgetast. Berger liet stoppen en beval de arbeiders zand te graven. Hijzelf zocht de schaduw in de cabine van de auto. Plotseling hoorde hij de arbeiders schreeuwen. Berger sprong uit de auto en rende naar hen toe. Het beeld dat hij zag deed hem verstarren: uit het omgewoelde zand spoot een fontein van bloed.

Ze stonden op een massagraf dat slechts een paar dagen oud kon zijn. De lijken lagen in een kuil; de felle hitte had het bloed van de slachtoffers tot gisten gebracht...

Het duurde lang voordat Berger zijn evenwicht weer enigszins had herwonnen. Hij beval de arbeiders de kuil weer dicht te gooien en omdat hij niet met lege wagens wilde terugkomen, liet hij zand aan de andere kant van de groeve uitgraven. Op de terugweg hoorde hij de commentaren van de Poolse arbeiders. Hij zei tegen hen dat ze in hun eigen belang over dit voorval moesten zwijgen. Dagenlang vond Berger geen rust; hij kon het gruwelijke beeld niet vergeten. Maar hij durfde er niet over te praten.

Ook de arbeiders zwegen, denkende aan zijn waarschuwing. Maar ten slotte wilde en kon Berger het verschrikkelijke niet langer voor zich houden. Toen ingenieur Schulze hem in de werkplaats opzocht, hem een paar aanwijzingen gaf en toen over persoonlijke zorgen en moeilijkheden begon, vertrouwde Berger het hem toe. Schulze luisterde zwijgend en beëindigde het gesprek met de woorden:

'Op die dag was het erg heet, Berger! Waarschijnlijk heb je een biertje te veel gedronken!'

Berger was diep geraakt en begon aan zichzelf te twijfelen. Een paar dagen later zocht hij Dobrowolski op. Die stelde

hem voor de volgende zondag samen een uitstapje te maken.
Berger stemde toe. Tijdens de rit vertelde Berger over zijn
verschrikkelijke ontdekking. Dobrowolski luisterde aandachtig naar zijn woorden.
'Veel van wat hier gebeurt is afschuwelijk. Je mag er niet
over praten en in geen enkele krant zul je er een woord over
vinden. Onlangs werden niet ver van hier lijken met benzine
overgoten en in brand gestoken. De stank verpestte de lucht
in een omtrek van vele kilometers. Toch waren er genoeg
mensen die zeiden dat ze niet wisten waar die stank vandaan
kwam. Het is verschrikkelijk, Berger, dat zoiets mogelijk is.'
'Ik ga niet meer naar de kerk; dat verwijt mijn vrouw me.
Maar ik ben niet ongelovig. Ik heb mijn eigen God en om
met hem te kunnen praten heb ik de bemiddeling van kerk
en priesters niet nodig. God is rechtvaardig, hij beoordeelt
de goeden en slechten op zijn manier. Voor zijn oordeel ben
ik soms bang. Ik heb altijd de waarheid gezocht. Toen ik
jong was, heb ik met mijn vuisten gevochten voor de waarheid, of althans voor dat wat ik voor de waarheid hield. Nu
kan ik alleen nog maar zwijgen.'
Dobrowolski zweeg, hij begreep dat Berger verstrikt was in
een ernstige gewetenscrisis en dat hij geen uitweg wist.
'Waarom denken niet alle Duitsers zoals jij, Berger? Er is
toch genoeg plaats voor alle mensen op deze aarde!'
'Helaas zijn er altijd mensen die er anders over denken.
Vandaag moet de een, morgen de ander daarvoor boeten.
Maar wij zullen allemaal voor de misdaden van de nazi's
moeten betalen, want wat hier gebeurt kan niet ongestraft
blijven.'

In juni moest Dobrowolski in opdracht van zijn firma naar
Czernowitz om bouwmateriaal te controleren. De firma in
Czernowitz had een aantal joden in dienst die zich vrij en
ongehinderd konden bewegen. Maatregelen tegen de joden,
die onder druk van de Duitsers door de Roemeense regering
werden genomen, konden na een paar weken met behulp
van geld en door interventie ongedaan worden gemaakt.
Dobrowolski hoorde dat er in Czernowitz overlopers uit Polen waren die van de daar wonende joden papieren en geld

kregen. Hij raakte in gesprek met een joods personeelslid, Silber. Dobrowolski vertelde hem over de acties in Polen en zei dat het toch mogelijk moest zijn joden de grens over te brengen. Silber gaf geen antwoord; hij kende Dobrowolski pas kort en was, zoals alle joden, bang voor provocateurs. Tijdens een gesprek met de leider van het project waarschuwde Dobrowolski dat de firma er goed aan zou doen andere arbeidskrachten te zoeken. Hij vertelde dat ook in Polen de Duitsers in het begin joden te werk hadden gesteld, maar dat die later ondanks hun pas door de ss waren weggehaald en doodgeschoten. Daardoor had zijn firma niet op tijd kunnen leveren en was in moeilijkheden geraakt. Maar in Czernowitz werden de woorden van Dobrowolski niet serieus genomen.

De hele avond piekerde Silber erover of hij zich juist gedragen had tegenover de Poolse ingenieur, die zoveel over het lijden van de joden had verteld. Voorzichtigheid was het parool, maar te grote voorzichtigheid werkte verlammend. Hij herinnerde zich de woorden van Dubi: 'Mensen die te voorzichtig zijn hebben nog nooit iets tot stand gebracht.' Dubi was uit Palestina naar Roemenië gekomen om zijn bedreigde broeders in Polen te helpen. Nog diezelfde avond ging Silber naar Dubi.
'Dubi, ik geloof dat ik vandaag heel erg stom ben geweest. Bij onze firma was een Poolse ingenieur die mij vertelde over de verschrikkelijke dingen die er in Polen gebeuren. Uit angst en voorzichtigheid heb ik op zijn woorden niet gereageerd.'
Dubi wikkelde nadenkend de haren van zijn snor om zijn vingers. Die waren geel, want Dubi draaide, als verklaarde tegenstander van sigaretten uit een pakje, zijn rookwaar zelf. Zijn grijsblauwe ogen onder het gewelfde voorhoofd keken Silber aandachtig aan:
'Kun jij me morgen niet meenemen naar de bouw? Dan kan ik die Poolse ingenieur zelf zien. Komt hij vaak bij jullie? Heb je vroeger ook wel eens met hem gepraat? Wat zegt jullie baas van hem? Kent hij hem al lang?'
Silber kon de vele vragen van Dubi niet beantwoorden, want

uit angst om op te vallen had hij geen inlichtingen over Dobrowolski durven inwinnen. Silber was lid van een zionistische organisatie; hij hield voordrachten en ging ook naar zionistische congressen. Toen Dubi in Czernowitz kwam, was Silber een van de eersten die hij opzocht. Silber had al over Dubi's opdracht gehoord; het was bekend geworden dat een paar joden uit Palestina waren gekomen om de vluchtpogingen van hun vervolgde broeders te steunen en te organiseren en de illegale immigratie in Palestina tegen de wil van de Engelsen ook tijdens de oorlog voort te zetten.

Zij slaagden er in Roemenië ook in, transporten van uit Polen en de Oekraïne gevluchte joden samen te stellen en ze met gekochte of gecharterde boten naar Turkije te brengen, van waaruit ze langs diverse wegen doorgestuurd werden naar Palestina. Zelfs als de Engelsen de transporten aanhielden en de joden interneerden bleven ze voor de vernietiging van de Duitsers gespaard. Roemeense joden meldden zich praktisch nooit voor die transporten. Ze voelen zich relatief veilig, want ze waren het van oudsher gewend, zich met behulp van geld van de Roemenen los te kopen. Maar de gevluchte joden uit Polen, die op het nippertje en vol doodsangst hun leven hadden gered, wilden met alle geweld naar Palestina.

Aan de grens hadden Dubi en zijn vrienden verzamelposten opgericht, waar de vluchtelingen tot de samenstelling van hun transport moesten wachten. Dubi was evenwel niet tevreden met de vijf behoorlijk grote transporten die hij in de korte tijd dat hij in Roemenië was had georganiseerd. Hij wilde zoveel mensen redden als maar enigszins mogelijk was. Hij begreep heel goed dat zijn reddingspogingen een wedloop met de dood waren, die toch al een veel te grote voorsprong had.

Die morgen wachtte Silber al vroeg voor de administratie op Dobrowolski. Hij verontschuldigde zich voor de geringe belangstelling die hij voor zijn verhalen had getoond en vroeg Dobrowolski om begrip.

'Ik was bang; het is tegenwoordig helaas noodzakelijk om alle mensen te vertrouwen. Ik hoop dat u niet boos op me bent.'

Dobrowolski keek Silber nadenkend aan en zei:
'Gisteren was u voorzichtig. U dacht dat ik een provocateur was. Vandaag ben ik achterdochtig, u zou evengoed een spion van de Duitsers kunnen zijn!'
'U hebt volkomen gelijk...'
Plotseling stonden er tranen in Silbers ogen.
'Rustig maar!' zei Dobrowolski, 'ik heb het niet kwaad bedoeld. We leven in een afschuwelijke tijd!'
'Ik heb hier een vriend uit Palesti...'
Silber schrok; hij besefte dat hij al te veel had gezegd.
'U hebt toch geen vertrouwen in mij?' zei Dobrowolski rustig. 'Ik wil uw vriend helemaal niet zien – dan kunt u er tenminste zeker van zijn dat ik hem niet zal verraden.'
Maar Silber zei met vaste stem:
'Nee, morgen praat u zelf met hem! Ik breng hem mee. Maar vertel hem alstublieft niet dat u van mij weet dat hij uit Palestina komt.'
Zo kwam het gesprek tussen Dubi en Dobrowolski tot stand. Ze keken elkaar lang onderzoekend aan voor er een woord werd gesproken. Toen vertelde Dobrowolski van de jodenvervolgingen in Polen. Hij sprak ook over het massagraf in de zandgroeve.
'Als er niet snel hulp komt is het te laat. Het is alleen nog maar mogelijk een paar mensen te redden en dan nog alleen in kleine plaatsen. Ik zal proberen een paar families naar Roemenië te brengen, maar ik kan er maar weinig tegelijk transporteren. Ik geloof dat het voldoende is als ik ze naar Czernowitz breng, hier is het betrekkelijk veilig. Wat er verder met hen gebeurt is jullie zaak.'
'Neem, als het enigszins mogelijk is, alleen jonge mensen mee! Begrijp me niet verkeerd, we willen de oude mensen niet aan de dood prijsgeven, maar jonge mensen kunnen zich beter aanpassen, ze kunnen beter tegen de vermoeienissen. Als wij mensen redden, dan moeten die nog hun hele leven voor zich hebben.'
'Een biologische selectie?' zei Dobrowolski sarcastisch.
'Ja, daar komt het uiteindelijk op neer, hoewel het niet onze bedoeling is.'
De ontmoeting met Dubi maakte op Dobrowolski een diepe

indruk. Zo gedroeg zich dus de jonge, in Palestina opgegroeide generatie! Het speet hem dat hij gedwongen was Dubi's vaderland met geen woord te noemen. Hij had er graag meer over willen horen.

Felix en Dobrowolski liepen op de weg die naar de bouwput liep heen en weer. Felix' ogen glansden en zijn handen waren vochtig van opwinding. Begerig nam hij Dobrowolski's woorden in zich op; ook al was de kans op succes klein, ze moesten het proberen. Het liefst had Felix Dobrowolski midden op de straat omhelsd en gekust, maar dat was veel te gevaarlijk en daarom moest hij zich ertoe beperken zijn dankbaarheid met de ogen uit te drukken. Eindelijk was Dobrowolski uitgesproken en Felix vroeg ademloos:
'Zou u dat voor ons willen doen? U wilt uw eigen leven op het spel zetten om ons drieën een nieuw leven te geven?'
Plotseling zag Felix Ruth. Hij riep haar en stelde Dobrowolski voor. Felix' gezicht was rood van opwinding en Ruth vroeg angstig:
'Felix, wat is er gebeurd?'
'We hebben een levensredder!'
'Niet overdrijven!' zei Dobrowolski kalmerend. 'Maar ik zal mijn best doen.'
Dobrowolski keek de twee lange tijd na. De herinnering aan Bergers verhaal kwam weer terug. Als in een hallucinatie zag hij een fontein van bloed uit de bodem spuiten. Op dat ogenblik nam hij zijn besluit: hij zou Ruth, Felix en Camillo van de zandgroeve redden.
Camillo, Ruth en Felix zaten met de hoofden dicht bij elkaar aan tafel. Hoewel het eigenlijk niet nodig was, spraken ze zacht — ten dele uit grote voorzichtigheid, ten dele uit gewoonte. Felix herhaalde wat Dobrowolski gezegd had. Zijn stem was vol hoop:
'Zelfs als we niet verder kunnen, zelfs als het om een of andere reden niet lukt om de scheepstransporten samen te stellen, dan kunnen we toch in Roemenië blijven. In Roemenië kan ik werk vinden, want de Duitsers hebben daar hun anti-joodse maatregelen niet kunnen uitvoeren. Dobrowolski heeft het me precies verteld: de eerste golf tegen de joden is

voorbij, ze kunnen zich daar nu weer betrekkelijk vrij en ongehinderd bewegen. Maar misschien kunnen we ook van Roemenië uit naar Turkije of zelfs naar Palestina vluchten. In elk geval wil ik zo vlug mogelijk uit Polen weg!'
'We hebben toch geen geld. Heeft Dobrowolski niets over geld gezegd?' zei Camillo sceptisch.
'Nee. Ik was er ook op voorbereid dat hij over betalen zou beginnen, maar dat gebeurde niet.'
'Ik heb hem vandaag voor het eerst ontmoet,' zei Ruth. 'Hij lijkt me een goed mens. Misschien moeten we hem de briljanten geven die ik in de zoom heb genaaid. In Roemenië zullen de joden ons ook zonder geld verder helpen. Vader kan overigens, als hij in Roemenië is, contact opnemen met onze Turkse familie, ik ben er zeker van dat zij ons geld zullen sturen.'
Camillo zweeg. Hij dacht aan zijn familieleden in Turkije. Voor hij uit Wenen wegging had hij in de familiekroniek over hen gelezen. Misschien, zo dacht hij, vinden we elkaar terug bij dezelfde stam.

Gedachteloos kleedde Camillo zich uit, ging liggen, sloot de ogen en begon ingespannen na te denken. De voorwerpen in de kamer schenen in de duisternis menselijke trekken aan te nemen. Gebeurtenissen van lang geleden leken nabij, Camillo kon droom en werkelijkheid niet meer van elkaar onderscheiden.
Ze zaten in groepen bij elkaar en fluisterden opgewonden. Het algemene onderwerp van gesprek was 'het schip', het schip dat hen naar een ander land zou brengen. De gemeenteraad van Murcia had zojuist besloten geen joden meer in de stad te dulden. Meteen werd een delegatie uitgestuurd naar het katholieke koningspaar, Ferdinand en Isabella, en de orde der dominicanen, met het verzoek de stad Murcia van joden te bevrijden. De inwoners van Murcia hoopten geld en bezittingen van de joden te erven zodat ze nooit meer hoefden te werken. Daar de joden alleen maar handbagage mee mochten nemen, moesten ze hun have en goed voor belachelijk lage prijzen van de hand doen. De waarde van joodse bezittingen daalde elke dag meer. Voor huizen,

wijn- en boomgaarden kregen ze niet meer dan een paar goudstukken, eigenlijk geen betaling maar een aalmoes, want de christelijke buren waren er zeker van dat Ferdinand en Isabella een decreet zouden uitvaardigen waardoor hun het gehele joodse vermogen toeviel. Ook in de havensteden waar de joden zich verzamelden werden goede zaken gedaan. De kapiteins van de schepen lieten zich de reis drie- of viervoudig betalen.

En weer kwam er een jood met een klein, allerminst bemoedigend nieuwtje. Een schip dat op weg was naar Turkije, was plotseling van koers veranderd en had de joden naar Afrika gebracht, waar ze door zeerovers in ontvangst waren genomen en als slaven verkocht. De kans om te overleven werd van dag tot dag kleiner. De besluitelozen zeiden dat ze moesten wachten, want ze hoopten dat machtige marranen toch nog een goed woordje voor hen zouden doen bij het koningspaar. Maar de meesten wisten dat de marranen zelf gevaar liepen en elk contact met het jodendom moesten verloochenen.

Zo namen zij het besluit, niet te wachten tot de laatste dag, maar Spanje al eerder te verlaten. Alleen Daniël Torres aarzelde en overwoog. Zijn zoon Luis was de tolk van de gouverneur van Murcia, hij was steeds goed behandeld en men raadde hem aan zich te laten dopen. Hij zou een avonturier, een zekere Christobal Colon (= Columbus), die op ontdekkingsreis wilde gaan, als tolk begeleiden. Ook andere joden hadden zich door Colon laten aanmonsteren, want een onzekere zeereis leek hun veiliger dan het verblijf in Spanje, waar hen de dood wachtte.

Steeds nieuwe gestalten doken op in zijn fantasie, de gebeurtenissen verjoegen elkaar, de ene jobstijding volgde op de andere. Weer een stad jodenvrij, weer waren vertrekkende joden door rovers overvallen, hun bezittingen waren hen afgenomen en daarna waren ze vermoord. Weer kwamen nieuwe mensen vertellen dat Portugal zijn grenzen gesloten had en alleen rijke joden wilde opnemen. De kosten van de scheepsreis werden weer verdubbeld. Als laatste betrad een in een zwarte pij gehulde grote gestalte de kamer. Zijn gezicht was met een masker bedekt en in de hand hield hij een

kruis. Het kruis naderde de dicht opeengepakte mensen, wier hoofden terugweken...
Camillo kwam overeind, hij baadde in het zweet. De morgen brak aan en de gestalten verdwenen uit de kamer.

Felix kon ook niet slapen. Steeds opnieuw overwoog hij Dobrowolski's voorstel. Maar ook een ander plan, dat hij nooit had kunnen uitvoeren omdat hij daartoe de kracht miste, hield hem bezig. Toen hij in Lemberg was had hij over geslaagde vluchten over de Hongaarse grens gehoord. In Hongarije konden de joden zich nog vrij bewegen, daar was de wetgeving nog niet aan het Duitse voorbeeld aangepast. Nog voor Ruth hem uit het kamp had gehaald, had hij het plan opgevat samen met haar over de grens te gaan. Hij kende het Hongaarse grensgebied goed, als stagiair had hij in die streek gewerkt. Dat was drie jaar geleden, toen had hij meegewerkt aan de bouw van een kliniek voor longpatiënten, hoog in de bergen. Vanuit de ramen van het hospitaal kon je tot Hongarije kijken. Hij was een paar maal de grens over geweest en kende ook de daar werkzame Hongaarse douanes en grenssoldaten, die evenwel niet overal op hun post waren. De grens liep midden door het bos. Het terrein was zó onbegaanbaar, dat het niet werd bewaakt. Ook toen de Russen het gebied bezetten, bleef de grens open. De grensbewoners deden aan beide zijden goede zaken doordat zij de vluchtelingen uit de door de Russen bezette gebieden naar Hongarije brachten. Felix was er zeker van dat ze hem ook zouden helpen, want hij had, toen hij op de bouw werkte, vaak een oogje dichtgedaan als arbeiders kleine diefstalletjes pleegden. Maar toen hij begreep dat Ruth haar vader nooit zou verlaten en dat de oude Camillo zo'n moeizame tocht niet kon volbrengen, had hij het plan weer opgegeven. Felix begon het plan van Dobrowolski op zijn uitvoerbaarheid te testen. De afstand die ze moesten afleggen bedroeg 380 kilometer. In elk geval moest die weg in etappes worden afgelegd, hij was ook voor Ruth en Camillo verantwoordelijk. Dit gevoel van verantwoordelijkheid drukte zwaar op hem. Hij vroeg zich af of hij het recht wel had vader en dochter aan de gevaren van een vlucht bloot te stellen. Maar wat wachtte hen hier? Vroeg of laat toch alleen de dood. Vaak zat Felix met Ruth en Camillo tot laat in de nacht plannen te smeden. Steeds nieuwe voorstellen werden er gedaan, maar geen enkele werd tot het einde doorgedacht. Alleen het plan van Dobrowolski leek realistisch.

'Klaprozen hebben ze erop gezaaid!' Bij deze woorden snikte de jongen hartverscheurend. 'Mijn moeder hebben ze er ook heengebracht. Nu weet ik zeker dat de kaarten die zogenaamd door gedeporteerde mensen waren geschreven, grove vervalsingen zijn!'
Zijn handen ondersteunden zijn hoofd en hij vocht tegen zijn tranen. Zijn toehoorders, joodse arbeiders, deden zelfs geen poging om hem te kalmeren. Iedereen liepen de rillingen over de rug. Leib Rand, de zoon van een joodse boer, was net zeventien en verschilde in niets van de Poolse en Oekraïense dorpsjongens. Zon, wind en regen hadden zijn huid gebruind en hij praatte ook als een boerenjongen. Hij was blond en had blauwe ogen; een jongen die ook na de bezetting door de Duitsers met zijn kameraden kattekwaad uithaalde. Veel van zijn vrienden zouden hem graag verborgen hebben maar uit angst voor hun ouders waagden zij het niet.
Op zekere dag kwam de Oekraïense politie Leib en zijn moeder halen. Zijn vader was al een paar dagen na de inval van de Duitsers gevangengenomen. Toen op de verzamelplaats de mannen van de vrouwen werden gescheiden, slaagde Leib er op het laatste ogenblik in te vluchten. Hij trok de gehate mouwband af en verborg zich in de buurt. Pas toen het donker werd waagde hij zich uit zijn schuilplaats en sloop hij langs de spoordijk. Ondanks zijn angst sprak hij een spoorwegarbeider aan die hem tegemoetkwam. Hij wilde per se weten waar het transport naar toe was gegaan; als zijn moeder in een kamp zat, wilde hij dicht bij haar zijn om haar te helpen en bij een gunstige gelegenheid te bevrijden. De spoorwegarbeider ontfermde zich over de jongen, nam hem mee naar huis en liet hem in de schuur slapen. Maar Leib moest beloven dat hij zijn weldoener nooit zou verraden. Als hij gepakt werd, moest hij zeggen dat hij naar binnen

was geslopen zonder dat de bewoners het wisten. Hij bleef tien dagen in de schuur en voedde zich met veldvruchten. Op een avond wenkte Szymaniak, zo heette de spoorwegarbeider, hem naar buiten.
'Voor Belzec stopt de trein,' vertelde Szymaniak. 'Het personeel dat het transport begeleidt wordt vervangen door Duitsers en Oekraïners, die zwarte uniformen dragen. Ik heb ze gezien – het leken wel duivels. Het schemerde en in de lucht hing de stank van verbrand vet, het was alsof mijn poriën werden dichtgeplakt. Twee uur later kwam de trein terug. Toen ik in de coupés keek, besefte ik dat minstens de helft van de mensen dood was. Ongebluste kalk lag op de bodem van de wagons; die was waarschijnlijk gaan dampen, waardoor velen stikten.
Elke dag komen er duizenden joden aan. Maar geen van hen komt terug. Daar waar ze naar toe worden gebracht, staat maar één barak. Er worden reusachtige motoren die verbrandingsgassen produceren aangezet en het gas wordt in de barstensvolle ruimte geleid. Een joods arbeidscommando van een paar honderd man graaft voortdurend kuilen en gooit daar de lijken in. En op de laatste laag worden rode klaprozen gezaaid. Op de barak staat een grote davidster. Nu weet je waar je moeder is; je kunt haar niet meer helpen! Je moet jezelf redden en de anderen waarschuwen. Ga nu maar gauw naar de schuur, morgenvroeg moet je weg.'
Leib ging niet naar de schuur. De hele nacht zat hij roerloos op een steen en staarde zo lang naar de sterren tot ze voor zijn ogen veranderden in rode klaprozen. Ten slotte viel hij van uitputting in slaap. Toen de zon hem wekte, waren zijn ledematen verstijfd van de kou. Szymaniaks woorden waren diep in zijn ziel gegrift. Waar moest hij nu heen? Hij was alleen, zonder doel, zonder hoop, zonder een mens die hem nodig had. Plotseling herinnerde hij zich de woorden van Szymaniak: 'Waarschuw de anderen!' Hij rende weg.
'Mij heeft een spoorwegarbeider ook verteld dat er van Belzec treinen met dertig wagons, gevuld met allerlei soorten kleren, naar Duitsland rijden. Om de week vertrekt er zo'n trein. Tot dusver wist niemand wat voor treinen dat waren. Velen van ons wuifden geruchten weg, we zeiden: 'Allemaal

fantasie en hersenspinsels.' Die spoorwegarbeider vertelde me dat zijn broer een van die treinen had gezien. Poolse partizanen hadden granaten op de rails gegooid, waardoor de trein moest stoppen. In de lorries lagen kleren, tot balen samengebonden, vertelde een van de arbeiders.'
De joden werden door die woorden getroffen als door zweepslagen. Plotseling herinnerde iedereen zich details die hij al lang had geweten, maar die hij nooit had kunnen verklaren. In Rawa Ruska werd verteld dat de Duitsers op een afgezet terrein klaprozen zaaiden. Al gauw deden allerlei gewaagde speculaties de ronde over de gebruiksmogelijkheden van klaprozen en het belang van de streng bewaakte papavervelden voor de oorlogvoering.
Steeds opnieuw hoorde je verhalen over vergrendelde deportatietreinen die naar Belzec gingen. Er werd verteld dat sommige joden erin geslaagd waren uit de treinen te vluchten; dat sommigen met kogels in hun lichaam en met gebroken ledematen in het getto waren teruggekomen. Ze vertelden over lotgenoten die van de trein waren gesprongen en in akkers of op wegen doodbloedden omdat niemand bereid was hen op te nemen en te verbergen.
Twee gewonde jonge mensen uit Lemberg waren op een nacht in het getto gekomen. Een oude Oekraïense boer uit Polanka had zich over hen ontfermd en meegenomen naar zijn huis om hun wonden te verbinden. Een nacht waren ze bij hem. Maar de boer was bang voor de buren. 's Avonds had hij een kruisje geslagen voor het Mariabeeld met het brandende olielampje en hen toen naar buiten gebracht. Het was een wonder dat ze het getto gehaald hadden.
De oude profetie dat er een tijd zou komen waarin de levenden de doden zouden benijden, leek bewaarheid te worden.

Leib zat zachtjes te huilen. De anderen waren als versteend. Ook Camillo was roerloos gebleven terwijl de jongen vertelde. Ook hij had vroeger geweigerd zulke verhalen te geloven. Maar in zijn tegenwoordige toestand geloofde hij alles. De industrialisering van de moord scheen hem bloedige hoon van de technische vooruitgang. Camillo was niet bang. Terwijl andere arbeiders verdwenen als er een ss'er aankwam, bleef Camillo staan. Hij keek hen rustig aan. Sommigen bewonderden hem, anderen dachten dat hij niet goed wijs was.

ss'ers, en vooral zij die voortdurend met joden te maken hadden, vonden het onaangenaam om joden in het gezicht te kijken; ze wilden gebogen ruggen zien. Het deed hun een sadistisch plezier als de joden voor hen wegdoken en zich verstopten. Zij waren de heersers, aan wie de Untermenschen offers moesten brengen. Joden moesten voor elke Duitser de hoed afnemen zonder dat de Duitser de groet beantwoordde. Joden mochten het trottoir niet gebruiken en in het getto werd daarom met opzet het plaveisel van het trottoir gesloopt. Slechts zelden mochten vrachtwagens het getto binnenrijden om het vuil op te halen.

Al die maatregelen hadden maar één doel: van de gehate jood de verlopen en verwaarloosde Untermensch te maken. Hoe vaak namen ss'ers en andere overtuigde nationaal-socialisten hun gezinnen niet mee naar het getto, om hun de vuile joden te laten zien die onder de luizen zaten. Een jood die rechtop liep en iedereen rustig aankeek paste niet in dat beeld. Daarom gebeurde het vaak dat ss'ers tegen Camillo schreeuwden en niet zelden sloegen ze hem met hun zweep. Camillo trok er zich niets van aan. Veel joden dachten dat hij opzettelijk de dood zocht. Maar Camillo wilde leven om de nederlaag van de nazi's mee te maken. Hij wist, hij was er rotsvast van overtuigd, dat delen van het jodendom ten slotte toch nog de nederlaag van de nazi's zouden beleven. Deze wetenschap gaf hem enorme kracht. Heel vaak dacht hij bij zichzelf: Wat weten die barbaren van de geschiedenis? Ze denken dat ze al die wreedheden ongestraft kunnen begaan, dat een despotisme, een dictatuur eeuwig kan blijven bestaan.

Hoewel Camillo niet streng godsdienstig was, geloofde hij toch aan de straf Gods voor de misdaden die tegen de joden waren gepleegd. Hij wist dat zijn leven niet telde en elk ogenblik ten einde kon lopen. Maar de zekerheid dat de beulen op zekere dag voor hun misdaden zouden moeten betalen, kon niemand Camillo afnemen.

De middagschaft was nog niet afgelopen. Leib huilde niet meer. Zijn ogen waren uitdrukkingsloos en zijn blik kleurloos en leeg; zij leken op de ogen van een ter dood veroordeelde die gelaten op de voltrekking van zijn vonnis wacht.
'Wat moeten we doen? Wat kunnen we daartegen doen?' kreunde een oude man. Hij wist dat niemand zijn vraag zou beantwoorden.
'Zij zullen ons niet allemaal vermoorden. Al tweeduizend jaar proberen ze ons volk te vernietigen. Het waren de Romeinen, de Spanjaarden, de kruisvaarders, de Russische kozakken en nog vele anderen in alle delen van de wereld. Als die moordenaars er niet waren geweest dan waren wij nu waarschijnlijk een volk van vele tientallen miljoenen. Hele gemeenten zijn uitgeroeid en hele gemeenten gedwongen om het jodendom op te geven. Maar het jodendom heeft niemand kunnen uitroeien.'
De mensen zwegen. Camillo besefte plotseling dat hij over dingen praatte die niemand begreep. Deze mensen hadden hulp nodig, direct, historische overpeinzingen zeiden hen niets. Maar de woorden van Camillo hadden een grotere uitwerking dan het eerst leek. De joden wisten dat ze niet geholpen konden worden. Natuurlijk konden de jonge, sterke mannen de bossen in vluchten om te vechten of zich te verbergen. Maar eigenlijk geloofde niemand meer dat hij zou overleven.

Aron Feld was een man van middelbare leeftijd. Als door een wonder bleven hij, zijn vrouw en zijn twee kinderen bij elkaar. Van zijn jongste kind, een jongen van twaalf, hield hij bijzonder veel. Een man met vrouw en kinderen zijn de handen gebonden, wat kan hij doen? Welke groep partizanen zou hen opnemen? Om bij boeren onder te duiken had je geld nodig, en dat bezat Aron niet. Zijn hele leven had hij als magazijnbediende bij een graanhandelaar gewerkt en nauwelijks de eindjes aan elkaar kunnen knopen. Zijn rijkdom waren zijn twee kinderen, hij hoopte dat het hen eens beter zou gaan dan hemzelf. Zijn jongste zoon was zijn grootste trots en toen Camillo het over overleven had, dacht Aron aan hem. Als hij toch maar bleef leven! Hij dacht aan

de mogelijkheid de jongste bij een boer te verbergen en besloot er met zijn vrouw over te praten. Plotseling stond Aron Feld op en zei met vaste stem:
'Nee, ze zullen ze niet allemaal vermoorden.'
Hij ging naast Camillo zitten. Maar de oude Torres was niet tot een gesprek bereid. Hij had de mensen al eerder verteld over vervolgingen en verbanningen. Ook toen in Spanje dachten de joden dat het einde van de wereld nabij was. De gekwelde en vervolgde mensen luisterden naar zijn verhalen, die ondanks de tragiek hun eigen wensdromen bevestigden. In de verre middeleeuwen tot aan het begin van de moderne tijd was het de Kerk geweest die met behulp van de inquisitie zijn bloedig handwerk had bedreven. Maar ook de Kerk was er niet in geslaagd alle joden uit te roeien.
Met moord, geweld en onderdrukking had al menig heerser geprobeerd een wereldrijk te scheppen. Maar de geschiedenis leert dat ze allemaal vroeg of laat mislukten. Maar is dat een troost voor de slachtoffers?

De maand juli van het jaar 1942 was bijna ten einde toen Dobrowolski Felix te verstaan gaf dat hij zich moest voorbereiden: de reis zou over drie dagen beginnen. Dobrowolski waarschuwde dat ze geen grote bagage konden meenemen. Wat achtergelaten moest worden konden ze, zo mogelijk, verkopen. De verkoop van allerlei voorwerpen was in die tijd helemaal niet verdacht. Er werd voortdurend verkocht en geruild. De winst van die ruilhandel kwam, zoals altijd in tijden van rampspoed, bij de boeren terecht. Ze hamsterden tapijten, pelsen en andere waardevolle dingen en ruilden daarvoor hun produkten tegen een veel te hoge prijs. Maar mettertijd hadden ook de boeren genoeg, velen wisten al niet meer waar ze de boel moesten laten.
Felix bekeek al zijn bezittingen. Er afstand van doen viel hem niet zwaar. Hij nam papier en potlood en schreef op wat nog enige waarde had. Om aan geld te komen was een driehoekshandel nodig. Hij moest de boel bij boeren tegen levensmiddelen ruilen en de levensmiddelen weer verkopen om een paar goudstukken te krijgen. De uitkomst van zijn berekeningen was zeer mager. Hij zei het tegen Camillo en

somde bovendien een aantal voorwerpen op die – eens begeerd – nu onverkoopbaar waren geworden. Maar hij had nog een mooi Japans servies, de grote trots van rebbe Herschel, dat hij aan een Oekraïner in de stad wilde verkopen, want welke boer had nu verstand van zoiets? Toen de Russen binnentrokken was het servies voor alle zekerheid in houtwol verpakt en in de kelder verborgen. De schuilplaats was zo goed gekozen, dat het kostbare servies niet ontdekt was. Zelfs Felix had het bijna vergeten: het was oud, zijn moeder had het op haar bruiloft gekregen. Slechts een paar maal – bij bijzondere gelegenheden – hadden ze het gebruikt.

Felix ging naar beneden naar de kelder en haalde een kopje te voorschijn, waarop in zwarte, gouden en rode kleuren een krijgstoneel stond afgebeeld: een samoerai bedreigde zijn tegenstander met opgeheven zwaard. Zijn blik bleef lang op het beeld rusten. Vroeger had hij er graag naar gekeken maar plotseling kreeg hij een afkeer van de grimmige gezichtsuitdrukking van de samoerai. Opeens viel het hem gemakkelijk afstand te doen van het servies, want nu haatte hij elke vorm van geweld, op welke wijze die zich ook voordeed. Er waren ook nog wat zilveren voorwerpen, geborduurde hoofddoeken en delen van een eens volledig zilveren bestek. Felix bond alles samen tot een klein bundeltje.

'Waar zou ik een servies voor nodig hebben? Wat moet ik daarmee?' zei Straschinskij. Toch gaf hij het kopje niet terug. De met het zwaard dreigende samoerai beviel hem, maar hij wilde het servies zo goedkoop mogelijk zien te krijgen.

'Ik zeg je toch, ik heb het niet nodig. Een van mijn kennissen heeft een veel mooier servies bij een jood gekocht en maar de helft van de prijs betaald die jij wilt hebben.'

Felix zette zijn tanden op elkaar en zweeg. Woede overviel hem. Hij wilde het servies liever in stukken slaan dan het aan die man geven...

'Ik heb erover nagedacht, ik wil het houden. Het is een aandenken.'

Maar Straschinskij liet niet los, het opgeheven zwaard van de samoerai had hem in de ban gekregen.

'Wat is dat nou? Je komt hier, je laat me het kopje zien, je vertelt over een heel servies, verspilt mijn tijd en opeens wil je het niet kwijt? Je weet dat ik je bij de Oekraïense politie kan aangeven. Dan wordt je alles afgenomen, want joden moeten toch alles inleveren, of niet?'
Felix was hem het liefst naar de strot gevlogen.
'Goed, mijnheer Straschinskij, als u het met alle geweld wilt kopen, het kost 10 000 zloty. Maar ik denk dat dat voor u te veel is. Geef me alstublieft dat kopje terug!'
Straschinskij werd rood in zijn gezicht en zijn ogen fonkelden gevaarlijk. Die jood tart me, dacht hij.
En hij zei:
'Luister eens goed! Je beseft blijkbaar niet hoe het er met je voor staat! Tweehonderd meter verderop is een politiebureau. Jij brengt het servies hier, dan praten we over de prijs. Heb je een persoonsbewijs?'
'Maar meneer Straschinskij! U kende me toch al toen ik nog een kind was. U hebt toch ook mijn vader gekend! We hebben u toch nooit iets gedaan – waarom bent u zo hard?'
'Geef me je persoonsbewijs! Als je over een half uur niet terug bent ga ik naar de politie, begrepen?'
'Weet u wel wat u doet? Denkt u dat het altijd zo blijft?'
'O, ga je me dreigen met veranderingen! Ik weet dat jullie joden op de bolsjewieken wachten, maar dat zullen jullie niet beleven! Ik heb je servies niet meer nodig! Vooruit, we gaan naar de politie! Daar zal ik vertellen wat jij hebt gezegd!'
Felix was als verlamd. Hij besefte in welke gevaarlijke situatie hij zich bevond. Hij zou niet de eerste en ook niet de laatste zijn die zijn leven op deze wijze verloor. Hij dacht aan Ruth, aan Camillo en aan de vlucht. Nog eenmaal wendde hij zich tot Straschinskij; met radeloze stem zei hij:
'Mijnheer Straschinskij, u bent een Oekraïner en ik ben een jood. Maar eeuwenlang hebben onze families naast elkaar in vrede en vriendschap geleefd. Ik kan me niet herinneren dat we u of uw familie ooit iets hebben aangedaan. U ziet toch wat er met ons gebeurt! U wilt het servies hebben – ik breng het u. Of ik met het geld dat ik van u krijg een paar dagen langer kan leven of niet, doet er niet toe.'

Straschinskij zweeg en liet hem gaan. Toen Ruth en Camillo Felix' sombere gezicht zagen durfden ze hem niets te vragen.
Zwijgend ging Felix naar de kelder, haalde de doos met het servies en ging weer naar Straschinskij.
Die zat nog altijd aan tafel te staren naar het opgeheven zwaard van de samoerai. Zonder op te kijken zei hij met barse stem:
'O, nu heb je het toch gebracht! Waarom niet meteen? Wacht! Ik wil het eerst uitpakken en controleren of je niet met opzet iets gebroken hebt.'
Behoedzaam haalde hij elk onderdeel uit de doos, trok de houtwol eraf, zette kopjes, schotels, theepot en suikerpot voor zich neer en verheugde zich in de aanblik.
'Ben je er nog?' zei hij plotseling. 'Wacht, je krijgt er iets voor.'
Hij ging de kamer uit. Even later kwam hij terug met een brood, dat in krantenpapier was gewikkeld: 'Hier, het is vers en nog wittebrood bovendien! Dat krijgen jullie toch niet! Maar ik sta bij de volksduitsers ingeschreven en daarom krijg ik wit brood.'
'Ik wil je brood niet!'
Zonder Straschinskij nog een blik waardig te keuren pakte Felix zijn persoonsbewijs en verliet zonder een groet de kamer. De lust om te ruilen was hem voor die dag vergaan. Hij besloot Ruth en Camillo er niets van te vertellen; ze zouden er zich alleen maar over opwinden en er iets aan veranderen konden ze toch niet. Hij was van plan Camillo eens te vragen hoe zijn buren in Wenen zich gedragen hadden.
Zulke Straschinskij's waren er in die tijd veel. Er waren ook andere Oekraïners, maar die waren in de minderheid. Ze durfden de haat tegen de joden die op de Oekraïense straten was opgezweept, niet openlijk af te wijzen. Maar in het persoonlijke vlak hielpen ze wel. Dat gold ook voor een deel van de Oekraïense clerus in de steden. Maar in sommige dorpen hitsten de geestelijken de pogromhelden zelfs op. Ze zeiden in hun preken dat de moord op de joden de straf was van God voor de kruisiging van Jezus Christus.
Eindelijk slaagde Felix er toch in de paar voorwerpen die nog enige waarde hadden te verkopen. Hij nam gewoon al-

les aan wat hem ervoor geboden werd, want welke waarde bezat voor hem een overbodig kledingstuk, een mooie vaas of een zilveren bestek dat hem zou overleven? Hij liep van Polen naar Oekraïners en was blij toen hij alles kwijt was. Afgezien van een briljant die Ruth in een kledingstuk had genaaid, bezat ook Camillo niets waardevols meer.
Het was al avond, kort voor de spertijd voor joden, toen een Duitse onderofficier Felix op straat wenkte. Felix kende hem, hij had al een paar maal met hem gepraat; de soldaat scheen tegen het antisemitisme te zijn.
'Pas morgen op! Ik heb iets gehoord over een actie tegen jullie. Eigenlijk mag ik niets vertellen, maar als je morgen bij ons werkt ben je veilig.'
'Komt er een razzia?'
De onderofficier knipperde bevestigend met zijn ogen en liep vlug weg. Felix rende naar huis. Dus weer direct gevaar! En wat zou er gebeuren als ditmaal de persoonsbewijzen van de Wehrmacht niet werden erkend? Als ze niet genoeg joden vonden en joden die in de kazerne werkten gebruikten om het aantal vol te maken?' Misschien is dit de laatste actie en dan helpt geen enkel persoonsbewijs!' Felix overwoog elk voor en tegen. Ten slotte nam hij het besluit de volgende dag niet naar de kazerne te gaan.

Drie bij twee meter – zo groot was de schuilplaats. Liggend hadden ze genoeg plaats. De schuilplaats was op zijn hoogst een meter twintig, op zijn laagst veertig centimeter. Van buiten kon niemand zien dat er mensen in zaten. Felix had de schuilplaats al weken geleden ontdekt en er voorraden heengebracht. Hij bevond zich op een moeilijk toegankelijke plaats van de zolder, die boven een klein afdak lag. Als ze de toegang tot de schuilplaats met oude blikjes bedekten, zou zelfs de slimste speurder hen niet vinden. Ruth en Felix hadden bovendien alles van de zolder weggehaald, zodat ss'ers of politiemannen direct konden vaststellen dat zich daar niets en niemand bevond. De schuilplaats had nog een onschatbaar voordeel: in een hoek was een afvoerpijp, die van het dak naar het kanaal liep. In de afvoerpijp sneed Felix een gat, om op die manier verbinding te maken met het

kanaal. Door uitgeholde voegen in het metselwerk konden ze bovendien de buitendeur zien.
Camillo en Ruth merkten Felix' opwinding en stelden geen vragen. Ze dachten dat een politieman hem de voorwerpen die voor de verkoop waren bestemd had afgepakt. Felix dacht zo intensief na over zijn plan, dat hij niet kon eten; met zijn hoofd in zijn handen zat hij aan tafel en staarde somber voor zich uit. 'We gaan vannacht al in de schuilplaats!' zei hij op een toon die geen tegenspraak duldde.
Toen Ruth en Camillo begonnen de dingen die absoluut nodig waren te pakken, vertelde Felix van zijn ontmoeting met de onderofficier.
'De razzia zou best eens heel vroeg in de ochtend kunnen beginnen. We mogen ons niet laten overrompelen!'
Joodse huizen werden in die tijd niet afgesloten. Elke gesloten deur werd door Duitsers of door de Oekraïense politie met geweld opengebroken. Daarom sloot Felix de buitendeur ook niet. De open deur zou de indruk geven dat het huis leeg stond.
Het was tien uur 's avonds toen ze met zijn drieën naar hun schuilplaats slopen. Een paar dekens lagen op de grond, die moesten hen beschermen tegen de koude; de bundels kleren dienden hun als hoofdkussen. Camillo had zijn familiekroniek bij zich. Hij was vastbesloten daarvan niet te scheiden. Slapeloos woelden ze in de nacht.
Plotseling vroeg Camillo welke datum het was. Felix moest tweemaal herhalen dat het 1 augustus 1942 was.
'Betekent die datum iets?'
'Misschien wel. Terwijl ik hier zo lig, denk ik over allerlei dingen na. Jullie zullen me al gauw vragen om op te houden met die oude Spaanse verhalen. Ik zal jullie ook niets meer vertellen; maar niemand kan me verbieden om erover te denken; wanhopige mensen klampen zich soms aan de onbeduidendste dingen vast.'
Camillo zweeg. Hij wachtte op de reactie van de twee jonge mensen, maar die lagen stil. Felix en Ruth hielden elkaars handen vast. Ze wisten dat hun liefde door de dood overschaduwd werd. Elk nieuw gevaar bond hen hechter te zamen.

'Felix,' zei Camillo ten slotte, 'heb je me niet verteld dat de burgemeester heeft verzocht de stad voor de eerste augustus jodenvrij te maken? Als je de cijfers van het jaar 1942 omzet, dan krijg je 1492. De eerste augustus blijft. Ik had nooit kunnen dromen dat die datum voor mij eens dezelfde betekenis zou krijgen als eeuwen geleden voor mijn voorvaderen in Spanje.' Camillo probeerde overeind te komen, maar zijn hoofd raakte het zink van het dak; hij kon alleen gebogen zitten.
'Ik weet niet of het vandaag de herdenkingsdag van de verdrijving uit Spanje is volgens de joodse kalender. Maar als we aannemen dat de joodse en de Gregoriaanse kalender toevallig samenvallen, dan hebben we het beste voorbeeld voor het feit dat de geschiedenis zich steeds herhaalt.'
Camillo ging weer liggen en verzonk in gedachten. Hij lag zo rustig en roerloos, dat Ruth hem door elkaar schudde.
'Vader, je hebt zoëven gezegd dat de geschiedenis zich herhaalt. Geloof je, dat ook de uitkomst zich zal herhalen?'
'In de thora staat: ik zal u vermeerderen als de sterren aan de hemel en het zand aan het strand van de zee. Zoals jullie weten heeft elk woord van de thora niet alleen een betekenis, het moet ook geïnterpreteerd worden. Dus, waarom zand en sterren? Waarom wordt ons volk vergeleken met zand en sterren? De interpretatie van onze geleerden is: Als ons volk verzinkt, dan tot in het zand, tot in het stof. Als het zich verheft, dan tot de sterren. Nu zijn wij in het stof.'
Ruth pakte de hand van haar vader en streelde die. Camillo schoten plotseling de tranen in de ogen: hij probeerde ze te verbergen. Toen kwam hij weer overeind, haalde diep adem en zei als in trance:
'De wereld gaat te gronde en ze zullen het niet weten. Alles wat gisteren was, zullen ze vergeten; wat vandaag is, niet zien; wat morgen komt, niet vrezen. Ze zullen vergeten dat ze de oorlog hebben verloren, vergeten dat ze hem zijn begonnen, vergeten dat ze hem hebben gevoerd. Daarom zal hij niet ophouden! – Mijn kinderen, jullie zullen de oorlog overleven. Denk dan aan mijn woorden en zie of ze na tien of twintig jaar nog waar zijn.'
De twee jonge mensen lagen stil, dicht tegen elkaar aan.

'Ja, vader!' fluisterde Ruth.
'Toen wij nog in Wenen woonden,' vervolgde Camillo, 'keek ik zo nu en dan de "Stürmer" eens in. Maar steeds opnieuw werd ik bij het lezen vol afschuw en afgrijzen geconfronteerd met de verzonnen zonden, die de joden al tijdens de inquisitie werden toegedicht. Het ging om de uitroeiing van het "mala sangre", het slechte, het joodse bloed. De Spanjaarden droomden, net als later Hitler, van een zuiver ras. Het werd ook geproclameerd, hoewel de Spanjaarden afstammen van Romeinen, Kelten, Basken, Foeniciërs, Vandalen, Westgoten, Iberiërs, joden en Arabieren. Zoals bij Hitler het noords-arische ras hoog in de bergen woonde, zo kwam het Spaanse "zuivere ras" uit de Pyreneeën. Wat in het dal woonde, was onrein. De "zuiveren" trokken zich terug in de bergen. Als bewijs van het zuivere bloed, "limpezza de sangre", werd de ideaal-Spanjaard — zoals nu de ideaal-Germaan geschapen. De aantijgingen wegens onzuiver bloed werden talrijker. Iedereen verdacht iedereen. Een ware hysterie brak uit. Zoals nu een arische grootmoeder begeerd wordt, zo werd toen het bewijs begeerd dat men afkomstig was uit de Pyreneeën.'
Camillo strekte zijn benen. Zijn blik was gericht op een onzichtbaar punt in de zoldering.
Sinds Felix Camillo kende, had de oude man vaak op historische parallellen gewezen. Voor Felix klonken ze niet altijd overtuigend. Maar wat Camillo nu vertelde was wel belangrijk. Toch was Felix niet tot een discussie bereid, want de dood die hen bedreigde, en die misschien nog slechts een paar uur op zich zou laten wachten, verlamde hem:
'Ik zou er veel voor over hebben als ik de dag van Hitlers nederlaag kon beleven. Vroeger zou ik misschien hebben gezegd dat ik daar vijf jaar van mijn leven voor zou willen geven. Nu kunnen we zulke zegswijzen niet meer gebruiken, want wie weet: misschien hebben we nog maar vijf uur te leven. Hoe het ook zij — ik kan alleen herhalen dat ik de dag van de nederlaag graag wil beleven. Niet alleen om met het nationaal-socialisme af te rekenen, maar ook met alles wat in de loop der eeuwen is opgehoopt en het nationaal-socialisme mogelijk heeft gemaakt.'

Camillo luisterde verrast. Hij had van Felix, die hij als koel berekenend kende, die zich alleen het hoofd brak om een vluchtmogelijkheid te vinden, zulke woorden niet verwacht. Het was voor hem het bewijs dat Felix aandachtig had geluisterd, en dat verheugde Camillo. Maar aan de andere kant had Felix het over een afrekening, en daaraan wilde Camillo niet denken.
'Als wij joden zouden willen afrekenen met allen die in de loop van duizenden jaren onze vijanden waren, zouden we het tegen de halve wereld moeten opnemen.'
Felix zweeg.

De torenklok sloeg één uur. Felix dacht aan de komende actie. Slapen mocht hij in geen geval, want zolang hij wakker was kon hij een zekere controle uitoefenen.
Hoeveel ss'ers zullen er komen? vroeg hij zich af. Zullen ze weer van huis tot huis gaan? Zullen zij, net als in het getto van Lemberg, handgranaten gooien om de joden uit te roken? Zullen de Oekraïeners bij de plundering die erop volgt weer joden opjagen en aan de ss uitleveren?
Felix durfde Ruth en Camillo zijn gedachten niet mee te delen. Waarom zou hij ze onnodig angst aanjagen? Felix was Camillo dankbaar voor zijn verhalen, want een mens sterft gemakkelijker als hij weet dat hij niet de enige is — met de zekerheid dat anderen ook zulke kwellingen hebben ondergaan en dat al die excessen deel uitmaken van het joodse lot.
Toen Felix voetstappen op straat hoorde, spitste hij de oren. Hoewel er nog geen reden voor bezorgdheid was, begon zijn hart sneller te kloppen. Plotseling hielden ze op. Iemand was voor het huis blijven staan. Hij hoorde een geluid alsof iemand over de houten latten van het hek streek. Hoewel Ruth noch Camillo een kik gaven, maande Felix hen om stil te zijn. Een paar flarden van het in het Oekraïens gevoerde gesprek drongen tot hun schuilplaats door. Toen werd het weer stil. Luguber stil. De voetstappen stierven weg in de verte.
Spoedig daarna hoorden ze weer zware voetstappen op de straat. Geschrokken kwamen ze alle drie overeind. Felix probeerde dichter bij de dakgoot te komen om beter te kun-

nen horen. Maar de voetstappen stierven weg, het werd weer stil.

'We hebben morgen een zware dag,' zei Felix. 'De ss zal maar een paar uur of hoogstens een dag in Mosty blijven. Maar wanneer ze de stad de rug toe hebben gekeerd mogen wij onze schuilplaats nog niet uit. Wij moeten hier nog een paar uur blijven, pas dan is er hoop op redding. Onze schuilplaats is veilig; als ze geen honden bij zich hebben zullen ze ons niet vinden. Voor de buren hoeven we niet bang te zijn, want die hebben ons ook nog niet ontdekt. Met het plunderen van de verlaten huizen zullen ze nog wel een dag wachten, maar dan moeten wij al uit Mosty weg zijn. Kijk, het wordt licht; ik geloof dat het een uur of drie is.'
'Ik wou dat ik achtenveertig uur ouder was, dan hadden we het achter de rug!' zuchtte Camillo. 'Misschien overleef ik de vlucht niet, want ik ben oud; maar jullie zijn jong, jullie zullen slagen.'

Grauwe nevel lag over het stadje. De dag was al aangebroken, maar de lantaren boven de ingang van het Oekraïense politiebureau brandde nog.
'Fedyschyn, ga eens kijken of ze er aankomen! Ze hadden er al moeten zijn!' zei de commissaris.
Hij stond op, ging naar de muur en trok het portret van Hitler recht.
Drie jaar geleden, toen de Poolse politie hier huisde, hing er nog een portret van maarschalk Pilsoedski. Daarna installeerden de Sovjetrussen er het bureau van de militie. Pilsoedski's portret werd vervangen door dat van Stalin; dat hing er 21 maanden. De commissaris had eigenhandig het portret van de Poolse maarschalk in stukken gescheurd. In deze vertrekken had de Poolse politie in 1938 bij een verhoor zijn vingers aan een buig- en strekexamen onderworpen tussen de deur om hem een bekentenis af te dwingen. Hij doorstond de foltering, maar hij was er zich van bewust dat het niet veel scheelde of hij was 'doorgeslagen'. Hij werd ervan verdacht lid te zijn van een geheime Oekraïense organisatie. Toen op 1 september de oorlog uitbrak, zetten ze hem weer gevangen. Maar het Rode Leger, dat kort daar-

op binnenmarcheerde, bevrijdde hem. Voor de Sovjets was hij een vrijheidsstrijder, en omdat hij van boeren afstamde stond niets zijn carrière bij de militie in de weg. De Oekraïense nationalistische leiders vonden het uitstekend als hun mannen bij de Sovjets opklommen. De nieuwe Oekraïense burgemeester – of zoals hij zich nu noemde 'voorzitter van de Gorsovjets' – een bekende nationalist en voormalige tegenstander van de communisten, was zelfs kandidaat voor de Opperste Sovjet. Geen mens begreep deze Sovjetrussische politiek. Toen de joodse communist Grünberg de Obkom van de partij op die feiten opmerkzaam maakte, werd hij voor trotskist uitgemaakt. Hij werd dan ook in maart 1941 in opdracht van de NKVD in Lemberg door de commissaris persoonlijk gearresteerd. Als hij nog leeft, dan heeft hij in een Siberisch kamp ruimschoots de tijd om over zijn illusies na te denken, dacht de commissaris. Wat zou hij hem nu graag hier hebben. Hij zou wel weten wat hij met hem zou doen. Een kogel alleen was te weinig!

Het portret van Hitler gleed weer scheef. De commissaris herinnerde zich hoe hij op 30 juni 1941, nadat de Sovjets waren weggetrokken en hij uit zijn schuilplaats was gekomen, het portret van Stalin van de wand had gerukt en door het raam op straat had gegooid. Hij had toen gehoopt dat hij het portret van Bandera, de Oekraïense leider, aan de muur zou mogen hangen.

De actie werd door Rottenführer Koller uit het kamp Janowska in Lemberg geleid. Om vijf uur 's morgens was hij op weg gegaan. De Oekraïense politie was gealarmeerd. Ze hadden nachtdienst en wachtten. Glazen met jenever gingen van hand tot hand. Toen Koller met zijn ss-escorte binnenkwam, werden ook zij met jenever begroet. Maar ze wilden zo gauw mogelijk beginnen.

De klok op de kerktoren sloeg zes uur. In het politiebureau stonden de aanwezigen op en pakten hun geweren.

Koller voorop, achter hem de Oekraïense politie: Op tegen de joden! De oorlog tegen de joden is een ongevaarlijke oorlog!

De troebele ogen van Koller speurden de omgeving af zon-

der iets te vinden. Hij haalde diep adem en balkte met hese stem een lied:
'Slijp de lange messen op de stenen van de stoep!
Laat de messen glijden in die jodentroep!
Bloed moet vloeien in een dikke stroom...'
De Oekraïners wilden meezingen, maar ze kenden de melodie niet.
'Komt eens het uur van de wrake,
zijn wij tot elke massamoord bereid...'
De hand van Koller omvatte stevig zijn revolver.
'In de synagoge hangt een pikzwart zwijn...'
Koller zweeg. Hij keek om zich heen:
'Geen synagoge?'
Een Oekraïner maakte een handbeweging, die opblazen moest betekenen. Koller grijnsde vergenoegd. Weer verhief hij zijn stem:
'Bloed moet vloeien in een grote dikke stroom...'
Ze sloegen een straat in waar huizen van joden stonden. Was dat geen jodenkop, die uit het raam keek? Koller trok zijn pistool en was in een paar sprongen bij het raam: het gelaat van Christus op een beeldje keek hem aan. Polen en Oekraïners zetten toen beeldjes van Christus en Maria op de vensterbank, ten teken dat daar geen joden woonden. Koller bleef een ogenblik voor het beeld staan, razend spuwde hij erop:
'Verdomde jodentroep!'
De Oekraïner die achter Koller stond keek op. In de opgaande zon glinsterde op het vensterglas het speeksel als een traan van Christus. Snel nam hij zijn geweer in de linkerhand en sloeg met de rechter een kruis.
Maar Koller zou gauw genoeg levende doelen vinden.

De torenklok sloeg zes. Nauwelijks waren de slagen weggestorven of ze hoorden schoten. Doodsbang kropen ze tegen elkaar aan en vermaanden elkaar te zwijgen.
'Alle joden naar buiten!' klonk het gebrul dat hen door merg en been ging.
Geschreeuw steeg naar hen op. Kreten die het antwoord waren op slagen. Weer vielen er schoten. Ze hoorden doffe ge-

luiden, Oekraïense politiemannen braken huisdeuren open.
Kinderen huilden, vrouwen en oude mensen schreeuwden
wanhopig. Steeds dichterbij kwamen de schoten en kreten.
Plotseling hoorden ze gebons. De dood sloeg op de deur! De
buitendeur werd met geweerkolven bewerkt. Luid schreeuwende Oekraïense politie drong naar binnen, een kast werd
opengemaakt en met een smak dichtgeslagen. Vlak daarop
hoorden ze zware schreden op de houten trap die naar de
zolder leidde. Ruth had de grootste moeite om niet met haar
tanden te klapperen. Drie mannen kwamen de zolder op.
Hij leek hun leeg, daarom gingen ze na enkele ogenblikken
weer weg. Ze hoorden hoe de vloer van de woonkamer werd
opengebroken, maar ook daar vonden ze niets. Korte tijd
later verliet de Oekraïense politie het huis.
Omdat de huisdeur open stond, wisten ze niet zeker of er
nog een vreemde in het huis was. Het werd weer stil. Minuten, die wel uren leken, kropen voorbij. Zij durfden nauwelijks adem te halen. Ze hoorden de motoren van de vrachtwagens, kinderen huilden, weer een schot – toen reden de
auto's weg.
Felix ging voorzichtig tastend naar de dakgoot om op straat
te kunnen kijken. Die was leeg. Alleen lag er in een hoek
eenzaam en verlaten een kinderschoentje. Felix kroop weer
terug. Voor het ogenblik waren ze veilig. Maar ze moesten
oppassen; de kleinste onachtzaamheid kon er de oorzaak
van zijn dat de buren hen opmerkten.
Half bewusteloos lagen ze nog een paar uur volkomen roerloos in hun schuilplaats. Als eerste kwam Felix overeind.
Hij gaf Camillo en Ruth met zijn hand een teken om te zwijgen. Op een stukje papier schreef hij een paar vermanende
woorden, zei dat ze rustig moesten blijven; het was mogelijk
dat de Oekraïners al aan het plunderen waren en een verdacht geluid zou hen ertoe kunnen bewegen de politie te
waarschuwen. Pas 's avonds zou hij de schuilplaats verlaten
en rond gaan kijken. Ruth knikte dat ze het ermee eens was
en gaf haar vader het briefje. Hij bekeek het apathisch.
Onbarmhartig brandde de zon op het zinken dak. Ze trokken
hun kleren uit en grepen steeds vaker naar de met water gevulde kruik. Maar het lauwwarme water leste hun dorst niet.

Allengs kwam er weer leven in de straten. De ss scheen het stadje verlaten te hebben. De inwoners stonden in groepjes bij elkaar en vertelden hoe wreed de joden uit hun huizen en schuilplaatsen waren gesleurd en op de vrachtauto's waren gegooid. Flarden van die gesprekken drongen tot de zolder door. Felix was dicht tegen de dakgoot aangekropen en observeerde het gedrag van zijn buren. Er was er nauwelijks een die medelijden toonde; op hun gezichten lagen alleen maar nieuwsgierigheid en sensatiezucht. Een groepje bestaande uit drie vrouwen en een man stond voor het huis. Felix kon elk woord van het gesprek verstaan:
'...hij trok haar aan de haren naar buiten, ze schreeuwde, ze verzette zich, viel om, maar toen was de tweede er al, hij gaf haar een duw en haar bijna levenloze lichaam werd op de auto gegooid...'
'Jezus Maria.'
'Ja, ja, een jodin schreeuwde ook "Jezus Maria". Ze zeggen dat ze gedoopt is, familie van Goldblatt uit Lemberg en de vrouw van een Poolse officier...'
'God, God, hoe zal dat verder gaan?'
'Hrycaj hebben ze ook meegenomen. Iemand heeft hem aangegeven, hij zou joden verborgen hebben. Hij is nog altijd op het politiebureau en ze zeggen dat ze hem verschrikkelijk geslagen hebben. Ze wilden weten hoeveel geld hij van de joden heeft gekregen. Hrycaj zei dat hij geen geld had gevraagd, dat hij de joden uit medelijden had verborgen. Dat was wel het stomste wat hij zeggen kon. Want hij had het woord medelijden nog niet uitgesproken of ze begonnen hem te slaan. Hij ligt nu in een cel en kan zich niet meer bewegen. Voor zover ik Hrycaj ken, heeft hij wel geld aangenomen. Hrycaj heeft in zijn hele leven nog nooit iets voor niets gedaan.'
De twee anderen knikten instemmend, toen ging ieder zijns weegs. Kinderen kwamen de straat op en begonnen 'ss en joden' te spelen. Een jongen droeg een mouwband met een jodenster – er was om geloot wie de jood moest spelen – en de anderen sloegen hem. 'Jood, jood,' schreeuwden de kinderen, en waarheen hij zich ook wendde of keerde, overal stonden ze met stokken klaar; ze sneden hem elke uitweg af.

Na een tijdje werd hem de mouwband afgenomen en moest een andere jongen het slachtoffer spelen. Als ze hard sloegen mocht hij niet terugslaan, want de kinderen wisten dat de joden zich niet mochten verdedigen.

Tranen van onmacht en woede stonden Felix in de ogen. Het deed hem pijn te moeten aanzien hoe de kinderen de joden 'speelden': wie de mouwband draagt is weerloos en mag zich niet verdedigen.

Op straat was het nu druk. Boeren brachten hun waren naar de markt, huisvrouwen gingen inkopen doen en het leek alsof er niets was gebeurd. Plotseling sloeg iemand de deur dicht. Felix stond alweer op zijn uitkijkpost en zag een man het huis verlaten; het was een vreemdeling die verdwaald was. Felix ging terug naar Ruth en Camillo en begon halfluid te praten:

'We moeten iets eten. Met een lege maag redden we het nooit. Ik geloof dat er vandaag geen gevaar meer is. Misschien zijn wij de laatste joden in Mosty. Morgen heel vroeg zal ik door de tuin en de velden buiten de stad sluipen.'

Ruth kwam overeind, haalde uit een bundel een snee brood, besmeerde die met margarine en gaf hem aan haar vader. Ook Felix kreeg zijn deel; diep in gedachten begon hij te eten. Een paar minuten heerste er diepe stilte, toen zei Felix: 'Als het donker wordt kruipen we naar de zolder hiernaast. We moeten eerst wat gymnastiekoefeningen doen, want we zijn zo stijf dat we nauwelijks kunnen lopen.'

Camillo knikte instemmend. Toen viel hij in een halfslaap die een paar uur duurde. Ruth sliep ook. Felix hield de wacht.

De avond bracht eindelijk de verlangde afkoeling. Geen van de buren had het huis waarin zich hun schuilplaats bevond betreden. Felix viel in een onrustige slaap en werd 's nachts verschillende keren wakker. Hij kon de zonsopgang nauwelijks afwachten. Eindelijk was het zo ver. Maar voor hij de schuilplaats verliet, wekte hij Ruth en vertelde haar wat hij van plan was. Ruths keel was dichtgesnoerd. Ze schoof naar Felix toe, legde haar armen om zijn hals en huilde geluidloos. Ze streelde hem over zijn haar; met haar handen drukte ze liefde, medelijden en verdriet uit. Felix wilde haar troosten. In gedachten voerde hij een gesprek met haar, maar er kwam geen woord over zijn lippen.

Door de opengerukte deuren van de joodse huizen schenen de laatste ademtochten van de daaruit verdreven mensen te waaien; de open vensters keken Felix aan als de oogkassen van een doodskop. Telkens als hij in de verte iemand zag, speelde hij even met de gedachte dat het een jood zou kunnen zijn die erin geslaagd was aan zijn lot te ontkomen. Maar zijn hoop werd steeds opnieuw teleurgesteld. Polen en Oekraïners die hem kenden wuifden naar hem en verbaasden zich erover dat hij nog leefde. Een van hen bleef voor hem staan en vroeg:
'Waarom hebben ze jou niet gepakt?'
'Moet ik me misschien bij jou verontschuldigen dat ik nog leef?' zei Felix geërgerd.
In de vraag van de man lag heel de laagheid van zijn denken. Felix voelde dat er een mens voor hem stond die het niet kon begrijpen en dulden dat een jood aan het hem toegedachte lot ontsnapte. De man werd onzeker en zei sussend:
'Zo bedoel ik het toch niet! Het is verschrikkelijk wat ze met jullie doen. Misschien worden wij daar wel eens voor verantwoordelijk gesteld, omdat het onze politie is. Je weet toch dat ik bevriend was met de jood Rotstein, maar helpen kon ik hem ook niet. Voor hem spijt het me. De anderen waren toch allemaal oplichters!'
'Dan spijt het je waarschijnlijk dat ik nog leef.'
'Nee, dat niet. Ik zou je tenslotte bij de politie kunnen aangeven, want gisteren is gezegd, dat er geen joden meer bij ons zijn.'
In Felix kampten verschillende gevoelens om de voorrang. Hij besefte dat de Polen en Oekraïners de joden al hadden afgeschreven. Tevergeefs zocht hij in de ogen van de man tegenover hem naar een teken van medelijden. Die speet het alleen voor een jood die hij toevallig kende: medelijden met de jood Rotstein was het enige gevoel dat hij voor het lot van de joden kon opbrengen. Hij hoefde niet eens zijn geweten te sussen. Het meegevoel voor Rotstein was iets dat je gebruikte om te bewijzen dat je niet alle joden vervloekte en

dat je er niets tegen zou hebben als Rotstein nog zou leven.
Felix nam een besluit; hij ging naar de kazerne en zei tegen
de soldaat die op wacht stond:
'Ik kom werken.'
De soldaat liet Felix passeren. Hij liep in de richting van de
gereedschapskamer, die open stond, haalde een bezem en
begon te vegen. Dikwijls keek hij om, want hij hoopte toch
nog een bekende te zien. Een paar dagen geleden werkten
hier nog enkele tientallen joden en ze werden eigenlijk goed
behandeld. Vooral een jonge luitenant kwam meermalen
naar de groep arbeiders toe, stelde vragen en 'vergat' soms
een pakje met brood, suiker of margarine. Ook een andere
soldaat, een handarbeider uit Kassel, nam van tijd tot tijd
een jood mee, alsof hij werk voor hem had, en zei dan:
'Hier is mijn broodzak. Er zit iets voor je in, haal het er
maar uit!'
Toen de jood aarzelde en vroeg waarom hij hem de levensmiddelen niet zelf gaf, kwam prompt het antwoord:
'Als je het zelf neemt, kan ik in geval van nood bezweren
dat ik het je niet gegeven heb.'
Felix voelde dat zijn knieën begonnen te knikken van opwinding en van de afschuwelijke belevenissen van de laatste
dagen. Opeens leek alles hem zinloos en nutteloos. Hij stond
alleen en hulpeloos midden op die reusachtige binnenplaats
en voelde zich verlaten en bovenal overbodig. Uit de ramen
van de kazerne keken van tijd tot tijd soldaten, die verveeld
naar de binnenplaats staarden. Een soldaat klopte een deken uit, een andere spuwde op de binnenplaats, een derde
gooide een sigarettepeuk zo uit het raam, dat hij voor Felix'
voeten viel. Felix zag dat het een halve sigaret was, maar hij
raapte hem niet op. De soldaat dacht dat Felix de sigaret
niet had gezien en riep: 'Dat is voor jou.'
Maar Felix maakte een afwerende handbeweging. Plotseling
kwam de jonge luitenant op hem toe en zei vriendelijk:
'Kom mee!'
Felix gehoorzaamde onwillekeurig. De luitenant bracht hem
naar zijn kamer en beval hem een doos met afval naar de
vuilnisemmer op de binnenplaats te brengen. Felix pakte de
doos en wilde gaan. Toen hield de luitenant hem tegen. Hij

deed de deur open, keek op de gang en zei haastig en zacht, nadat hij zich ervan had overtuigd dat er niemand in de buurt was:
'Wat doe je hier nog? Ik heb gehoord dat de stad jodenvrij is. Verdwijn! Hier staat je niets goeds te wachten. Je bent jong – vlucht naar het bos! Allemachtig, wat zijn jullie allemaal toch apathisch!'
Felix keek hem bedroefd aan.
'Waar moet ik heen? Ze zijn toch overal. Als de ss me niet pakt, dan leveren de mensen me aan de Gestapo uit.'
'Scheur dat joodse vod van je arm! Ga de stad toch uit! Duizenden mensen zien er zo uit als jij. Niet iedereen wordt gefouilleerd. Om te sterven heb je altijd nog tijd!'
Opeens haalde de luitenant zijn portefeuille te voorschijn, nam er een paar bankbiljetten uit en zei:
'Misschien kan ik je althans daarmee helpen?'
'Nee, dank u,' stamelde Felix.
Onder het mompelen van een paar dankwoorden liep Felix de kamer uit. De situatie verlamde hem. Toen hij de doos in de vuilnisemmer stopte klonken de woorden van de luitenant hem weer in de oren: 'Om te sterven heb je altijd nog tijd.' Met een paar handbewegingen trok hij zijn kleren recht en verliet resoluut het kazerneplein. Hun lot zou de volgende uren beslist worden. Hij moest absoluut naar Dobrowolski op het bouwterrein. Maar dat zou tijd kosten en Camillo en Ruth zouden, als hij niet terugkwam, ondanks het gevaar de schuilplaats verlaten om hem te zoeken. Dat moest hij verhinderen. Niemand mocht merken dat er nog iemand in het huis was. Als de Oekraïners wilden plunderen, dan zouden ze waarschijnlijk pas komen als het donker was. Dan moesten Ruth en Camillo de stad verlaten hebben. Als een dief sloop hij terug. Voortdurend draaide hij zich om. Toen hij merkte dat iemand hem gadesloeg, probeerde hij een andere richting in te slaan. Met de moed der wanhoop kroop hij ten slotte door de achtertuin het huis binnen en kwam eindelijk in de schuilplaats. Toen hij de bange gezichten van Ruth en Camillo zag, kon hij het niet over zijn hart verkrijgen om hun de waarheid te vertellen.
'Vraag me niets! Ik moet naar Dobrowolski! Vandaag moe-

ten we dit huis uit! Maar ga alsjeblieft de schuilplaats niet uit zolang ik weg ben! Wees niet bang als ik lang wegblijf. Misschien moet ik op Dobrowolski wachten. En nog een ding: als jullie in het huis geluiden horen, hou je dan heel stil; het zouden wel eens plunderaars kunnen zijn.'
Camillo legde de hand op zijn schouder en Ruth gaf hem een kus. Toen Felix het huis al had verlaten, drukten de hand van Camillo en de kus van Ruth als een centenaarszware last op hem; hij droeg de verantwoordelijkheid voor het leven van twee mensen, die behalve hem niemand op de wereld hadden.
Als je door de stad liep, was de afstand naar het bouwterrein drie kilometer. Maar nog afgezien van de gevaren die een tocht door de stad met zich meebracht, was het bovendien een spitsroedengang. Een paar minuten moest Felix toch door een straat lopen en hij hoopte dat hij niemand zou tegenkomen. Hij had geluk, alleen een paar oude vrouwen herkenden hem. Toen hij langs hen ging en het zandpad insloeg, riep een oude Oekraïense hem na:
'Pas goed op jezelf!'
Felix bedankte haar met een glimlach.
De zon brandde aan de hemel toen hij langs de akkers liep. Goudgele korenaren ruisten zachtjes in de wind, de akkers leken een rustige zee waarover een nauwelijks merkbaar briesje streek. Wat een contrast vormde deze rust van de natuur met zijn innerlijk! Zijn keel was uitgedroogd, zijn ogen brandden, zijn wangen waren vuurrood. Zijn gang was die van een opgejaagde, die voor elk bosje bang is en achter elke heg de dood ziet in de gestalte van een Oekraïense politieman of een boer, die hem zou kunnen uitleveren. Maar niemand loerde op hem. Het was elf uur. In de verte zag hij een paar vrouwen werken op de akker. Een van hen scheen hem voor een kennis aan te zien, ze wuifde naar hem. Hij liep naar een klein bankje en viel er uitgeput op neer.
Van daaruit kon hij de straat die naar het bouwterrein liep, goed overzien. De afstand naar het bouwterrein was nog drie, misschien vier kilometer. De weg die hij had afgelegd, had hem nauwelijks dichter bij zijn doel gebracht. Hij was alleen ontsnapt aan de nieuwsgierige blikken van de bewo-

ners. De mouwband had hij in zijn zak gestopt. Voor hij doorliep wilde hij nog een paar minuten uitrusten. Plotseling werd hij overmand door een verschrikkelijke vermoeidheid, hij wilde slapen. Maar op hetzelfde ogenblik dacht hij: 'En als ik Dobrowolski daardoor misloop?' Die gedachte gaf hem de kracht overeind te komen. Onderweg werd hij weer door twijfel bevangen: wat moest hij beginnen als hij Dobrowolski niet vond? Hoe lang kon hij op hem wachten? Zouden plunderaars 's middags al in het huis komen en Ruth en Camillo vinden? Duizend vragen spookten door zijn hoofd en de onzekerheid kwelde hem. Wat moest hij doen als Dobrowolski plotseling om de een of andere reden weigerde hen uit Mosty weg te brengen, of wanneer hij tegen hem zei dat de vlucht voor de veiligheid een, twee of drie weken moest worden uitgesteld? Waar moesten ze zich in de tussentijd verstoppen? Hij wenste dat hij vleugels had om sneller bij Dobrowolski te kunnen zijn.

Plotseling dacht hij dat hij in de verte mannen in groene uniformen zag. Waren het soldaten die zich meestentijds nergens om bekommerden? Of was het politie of misschien zelfs ss? Wat moest hij antwoorden als hij werd aangehouden? Zijn vermoeide, angstige ogen en zijn bevende stem zouden hem direct verraden. Het leek hem beter op de patrouille te wachten. Hij verliet de straat en verborg zich achter een bosje dat een paar meter verderop lag, van daaruit kon hij de groene gestalten rustig observeren. Voor de tweede maal werd hij overvallen door verschrikkelijke moeheid, hij was bang dat hij in slaap zou vallen. De gestalten bewogen zich niet. Stonden ze daar op wacht? En weer dacht Felix wat er zou gebeuren als hij Dobrowolski misliep. Hij moest gewoon alles op één kaart zetten. Hij liep weer terug naar de straat en vervolgde zijn weg. Als de gestalten dichterbij kwamen, zou hij wel zien wat het waren. Als het soldaten waren, kon hij het wel riskeren; waarschijnlijk zouden ze geen aandacht aan hem schenken. Maar voor de politie moest hij oppassen.

Toen hij dichterbij kwam, stelde hij opgelucht vast dat het geen soldaten, geen politie en geen ss was, het waren helemaal geen menselijke wezens, maar kleine boompjes. Zijn

overspannen fantasie, zijn gemartelde zenuwen die overal gevaar roken, hadden hem parten gespeeld. Felix herademde. Hij zag de omtrekken van het bouwterrein al. Een vrachtwagen passeerde hem, Felix hield hem aan en vroeg de chauffeur naar Dobrowolski. Een korte hoofdknik was het antwoord. Toen zag Felix hem ook al aankomen:
'Ga in de eerste barak! De eerste deur links! Daar is mijn kantoor. Ga daar zitten en wacht op mij.'
Pas toen Felix zat, voelde hij weer hoe moe hij was en hoe zwaar zijn voeten. Aan de muren hingen plattegronden, een oude kalender, in de rekken lagen rollen papier, liniaals, driehoeken en centimeters. Al die voorwerpen waren Felix vertrouwd, zij deden hem denken aan gelukkige, zorgeloze dagen, aan de tijd toen hij studeerde. Op de geïmproviseerde schrijftafel lagen onder een steen, die als presse-papier dienst deed, grote stapels papier. Tientallen vliegen, die ondanks de aan het plafond hangende vliegenvanger in de kamer rondzoemden, completeerden de vertrouwde sfeer. Een ogenblik lang vergat Felix de ruwe werkelijkheid. Maar zijn uitgedroogde keel dwong hem een waterkan te zoeken. Hij kon er geen vinden. Toen kwam Dobrowolski binnen. Felix was niet in staat op te staan, hij zei alleen met hese stem:
'Water! Water!'
Dobrowolski liep snel de gang op en kwam terug met een kruik vol water en een glas. Felix greep er begerig naar. Hij had zo'n dorst, dat hij niet kon wachten tot Dobrowolski het water in zijn glas had geschonken, hij dronk uit de kruik. Met de ogen vroeg hij zijn weldoener om begrip. Dobrowolski pakte hem de kruik af en zei:
'Niet zo haastig! Ga zitten en zeg geen woord. Ik heb de tijd, rust alleen maar uit. Water kun je straks zoveel krijgen als je hebben wilt.'
Dobrowolski bekeek Felix lange tijd. Dat was dus de laatste jood in Mosty – een getuige die niet het zwijgen mocht worden opgelegd. Die morgen hadden arbeiders hem verteld dat ss en Oekraïense politie het stadje 'jodenvrij' hadden gemaakt. Sommige joden waren ter plekke doodgeschoten, andere op vrachtwagens weggebracht. Daarna had de Oekraïense politie alle huizen doorzocht. Dobrowolski kon al-

leen maar hopen dat de arbeiders Felix niet hadden gezien. Daarom was hij hem ook zo vlug tegemoet gelopen, en had hem gezegd dat hij in het kantoor moest wachten.
'Vertel nu maar! Ben jij de enige die nog leeft?'
'Nee, we hebben het alle drie overleefd, Ruth, Camillo en ik. Maar vannacht nog moeten we uit Mosty weg, anders vinden de Oekraïners ons. Help ons!'
Dobrowolski zweeg. Hij wist dat hij hen uit Mosty moest weghalen. Maar de voorbereidingen voor de vlucht waren nog niet voltooid; waar moest hij ze zo lang verbergen? Felix staarde naar Dobrowolski's lippen. In de komende seconden zou zijn lot worden beslist. Het leek een eeuwigheid te duren voor het antwoord kwam:
'Ik zal jullie voor een paar dagen onderbrengen bij een Poolse familie in Sucha. De man was soldaat in mijn compagnie. Hij is een goede Pool. Ik weet weliswaar niet of hij de joden goed gezind is, maar hij haat de Duitsers, en als ik jullie bij hem breng, zal hij jullie goed behandelen. Nu moeten we er alleen nog voor zorgen dat jullie in Sucha komen.'
'Zou Berger vanavond al terug zijn?' dacht Dobrowolski hardop. 'Waarschijnlijk wel. Zal hij genoeg benzine in zijn tank hebben? Ik zal voor alle zekerheid twee blikken in zijn kantoor zetten. Goed, Felix, ik haal jullie vannacht om twaalf uur op. Waar zullen we elkaar ontmoeten? Wat denk jij? Waar kunnen jullie ongemerkt heengaan?'
'Zodra het donker is, moeten we het huis uit zijn. Ik hoop dat niemand ons ziet.'
'Weet je waar de kleine kapel is? Als je de stad uitrijdt, ligt ongeveer honderd meter verder een klein bosje. Daar kunnen jullie je verbergen. Tegen middernacht gaan jullie over de velden naar de kapel. Berger en ik zullen daar omtrent die tijd stoppen. We kunnen dat maar even doen. Het ga je goed! Wacht nog even, ik zal kijken of er iemand aankomt.'
Toen Dobrowolski het vertrek had verlaten, pakte Felix de kruik met water weer. Even later kwam Dobrowolski terug.
'Je kunt weggaan, er is niemand in de buurt. Heb je honger?'
Zonder op antwoord te wachten bracht hij Felix een stuk worst en brood.

Felix was vol goede moed. Hij moest nu nog maar één taak vervullen: ongemerkt in de schuilplaats zien te komen.
Niemand zag hem toen hij de straat overstak. Als een dief sloop hij door de achterdeur het huis binnen. Zijn hart bonsde. Hij was bang dat hij de schuilplaats leeg zou aantreffen. Maar hij vond Ruth en Camillo ongedeerd en ze herademden toen ze Felix zagen.

Ze staarden ingespannen in de richting van de kapel. Van de plaats waar zij gehurkt zaten, hadden ze een goed overzicht over de straat. Het stadje lag op anderhalve kilometer afstand. Het was bijna middernacht. Ze wachtten al meer dan twee uur. De weg naar het bosje had hun grote inspanning gekost, want de angst mensen tegen te komen was zo groot, dat elk geluid hun hartkloppingen bezorgde. Om niet op te vallen was Camillo met zijn armetierig bundeltje alleen voorop gegaan, Felix en Ruth waren hem op enige afstand gevolgd. Eindelijk hadden ze de plaats gevonden die Dobrowolski gunstig had genoemd. Ze lagen aan de rand van het bos in het gras en keken in de richting van de stad. Na elf uur hield alle verkeer op. De lichten gingen uit, slechts hier en daar fonkelde er nog een, als een ster aan een donkere hemel, alsof ze de grenzen van het stadje markeerden.
Het front lag vijftienhonderd kilometer verder en de afstand werd elke dag groter. De opmars van de Duitsers werd niet gehinderd; ze verkeerden zozeer in een overwinningsroes dat ze in deze streken geen verduisteringsmaatregelen troffen. De fronten waren aan alle kanten zo ver verwijderd, dat er nauwelijks een veiliger gebied was. Van tijd tot tijd reden legerauto's met opflitsende lichten voorbij; hun aanwezigheid was het enige teken van de oorlog.
Eindelijk overwonnen de drie hun angst. Hoe later het uur, hoe kleiner de kans dat een vreemde hen zou betrappen. Hun gedachten cirkelden om de vraag: zal Dobrowolski op tijd komen en zijn belofte houden?
Een droge tak kraakte; hun harten schenen plotseling stil te staan, ze keken in de richting waaruit het geluid kwam en ze drukten zich tegen de grond. Het duurde lang voor ze het

waagden het hoofd weer op te heffen en met elkaar te praten. Deze lugubere stilte werd zo nu en dan door de roep van een vogel verbroken. Ze waren bang dat iemand het kloppen van hun hart zou horen. Nog een half uur wachten. Felix kon de gedachte niet van zich afzetten, hij stelde zich voor wat er in dat halve uur allemaal kon gebeuren. Maar direct daarop probeerde hij kalm te zijn: niemand heeft ons gezien, niemand is ons gevolgd.
Op de straat verschenen een paar auto's, maar ze reden voorbij. Ruth telde de voertuigen, het waren er al negentien sinds ze aan de rand van het bos lagen. Wat zou het mooi zijn als de twintigste die van Dobrowolski was! Het slaan van een klok in de verte verbrak de stilte. Het was middernacht. Felix was verbaasd dat je de torenklok van zo ver kon horen. Nu zou Dobrowolski moeten komen. Maar twintig minuten gingen er voorbij zonder dat er op de weg iets te zien was.
'Als hij niet komt moeten we naar onze schuilplaats!'
'Nee, Ruth, hij komt vast en zeker. Hij weet in welke situatie wij verkeren!'
'Wat moeten we doen als hij niet komt? Als hij de auto niet heeft gekregen of als er iets onverwachts is gebeurd?'
Felix gaf geen antwoord. Het koude zweet stond hem op het voorhoofd: eindelijk hadden ze de schuilplaats verlaten waar ze vol angst en beven hadden gewacht, en wat nu? Ruth zag ondanks de duisternis hoe hij leed. Toen zij zich tegen hem aanvlijde, voelde ze dat hij trilde over zijn hele lichaam.
Camillo zag in de verte het licht van schijnwerpers, dat steeds dichterbij kwam. Zwijgend raakte hij Felix aan. Die ging overeind zitten en tuurde in de aangegeven richting:
'Dat is een vrachtwagen, heel duidelijk! De lichten staan ver van elkaar,' fluisterde hij.
De vrachtauto bleef in de buurt van de kapel staan. Felix beval de anderen, te blijven waar ze waren; hijzelf zou naar de wagen toegaan en kijken of het werkelijk die van Dobrowolski was. Maar toen hij een meter of vijftig van de kapel was verwijderd, reed de auto door. Felix ging terug. Twijfel knaagde aan hem: misschien had Dobrowolski ze vlak bij de

kapel verwacht? Nee, Felix herinnerde zich dat ze aan de rand van het bos moesten wachten, twee, drie minuten verwijderd van de kapel.
Hun ogen deden pijn. Hun oren begonnen aan de stilte te wennen; ze konden de geluiden van insekten en vleermuizen onderscheiden. Een lichte bries waaide uit de richting van het stadje. Opeens hoorden ze de klok één uur slaan. Ze waren wanhopig: in hun doodsangst hadden zij het risico genomen en hun schuilplaats verlaten – en nu zou het wachten hier tevergeefs zijn? Felix speelde met de gedachte, nog een uur langer te wachten en dan Ruth en Camillo terug te sturen naar de schuilplaats. Hijzelf zou tot de zon opkwam blijven en dan direct naar het bouwterrein gaan. Ruth zat stilletjes te huilen, haar vader kuste haar teder. Ze was tederheid van hem niet gewend, ofschoon ze wist dat hij van haar hield.
Het was al half twee toen ze plotseling een vrachtauto voor de kapel zagen staan. Zonder aan het gevaar te denken liep Felix erheen. Toen hij bij de wagen was, herkende hij Dobrowolski, die uitgestapt was en nu voor de kapel stond. 'Vlug, we hebben veel tijd verloren.'
Camillo en Ruth waren Felix gevolgd en even later waren ook zij bij de wagen. Monter glimlachend stond Berger achter de wagen, zijn pijp in de mond:
'Niet zo haastig! Op die halve minuut komt het ook niet meer aan. Het lukt wel.'
Ze klauterden in de wagen. Het zeildoek ging dicht. Door het raampje achterin zag Felix dat Dobrowolski een sigaret opstak. Hij zou ook graag gerookt hebben.
Door de kuilen in de weg werden ze heen en weer gesmeten. Hun maag was leeg: van opwinding en angst hadden ze geen hap naar binnen kunnen krijgen. Ze werden misselijk van het rijden, alsof ze zeeziek waren. Ruth viel bijna flauw, Felix hield haar met beide handen vast. Ze hadden elk gevoel van tijd verloren en wisten niet hoelang ze zo reden. Buiten was het nog altijd schemerig. Plotseling stopte de wagen. Dobrowolski stapte uit en keek om zich heen. Zou hij ook nog verdwaald zijn? Hij stapte weer in. De auto reed een eindje terug en sloeg linksaf. Nu begon het geschud op-

nieuw. Felix durfde niet tegen het raampje te tikken en te vragen of ze langzamer wilden rijden. Ze moesten het volhouden! De wagen stopte opnieuw en Dobrowolski stapte weer uit. Felix ging naar het achtereind van de wagen en opende het zeildoek op een kier. Hij zag op enige afstand boerderijen. 'Een daarvan is vast van de korporaal,' dacht hij. Hij vertelde het aan Ruth. Zij voelde opeens een hevig verlangen naar frisse lucht. Door de kier ademde ze met volle teugen de koele ochtendlucht in. Toen hoorden ze stemmen; Berger liet het zeildoek neer. Felix sprong er het eerst uit en hielp toen Ruth en Camillo.
Een forse man van gemiddelde lengte, met een Poolse militaire pet, een grof gezicht en een miniem blond snorretje, bekeek hen, voor hij hen zijn eeltige hand toestak:
'Mijn majoor... pardon, mijnheer Dobrowolski heeft me over jullie verteld. Jullie blijven bij mij tot hij jullie weer komt halen — dat zal wel gaan. Waar zijn jullie spullen?'
Felix haalde ze uit de wagen. Intussen had Berger de auto gekeerd en zei dat ze weg moesten. Dobrowolski nam snel afscheid. Toen Ruth hem wilde bedanken maakte hij een afwerende beweging. Hij beloofde over een paar dagen terug te zullen komen.

De contouren van de voorwerpen in de kamer werden langzaam zichtbaar: de inrichting was wel zeer sober. De vrouw van Dembinski bracht hun hete melk en wat te eten. Het was de eerste warme maaltijd in acht dagen. Felix zag de medelijdende blik waarmee de vrouw hen opnam — dat medelijden deed hem pijn.
Dembinski had eigenlijk geen flauw idee waar hij hen kon onderbrengen en hoelang hij hen kon houden. Bij het afscheid had Dobrowolski beloofd zo gauw mogelijk terug te komen. Dat betekende dat zijn gasten zich steeds gereed moesten houden voor vertrek. Natuurlijk konden ze alleen 's nachts worden afgehaald, want ook al woonden de buren op een paar honderd meter afstand, het zou toch niet goed zijn als ze merkten dat er vreemden op bezoek waren. Snuffelaars waren er in die tijd genoeg, sommigen om gewichtig te doen, anderen uit jaloezie: ze waren bang dat de buren

zich zouden verrijken.

De vrouw van Dembinski was precies het tegendeel van haar man; hij was een avonturier, die vaak het gevaar zocht, zij was bangelijk; en ofschoon ze medelijden had met de vluchtelingen, sloop angst haar hart binnen – angst die steeds groter werd door herinneringen aan dingen die ze had gehoord over huiszoekingen, arrestaties en zoal meer. Ze wist dat ze haar man niet op het gevaar opmerkzaam mocht maken, hij zou alleen maar zeggen dat dat een mannenzaak was. Daarom hoopte ze dat Dobrowolski de drie zo gauw mogelijk zou ophalen.

De vraag waar ze konden worden ondergebracht, was niet gemakkelijk op te lossen. Dembinski had al vier of vijf plannen verworpen. Wanneer de vluchtelingen langer bij hem zouden blijven, moest hij een veilige schuilplaats bouwen. Het was al elf uur in de morgen toen Dembinski hen een voor een naar buiten bracht en hen via een ladder naar boven liet klimmen. Op de kleine zolder lagen verscheidene bossen stro. Hij was zo laag, dat ze alleen in het midden konden staan. Dembinski bracht een paar dekens in hun armetierige behuizing. Ze kregen een emmer water en een warme maaltijd. Ook een krant bracht hij hun – maar die was al een paar dagen oud. Felix keek in de krant, maar vouwde hem meteen weer op. De ene overwinningsmelding na de andere; foto's van groepen gevangenen, voltreffers bij bombardementen – alles wat een Duitser kon verheugen was voor de vluchtelingen het symbool van hopeloosheid.

Camillo stak zijn hand uit, maar Felix weigerde hem de krant.

'Zonde van je ogen, het is hier te donker,' zei hij.

'Zonde van mijn ogen? Dat is toch belachelijk. Denk je dat ik ze moet sparen om ze nog eens te gebruiken?'

Felix zweeg. Ruth wilde het gesprek niet aanhoren en gaf haar vader een teken dat hij moest zwijgen. Zo bleef elk van hen alleen met zijn gedachten.

Ruth had al zo vaak een paar lieve woorden tegen Felix willen zeggen om haar dankbaarheid te betonen, maar steeds als ze wilde beginnen voelde ze dat haar keel werd dichtgesnoerd. De woorden zonken weg in de verste uithoek van haar ziel. Ze stak Felix alleen haar hand toe, die hij in de zijne nam. Hij begreep haar. Hoe vaak wilde ook hij niet zijn grote genegenheid voor Ruth uitdrukken. Maar woorden schenen hem in hun huidige situatie nietszeggend en banaal. Dus bediende ook hij zich van de taal der handen. Ruth keek naar Felix, ze zag de veranderingen in zijn gezicht. Ze zag hem voor zich toen ze hem had leren kennen: een energieke, vrolijke, ondernemende jongeman met een expressief, intelligent gezicht; ze zag hem na zijn vlucht uit Lemberg, toen hij verouderd leek; en nu was hij mager, de beenderen tekenden zich duidelijk af in zijn gezicht. Hij bestond alleen nog maar uit beenderen. Tranen liepen over Ruths gezicht.

Grote vermoeidheid overmande alle drie, hoewel geen van hen wilde slapen. Ze zouden nog zoveel kunnen slapen in deze nauwe ruimte, in een onduidelijke opeenvolging van dagen en nachten.

Het halfduister van de vliering beviel Felix niet. Door een klein zolderluik in de achtergevel met een vuil raampje kwam maar weinig licht, en zo was het ook met de deur die op een kier stond. Felix begon met zijn handen in de richting van de kroonlijst te graven en vond een losse steen, die hij er voorzichtig uittrok. Hij had contact met de buitenwereld. Hij zag een deel van de tuin en de weg waarlangs ze gekomen waren. Felix maakte Ruth daarop opmerkzaam. Die weg, een met steenslag verhard pad, was niet druk. Ze zagen een kind, dat iets droeg in een mandje – waarschijnlijk eten voor iemand die op de akker werkte. Ze zagen een klein karretje, dat door een oude boer voor zich uit werd geschoven. Verder zagen ze niets. Maar die honderd vierkante centimeter contact met de buitenwereld deed hun goed en onderbrak hun trieste gedachten, die zich steeds in dezelfde richting bewogen.

Tegen de avond kwam Dembinski bij hen. Hij voelde zich verplicht hen een tijdje gezelschap te houden.

'Weet u, wat in de krant staat is allemaal gelogen! Radio Londen zegt precies het tegenovergestelde, en dat is vast waar. Een kennis van me, die bij het spoor werkt, heeft me verteld dat er voortdurend treinen met gewonden rijden. De

Duitsers druipen met bebloede koppen af. In de Poolse uitzending uit Londen hebben ze gezegd dat de Engelsen, Polen en Amerikanen ons gauw komen bevrijden.'
Felix knikte alleen maar; de kennis van de Poolse taal van Ruth en Camillo was niet voldoende voor een uitvoerige conversatie.
'U hebt waarschijnlijk helemaal gelijk. Maar in onze situatie hebben we direct hulp nodig. Het is voor ons maar een kleine troost dat ze ons in ons graf zullen naschreeuwen: de Duitsers hebben de oorlog verloren!'
Ruth begreep Felix' woorden heel goed en onderdrukte een snik. Felix maakte zichzelf verwijten dat hij zulke pessimistische gedachten had uitgesproken. Dembinski fronste de wenkbrauwen:
'Sterven moet iedereen vroeg of laat. Die tijd komt voor iedereen. Ik weet dat wij de Duitsers zullen overleven. Als er een God bestaat, dan kan hij niet geduldig aanzien hoe het ongeluk geen einde vindt.'
Dembinski vertelde hun over de vervolging van Poolse officieren door de Russen, en hoeveel gevaar hijzelf had gelopen. Dat zijn Oekraïense buren eerst op de Russische kaart zetten, dat de dorpsmilitie werd samengesteld uit Oekraïners, die het als hun voornaamste taak beschouwden om hun Poolse buren te chicaneren. Hem was tot dusverre niets gebeurd: 'In deze buurt komt niet vaak een ss'er of een politieman. Soms trekken er soldaten voorbij, maar die bekommeren zich niet om ons. Het gevaar dreigt alleen van de Oekraïense politie, daar moeten we voor oppassen.'

Dubi was een achtentwintigjarige boer uit een nederzetting in Galilea. Als kind was hij na de Russische revolutie samen met zijn ouders naar Palestina geëmigreerd. Daar groeide hij buiten op; antisemitisme kende hij alleen van horen zeggen, zelf had hij dat nooit ondervonden. Hij werd lid van het joodse ondergrondse leger, Haganah; daar bekwaamde hij zich in het werk van de geheime dienst en nam met het wapen in de hand deel aan schermutselingen met Engelsen en Arabieren. Maar dat had allemaal niets te maken met de strijd tegen het antisemitisme. Het waren de etappes die

naar de oprichting van een joodse staat moesten leiden, om de joden die overal ter wereld bedreigd werden een nationaal tehuis, een toevluchtsoord te bieden.
Dubi was al meermalen wegens illegaal bezit van wapens en lidmaatschap van illegale organisaties door de Engelsen gearresteerd. Maar meestal kregen handige advocaten hem vrij. Als dat wel eens niet lukte, zorgden zijn kameraden en medestrijders voor zijn bevrijding. Dubi moest dan wel een tijdje onderduiken, maar korte tijd later dook hij weer op met nieuwe papieren. Mettertijd werd dit kat- en muisspel met de Britse politie te gevaarlijk. Daarom besloten zijn superieuren hem naar Marseille te sturen, waar hij kon helpen met de voorbereidingen voor illegale emigratie van de joden. Hij verliet Palestina met een pas van de mandaat-regering, waarin alleen zijn voornaam Dow juist was, alle andere gegevens waren vals.
In het jaar 1938 kwam Dubi in Marseille aan en stortte zich, te zamen met andere vrienden uit de Haganah, op het werk. In geheime werkplaatsen vervaardigden ze valse papieren, vervalsten visa in echte paspoorten of zorgden voor echte visa bij valse papieren. Emigranten werden toeristen, joden christenen, die met behulp van de nieuwe documenten zonder meer naar de buurlanden van Palestina konden reizen. Vandaar werden ze met hulp van de Haganah via verschillende routes naar Palestina gebracht, waar ze zich, als ze niet door de Engelsen werden ontdekt en geïnterneerd, vrij en ongehinderd konden bewegen.
De Franse politie was op de hoogte van het werk van Dubi en zijn vrienden. Ze greep echter niet in. De reden was dat de Engelsen de Fransen in Syrië grote moeilijkheden berokkenden. Uit de rivaliteit tussen Engeland en Frankrijk in het Nabije Oosten probeerden de joden munt te slaan.
Dubi ontwikkelde zich mettertijd tot een specialist in de omgang met smokkelaars, paspoortvervalsers en scheepskapiteins. Er was praktisch niemand in Marseille die hij niet kon omkopen. Ook in de havenkroegen was hij een welkome gast. De onderwereld van Marseille liet Dubi met rust, hoewel bekend was dat hij vaak veel geld bij zich had; ze wisten dat hij leven en vrijheid voor zijn geloofsgenoten op het spel

zette. Dat dwong respect af. Soms arresteerden de Franse
autoriteiten op aandrang van de Engelse ambassade in Parijs pro forma een paar joden die in Marseille kwamen.
Maar Dubi was in Marseille koning van 'zijn' joden; wanneer de tijd gekomen was dat er een schip naar Palestina uitvoer, dan openden zich de poorten van de gevangenissen en
de joden waren weer vrij.
Toen de oorlog uitbrak, vluchtten steeds meer joden naar
Frankrijk. De poort naar Palestina was evenwel nog steeds
gesloten. Het risico van de scheepsreizen werd ten gevolge
van de oorlogshandelingen steeds groter. Het aantal joden
dat weg wilde en de prijs per persoon stegen tot duizelingwekkende hoogte.
Toen de Duitsers in de zomer van 1940 Frankrijk binnenvielen, was Dubi in het niet-bezette deel van Frankrijk. De
Gestapo loste de Britse agenten in Marseille af en nu maakte
de Vichy-politie een eind aan het werk van Dubi en zijn kameraden. Een bevriende Franse commissaris waarschuwde
Dubi dat hij gearresteerd zou worden, daarom vluchtte hij
hals over kop naar Spanje. In Spanje nam hij contact op
met de Haganah, die hem eerst naar Griekenland, later naar
Roemenië stuurde.
De situatie van de Roemeense joden was weliswaar in die
tijd moeilijk, maar florissant vergeleken met de situatie van
de joden die in de door Duitsland bezette gebieden, vooral
in Polen, woonden. De inheemse Roemeense antisemieten
en de radicale nationalisten van de 'IJzeren Garde' zouden
aan de wensen van de Duitsers ten opzichte van de joden tegemoet willen komen: van tijd tot tijd werden er pogroms
aangericht en de joden bedreigd. Maar Roemenië was een
Balkanland en in de Balkan regeerde boven alle principes de
almacht van het geld. Daarom konden de joden zich meestal
met geschenken tegen de ergste gevolgen van de antisemitische politiek beschermen.
De Roemeense politiek tegenover de joden was principieel
verschillend van de Duitse. Terwijl de Duitsers geen onderscheid maakten tussen Duitse, Poolse, Russische en Franse
joden, gingen de Roemenen geheel anders te werk: de joden,
die in het oude rijk – de Regat – woonden, werden niet

aan anti-joodse maatregelen onderworpen; maar de joden in de nieuwe, heroverde gebieden – in Bessarabië en de Boekovina – waren hulpeloos overgeleverd aan een wrede Roemeense terreur. In de Regat konden zelfs joodse instellingen hun werk doen, terwijl in Bessarabië duizenden joden de dood in werden gejaagd. Onder Duitse druk deporteerden de Roemenen joden uit de Boekovina naar Bessarabië, waar ze te zamen met de daar wonende joden uitgeroeid werden.

Naar beproefd model probeerde Dubi in kleine Roemeense havens, die niet onder controle van de Duitsers stonden, schepen te kopen of te charteren. De Duitse marinestaf en de agenten van de buitenlandse diensten van de SD concentreerden zich op de grote havensteden van Roemenië en schonken aan kleine havens, die slechts beschikten over schepen die alleen maar gebruikt konden worden voor de kustvaart of die verouderd waren, weinig aandacht. Het aantal schepen dat Dubi ter beschikking stond was niet erg groot; elk schip dat enigszins geschikt was voor het vervoer van mensen was in dienst van de Duitse Zwarte-Zeevloot. Wat overbleef waren 'drijvende doodkisten'; maar wie zijn leven wilde redden dacht niet aan het gevaar dat een reis met zulke schepen inhield.

Het duurde vrij lang voor Dubi met de Roemeense situatie uit de voeten kon. De kapiteins uit de kleine havens kwamen weliswaar uit hetzelfde milieu als hun collega's in Marseille, maar ze waren veel onbetrouwbaarder en ze poogden steeds opnieuw door chantage meer geld te krijgen.

Dubi werden vaak schepen aangeboden, die helemaal niet bestonden of niet het eigendom waren van degene die ze aanbood. Of ze wilden voorschotten voor het repareren van schepen waarvan de 'eigenaars' met de noorderzon vertrokken zodra ze het geld gekregen hadden.

Op zekere dag, toen hij ondanks kleine successjes bijna wanhopig was, stelde de organisatie hem een jood uit die plaats ter beschikking. David was in Sulina aan de Zwarte Zee geboren, had zijn leven in de haven doorgebracht, dronk iedereen onder de tafel en maakte geen groot verschil tussen mijn en dijn. In de cartotheek van de politie stond hij gere-

gistreerd wegens vechtpartijen, diefstallen en kleine oplichterijen; hij had evenwel minstens driemaal meer op zijn kerfstok dan in de cartotheek stond vermeld. Toen Dubi zijn nieuwe medewerker bekeek, knipoogde die. David was zeker niet geschikt voor de salon, maar wel voor de haven. Dubi vertelde David zijn moeilijkheden en liet de namen vallen van kapiteins die hem bedrogen hadden. David balde zijn vuisten:
'Luister goed, Dubi!' – hij tutoyeerde hem meteen, want nu waren ze kameraden, aan formaliteiten had hij een broertje dood – 'ik weet wat je doet. Ik ben weliswaar alleen maar een kleine dief, maar ik ken het ongeluk van de joden, mij kun je vertrouwen. Tegenwoordig kunnen de geleerde lui uit Boekarest de joden niet helpen, wij moeten het zelf doen. Iedereen die jou bedriegt en het daardoor nog gevaarlijker maakt voor de joden, snij ik de strot af. Met die schurk die je je geld heeft afgepakt en toen heeft gedreigd dat hij je bij de politie of bij de Duitsers in Constanza zou aangeven, zal ik afrekenen. Als je mij vertrouwt, laat mij dan de volgende keer onderhandelen. Eerst zal ik met Giurgiu praten; later moet hij, zoals ze dat bij ons zeggen, goed tellen of hij zijn vijf vingers nog heeft als hij mij de hand geeft.'
Verheugd stak Dubi zijn nieuwe helper de hand toe.
'Jij hoeft niet te tellen – jij mag je vijf vingers houden,' zei David.
Voor het eerst sinds lange tijd kon Dubi weer lachen.
Maar David verliet Dubi met een gevoel dat hij nooit had gekend: eindelijk was ook hij iemand, en wanneer alles voorbij was zou hij niet meer David de dief heten. Hij was trots dat ze op zijn fatsoen vertrouwden.
Dubi maakte plannen op lange termijn. Hij wilde in de richting noord-zuid, van de voormalige Poolse grens tot Boekarest en vandaar naar de haven, een paar cellen stichten, om joden die erin waren geslaagd naar Roemenië te vluchten, op te nemen en door te sturen. De eerste cel zou in Czernowitz komen; vandaar waren er diverse uitwijkmogelijkheden. Elk lid van een cel kreeg een bepaalde taak. De een zorgde voor onderdak, de ander voor goede relaties met de

plaatselijke politie, een derde voor het doorsturen van de vluchtelingen. De drie kregen versterking van twee anderen, die weliswaar geen vastomschreven taak hadden, maar moesten invallen als de nood aan de man kwam.

Dubi maakte zich steeds zorgen over het voortbestaan van zijn moeizaam opgebouwde cellen, en ofschoon nog twee kameraden uit Palestina, Shlomo en Zwi, via Turkije en Bulgarije naar Roemenië waren gekomen, scheen wat hij op zich had genomen een bijna bovenmenselijke taak. Bovendien moest hij voor zijn eigen veiligheid zorgen, want Roemeense agenten in dienst van de Duitsers probeerden achter de vluchtplannen van de joden te komen. Meermalen moest Dubi een andere naam aannemen en voor andere papieren zorgen. Zijn naam werd in de berichten van Roemeense agenten genoemd en ook Eichmanns vertegenwoordiger in Boekarest, ss-Hauptsturmführer Richter, die bij de Duitse ambassade in Boekarest was geaccrediteerd, kende hem uit de rapporten van zijn agenten.

Dubi's eerste opvangkamp was dus in Czernowitz, een stad die verkeerstechnisch gunstig lag, bovendien vlak bij de voormalige Poolse grens. Weliswaar was er in Czernowitz een getto, maar het was niet volledig afgesloten. De gettobewoners konden zich, als ze een geleidebewijs hadden, vrij in de stad bewegen. Dubi zorgde dat hij honderden van zulke blanco-passen in handen kreeg, voorzien van stempel en handtekening. Met behulp van deze gettopassen was het mogelijk ook vergunningen te krijgen voor een reis naar andere steden, soms mocht zelfs gebruik worden gemaakt van de trein.

In de nabije omgeving van Czernowitz kende hij een paar schuilplaatsen, waar hij joden kon onderbrengen als het niet raadzaam was dat ze in de stad werden gezien. Daarbij bevond zich ook een klooster.

Op zekere dag nam Dubi een kloek besluit. Hij wilde contact opnemen met de joden die in het getto van Lemberg woonden − volgens schattingen waren dat er toen nog ongeveer 70 000. In Lemberg bevond zich een kleine verbindingsstaf van het Roemeense leger. Er waren ook een speciale reparatie-werkplaats voor Roemeense voertuigen en

een maatschappelijk bureau voor gewonde Roemeense soldaten. Onder de jonge mannen die hem door de zionistische organisatie van Roemenië ter beschikking waren gesteld, bevonden zich twee jongens, vrolijke avonturiers, van alle markten thuis. Dubi droeg hen op, uniformen van Roemeense officieren aan te schaffen. Hij was zelf verbaasd toen er een paar dagen later werd aangeklopt en die twee, verkleed als Roemeense officieren, voor de deur stonden.
'Hoe hebben jullie dat zo vlug voor elkaar gekregen?'
Ze gaven geen antwoord maar maakten cirkels met hun handen, wat diefstal betekende.
'Hebben jullie ingebroken in een magazijn van het leger?'
'We hebben de uniformen van een joodse kleermaker half gestolen, half gekocht. Toen we merkten dat ze niet pasten, zijn we naar hem teruggegaan en hij heeft ze veranderd. In het begin hebben we ze dus gestolen, omdat hij niet mocht weten wie ze had; maar daarna moesten we ze wel betalen.'
Dubi nam de twee in vertrouwen. Ze moesten naar Lemberg gaan en zich bij het Roemeense Rode Kruis vervoegen om gewonde Roemeense soldaten op te zoeken. De Wehrmacht zou wel voor een kamer zorgen in het hotel van de Wehrmacht. Maar ze mochten niet langer dan een week in Lemberg blijven en in die tijd moesten ze proberen contact met joden op te nemen. Dubi droeg ze ook op uit te zoeken of ze met Roemeense Rode-Kruisauto's die hij ze zou verschaffen, mensen uit het getto van Lemberg, als gewonden vermomd, naar Czernowitz zouden kunnen brengen. De jongens gingen er enthousiast op in.
Dubi dacht dat hun kans om zijn plan te verwezenlijken groter was dan de zijne, want ze spraken alleen Roemeens en een beetje Frans. In de Duitse taal konden ze zich moeilijk verstaanbaar maken en daarom, zo dacht Dubi, was de mogelijkheid dat ze zich zouden verraden kleiner.
Voor ze aan de uitvoering van het plan begonnen, besprak Dubi het tot in alle details met Shlomo en Zwi. Pas toen die zijn plan ook hadden goedgekeurd, liet hij de twee jongens weer komen. Urenlang besprak hij met hen alle onderdelen; toen stelde hij ze voor aan een vluchteling die pas uit Lemberg was gekomen. Het was een jonge ingenieur, die erin

was geslaagd als helper van een machinist naar Czernowitz
te rijden. Natuurlijk wist de machinist wie hij was; de echte
helper had in Stanislau de trein verlaten, zodat de vluchteling zijn plaats kon innemen.

Met goede adviezen en allerhande informatie toegerust, verlieten twee pas benoemde Roemeense officieren, met marsorders die er echt uitzagen, korte tijd later Czernowitz. Ze
gingen in de richting van Lemberg en kwamen daar volgens
plan aan. Reeds op het station meldden ze zich bij de Wehrmacht en kregen twee kamers toegewezen. De volgende dag
begonnen ze Lemberg te verkennen. Op de straat zagen ze
een stoet joodse arbeiders, die onder bewaking van de joodse ordedienst naar hun werk marcheerden. Het leek hun veel
te riskant om joden op straat aan te spreken, daarom liepen
ze in de richting waar ze de joden vandaan hadden zien komen. Zo kwamen ze in de buurt van het getto van Lemberg.
Ze namen de tijd om de bedrijvigheid voor het getto in
ogenschouw te nemen. Ze kenden weliswaar een paar namen van joden in het getto, die had Dubi hun gegeven, maar
ze wisten niet hoe ze met die mensen in contact moesten komen. Na langdurig beraad besloten ze een jood van de ordedienst aan te spreken. In gebroken Duits vertelden ze hem
dat ze een brief bij zich hadden voor een jood in het getto,
die ze hem persoonlijk wilden overhandigen. De joodse politieman noteerde de naam en beloofde de man de volgende
dag rond het middaguur naar de afgesproken plaats te brengen. En daarmee begon het ongeluk. De man van de ordedienst vertelde het voorval aan zijn superieur Golliger, die
er zich direct voor interesseerde, maar niets liet merken en
zijn ondergeschikte alleen beval voor een goede afwikkeling
van de zaak te zorgen. Golliger rook een affaire.

De ontmoeting kwam tot stand. Feingold, zo heette de man
uit het getto, kwam op de afgesproken plaats. Hij was wel
een beetje angstig, want in het getto vertrouwde men de
joodse ordedienst niet, die zat vol spionnen van de Gestapo.
De 'officieren' brachten Feingold de groeten van vrienden
uit Czernowitz en lieten doorschemeren dat de mogelijkheid
bestond om hem naar Roemenië te brengen. Feingold was
daarover zowel verbaasd als verheugd, maar zei aarzelend

dat hij er eerst eens over moest nadenken. Om elke verdenking weg te nemen begonnen de 'officieren' even Jiddisch te praten. Toen Feingold de vertrouwde taal hoorde, straalde hij en zij spraken af dat zij elkaar de volgende dag weer zouden ontmoeten.

Golliger liet zich door het lid van de ordedienst dat de ontmoeting had bijgewoond, precies vertellen wat er allemaal gebeurd was. Hij had zijn lot, met dat van de Duitsers verbonden en dacht dat hij zich — zonder rekening te houden met zijn geloofsgenoten — bij de Duitsers onmisbaar kon maken. IJverig en plichtsbewust bracht hij de Gestapo op de hoogte. Rechercheur Engels beval Gollinger de zaak gewoon door te laten gaan om meer materiaal in handen te krijgen. De volgende dag nam Feingold twee van zijn vrienden mee naar de afgesproken plaats. De Gestapo had al een paar mannen in de buurt geposteerd.

Toen de vijf mannen er waren, kwam er een groene gevangeniswagen aanrijden, stopte naast hen, vier gewapende Gestapo-agenten sprongen eruit, omsingelden hen en sleurden hen in de wagen. Dit gebeurde allemaal in een paar seconden. Dubi's afgezanten hadden nog net de tijd de onder hun oksels verborgen capsules met cyaankali te voorschijn te halen en door te slikken. De Gestapo kon alleen nog de drie joden uit het getto verhoren. Hoewel de joden gemarteld werden, kwamen ze niets meer te weten dan wat Golliger hun al had medegedeeld. Na het verhoor werden de drie doodgeschoten.

Dubi hoorde lange tijd niets. Pas toen er weer een vluchteling uit Lemberg arriveerde, werd hij op de hoogte gebracht van het lot van zijn twee medewerkers. Het hele Lemberger getto sprak erover. Dubi was over die gebeurtenis niet alleen verdrietig, maar ook boos en mismoedig. Steeds opnieuw vertelden vluchtelingen uit Polen over de terreur van de joodse politie. Voor hem, die tientallen jaren in een gesloten joodse gemeenschap had geleefd, was het onbegrijpelijk dat er joden bestonden die zich in dienst van de vijanden van het joodse volk stelden.

In alle door de nazi's bezette delen van Europa waren er collaborateurs — ook onder de joden. Waar de druk het sterkst

is, zijn er altijd zwakke plekken die het begeven.
Met de oprichting van joodse raden en joodse ordediensten legden de nazi's de eerste fase van hun grote plan ter vernietiging van het jodendom in joodse handen. De taak, de joden te registreren, de verdeling in werkende en niet-werkende 'elementen', het opstellen van ziekenlijsten, werd in de meeste gevallen aan de joden zelf overgelaten. In kleine dorpen werden de getto's slechts zelden door de ss bewaakt; meestal werd dit gedaan door de Oekraïense politie met hulp van de joodse ordedienst.
Die joodse ordedienst was zeker niet homogeen. Er waren willoze zwakkelingen, die zich argeloos bij de politie gemeld hadden omdat ze dachten dat ze licht werk zouden krijgen. Later, toen ze wel moesten begrijpen wat het doel van die politie was, waren ze erg ongelukkig. Een deel van hen kon zich van de politie losmaken. Maar er waren er ook die het prachtig vonden om een pet te dragen en anderen te commanderen. Uit deze groep kwamen de talloze beulsknechten, die in het geheugen van de joden een veel sterkere indruk achterlieten dan de ss'ers.
Met de joodse raden was het, zij het niet zo kras, net zo gesteld. Ze werden door de Gestapo benoemd en moesten de bevelen uitvoeren. Vaak verzetten leden van een joodse raad zich tegen de bevelen van de Gestapo, pleegden zelfmoord of werden geliquideerd. Het duurde vrij lang voor degenen die hun werk niet met hun geweten in overeenstemming konden brengen, verdwenen waren. Wat overbleef was de verlengde arm van de Gestapo. Maar die collaborateurs begingen de fout, te denken dat ze het zouden overleven. Dat bleek een misrekening. Toen in de kleine dorpen alle joden waren uitgeroeid, was er geen joodse ordedienst en geen joodse raad meer nodig. Dus werden ten slotte ook zij uit de weg geruimd.
Aan de andere kant waren er ook niet-joodse redders die, uit overtuiging of medelijden met de joden of uit haat tegen de Duitsers, mensenlevens redden waar ze maar konden. Zelfs onder de Duitse officieren en soldaten waren er die uit protest tegen het nationaal-socialisme joden hielpen, hen verstopten of met valse papieren naar een andere stad

brachten. Het was een tijd van uitersten, een tijd waarin de misdaad bloeide en doordrong in sectoren waarin zij in normale tijden geen kans zou hebben gekregen.
Elke geslaagde vlucht van joden bezorgde de heren van de Gestapo en de ss slapeloze nachten. De vluchtwegen werden steeds gevaarlijker, de controles strenger, en vooral in de grensgebieden werd de Oekraïense politie steeds weer aangespoord door middel van razzia's vluchtelingen te vangen. Bestond de razzia van de Oekraïense politie alleen uit een kleine patrouille, dan hadden de vluchtelingen nog een kans: met genoeg geld of sieraden konden ze de politiemannen omkopen. Soms hielden de Oekraïners woord en konden de joden hun leven redden voor geld.
Als ze eenmaal over de Roemeense grens waren, konden ze zich als gered beschouwen, hoewel er ook dan nog genoeg moeilijkheden volgden. Maar in die tijd ging het in Roemenië slechts zelden mis.
Veilige onderduikplaatsen waren sommige kloosters; in een daarvan was Dubi eens voor een dreigende arrestatie gevlucht. Hij bracht daar vijf dagen door en nam in zijn nood de prior in vertrouwen, die op zijn beurt een paar monniken inlichtte. Ook al waren de monniken afgeschermd van de buitenwereld, er drongen toch berichten over het lot van de joden tot hen door. Dubi vertelde de priester over de gruwelijke gebeurtenissen in de bezette gebieden. Van zijn op Pools gebied wonende ordebroeders wist de prior, dat zij vluchtende joden meermalen onderdak en bescherming hadden geboden. Natuurlijk kon dat niet in alle kloosters gebeuren, want de nazi's respecteerden de waardigheid van de kerk en de kloosterorde geenszins.

Eindelijk kwam voor de drie de langverwachte dag van vertrek. Ze werden van de vliering gehaald zonder dat ze van tevoren waren gewaarschuwd. Dobrowolski en Berger stonden daar met hun vrachtauto en maanden tot spoed. Felix haalde hun spullen; het ging allemaal zo overhaast, dat ze niet de juiste woorden vonden om de familie Dembinski hun diepgevoelde dankbaarheid over te brengen.
'Ja hoor, ja hoor, de hoofdzaak is dat er niets is misge-

gaan,' zei Dembinski, en zijn vrouw viel hem met zichtbare opluchting bij.
Berger hielp hen op de wagen. Tijdens de rit over hobbelige wegen tuurden hun ogen uit het halfdonker van de auto naar een wereld die voor hen gesloten scheen. Boerenhuizen, groene en goudgele akkers, werkende mensen en paarden – er was niets veranderd. Een blauwe hemel glimlachte hen toe, in de verte klonk gezang. Werkende meisjes zongen een Oekraïens volkslied. Camillo wierp slechts een korte blik door de kier tussen het zeildoek, toen verzonk hij weer in gepeins. Maar Ruth en Felix hielden hun hoofden dicht bij het zeildoek, zogen met hun ogen gretig licht en zon op, ademden de frisse lucht die van de akkers kwam in, en waren zich zwijgend bewust van het feit dat zij niet anders dan toeschouwers waren, die niet eens het recht hadden een blik te werpen in een wereld die hen had uitgestoten. Zo nu en dan bleef de wagen staan. Ze trokken dan angstig hun hoofden terug, hielden de adem in om niet de aandacht te trekken. Dan reed de wagen weer door; ze hoorden Dobrowolski met Berger praten.
Ruth was moe en leunde met haar hoofd tegen Felix' schouder. Zijn ogen bleven gericht op de smalle spleet tussen het zeildoek.
De zon daalde langzaam aan de horizon; alles, ook de mensen in de auto, werden in warm rood gedoopt. Rood als bloed.
'Berger, we rijden nu door een streek waar we bijzonder voorzichtig moeten zijn. Om veiligheidsredenen moeten we eerst in de richting van Kolomea rijden waar veel Oekraïense nationalisten zijn, die bij de moord op de joden de ss hebben geholpen.'
'Wat willen de Oekraïners van de joden?'
'De Oekraïners hebben in hun geschiedenis meermalen pogingen gedaan om een eigen staat te stichten. Die pogingen gingen altijd gepaard met moordpartijen op joden en Polen. Een paar honderd jaar geleden waren er Oekraïense vrijheidsvechters – kozakken, die onder leiding van ataman Chmielnickyj stonden, wilden de Oekraïne scheiden van het toenmalige Polen. Ook die vrijheidsbeweging is begonnen

met moord op weerloze Polen en joden. De Sovjetrussen hebben Chmielnickyj later tot nationale held uitgeroepen.'
'Volkomen gek.'
'Ja, gek, dat is het. In de politiek wordt een massamoordenaar een held. In het jaar 1918 kwam het weer tot moordpartijen en in 1922 hebben bendes onder leiding van de Oekraïner Petljura in verschillende steden pogroms gehouden tegen de joden.'
'Pogrom, wat betekent dat?'
'Een Russisch woord voor uitspattingen die op moord uitlopen. Nog in de tsarentijd heeft men de woede van het volk naar de joden geleid en het gepeupel door gehuurde provocateurs naar de jodenbuurten gedreven. Daar konden ze zich ongehinderd uitleven, de politie deed niets. Een paar jaar later heeft een joodse emigrant in Parijs, die zijn hele familie bij zo'n pogrom had verloren, Petljura doodgeschoten. Een Franse rechtbank sprak hem vrij.'
'Dat was toch juist.'
'Ja, maar helaas heeft men dat hier niet vergeten. In juli verleden jaar herinnerden de Oekraïense nationalisten zich dat en kregen ze toestemming van de ss om de herdenking van de dood van Petljura waardig te vieren. Drie dagen lang kregen ze tegenover de joden de vrije hand.'
'En het resultaat?'
'Een paar duizend dode joden.'
'Hoe is dat mogelijk? Ze wonen toch al eeuwenlang met de joden samen?'
'Natuurlijk. Ze leefden ook naast de Polen en toch konden ze het uur van de wraak niet afwachten. De geschiedenis heeft de Oekraïners vaak teleurgesteld, ze hebben altijd op het verkeerde paard gewed. Verleden jaar opnieuw. De zelfstandige Oekraïense staat die was uitgeroepen, bestond maar drie dagen, na drie dagen hebben de Duitsers hem opgeheven en de leiders gearresteerd. Maar de Oekraïense politie is gebleven en is het willige werktuig van de nazi's geworden. Vooral in het deel van Galicië waar we nu doorheen rijden hebben zich afgrijselijke tonelen afgespeeld. Daar werden de joden door de Oekraïense dorpspolitie vermoord, ze hebben niet op de ss gewacht.'

'Van zulke dingen begrijp ik eigenlijk niets. In het dorp waar ik woon waren ook joden. Er was ook bij ons gepeupel, maar voor acties tegen de joden kwam altijd de ss uit andere plaatsen. De dorpelingen schrokken ervoor terug om iets tegen hun buren te ondernemen. Er wordt ook beweerd dat het grootste deel van de Oekraïense politie vroeger in dienst van de Sovjetunie was.'

'Dat is waar. Toen de Sovjetrussen hier na 1939 de dienst uitmaakten, kwamen veel Oekraïners uit de dorpen naar Lemberg en meldden zich vrijwillig voor de Sovjetmilitie. Toen de Russen wegtrokken, bleef de Oekraïense militie hier en toen de Duitsers kwamen, verwisselden ze alleen van uniform, soms alleen van mouwband. Het was voor hen alleen wel moeilijk om met de Duitsers te praten, met de Russen ging dat gemakkelijker.'

'Dat klinkt toch ongelooflijk. Er wordt toch altijd gezegd dat de boeren hier eenvoudige, maar streng gelovige mensen zijn. Ze gaan regelmatig naar de kerk. Wat zeggen hun popen er dan van?'

'Sommige priesters zijn chauvinistisch. Tijdens de eerste dagen van de vervolging in Lemberg probeerden de joden de metropoliet Szeptyckij, van wie werd gezegd dat hij de joden welgezind was, te hulp te roepen tegen de Oekraïense moordenaars. Een joodse delegatie werd na terugkeer door Oekraïners voor het aartsbisschoppelijke paleis op straat vermoord. De Oekraïense geestelijkheid kon haar invloed voor de joden niet aanwenden, ook al werden in sommige gevallen joden geholpen. Het ontmenste Oekraïense gepeupel was voor niemand meer aanspreekbaar.'

Na een tijdje vervolgde Dobrowolski:

'In dit deel van Europa hadden vooral de boeren een fijne neus als zij een omwenteling roken. Ze kwamen uit de dorpen naar de steden met bundels lege zakken, die ze vulden met gestolen goed. De dieven en plunderaars overschreden bij Galicië de Roemeense grens om in dat gebied, waar de Sovjetrussen waren weggetrokken en de Duitsers nog niet ingevallen, moord, brandstichting en roof te plegen. Hun overvallen gingen zo ver, dat de nog in leven gebleven joden de Duitsers als hun bevrijders beschouwden.'

'Hoe is het toch mogelijk!'
De Roemenen en Duitsers deelden de tot dat moment door de Russen bezette gebieden; de rivier de Boeg was de grens. Mettertijd werd de houding van de Roemenen tegenover de joden wat minder vijandig, vooral in de Boekovina bestonden de wetten deels slechts op papier. Zo kregen de joden een korte adempauze; veel moeilijker en slechter was de situatie in Bessarabië.

20 000 joden woonden in Czernowitz. Het spook van de deportatie was nog geenszins uitgebannen. Toen de Roemenen door de aftocht van de Russen terug konden keren naar Czernowitz, lieten zij op Duits bevel aanplakbiljetten aanbrengen, die de oprichting van een joodse wijk aankondigden. De joden moesten de deftige woonwijken verlaten en verhuizen naar de armenbuurt van Czernowitz. Zo kwam het getto van Czernowitz tot stand, maar het bleef niet lang bestaan. Toen de Roemeense burgemeester Popowic zijn ambt aanvaardde, werd het lot van de joden draaglijker. Popowic verzette zich vooral tegen de pogingen van de Duitsers om de joden af te voeren naar het heroverde Transnistrië. Omdat het Roemeense burgerlijke bestuur niet zo streng tegen de joden optrad als het Duitse, kregen velen de kans met valse doopbewijzen het getto te verlaten en naar andere Roemeense gebieden te trekken.

De metropoliet van de Orthodoxe Kerk, Samandrea, die ook vrienden onder de Roemeense fascisten en antisemieten had, gebruikte deze contacten om de joden te helpen. De priesters die aan hem ondergeschikt waren, kregen de geheime opdracht, joden fictieve doopbewijzen te geven om hen aan de greep van de Duitsers te onttrekken. Die konden daar, anders dan in het gouvernement-generaal, tegen schijn-christenen niet optreden. Samandrea verzekerde zich ook van de toestemming van de Orthodoxe patriarch Nicodemus, die herhaaldelijk voor de joden pleitte bij de Roemeense minister-president Antonescu.

De Roemenen hadden het dreigement 'over de Boeg gooien' bedacht en ook vaak gerealiseerd. De Boeg scheidde de gebieden onder Roemeens bestuur van de Duitse. Wanneer een Roemeense commissaris een joodse gemeente wilde

chanteren, begon hij over de 'Boeg'. De joden wisten wat dat betekende. Aan de andere kant van de Boeg waren kampen waar regelmatig vernietigingsacties werden gehouden. De Roemeense politie zorgde ervoor dat de Duitse vernietigingsmachine nooit gebrek aan slachtoffers had.
Een paar ten dode gedoemden slaagden erin naar Czernowitz te vluchten. Ze vertelden over de afschuwelijke gebeurtenissen in de herfst van het jaar 1941, toen de commando's, vooral het speciale commando 'R' van het volksduitse ad-interimbestuur, in Transnistrië huishielden. Steeds weer kwamen er verhalen over massale terechtstellingen en sadistische wreedheden. Talrijk waren de namen van de kampen: Brazlav, in de bocht van de Boeg, Trihati, Ladejin, Cetvertinowka, Teplitz, Berschad. In de gebieden lagen veel Duitse nederzettingen waar joden woonden. De volksduitsers wachtten niet op de ss, ze vormden vrijwillig eenheden die de witte mouwband met het hakenkruis droegen en de joden op eigen houtje vermoordden. Toen de Roemenen groepen joden – meestal vreemde, dat wil zeggen joden die niet in de Regat (het oude rijk) woonden – naar Transnistrië deporteerden, organiseerden de volksduitsers de transporten. In een verlaten burcht, niet ver van Mostovii, werden ze uit de vrachtwagens geladen en ter plekke doodgeschoten. Deze executie-commando's stonden onder leiding van de majoor van de gendarmerie, Walter Wolf, een volksduitser.
Toen de Roemenen in het jaar 1940 door de Sovjets werden gedwongen Bessarabië af te staan, hielpen joodse communisten de Sovjetrussen. Na het uitbreken van de oorlog in juni 1941 vluchtten zij met de Sovjets. Toen de Roemenen en de Duitsers Bessarabië opnieuw bezetten, moesten de achtergebleven joden, die zelf onder de Sovjetrussische maatregelen hadden geleden en door joodse communisten vaak werden gechicaneerd, de rekening betalen: ze werden zonder uitzondering aan de vernietiging prijsgegeven. De Roemeense gouverneur, Alexianu, zal met bloedige letters vermeld blijven in de lijdensgeschiedenis van de joden.
De Duitsers vertrouwden de Roemenen niet, ze wisten dat ze corrupt waren en dat Roemeense joden zouden proberen

hun geloofsgenoten vrij te kopen. Daarom werd Hauptsturmführer Karl Gustav Richter uit Berlijn als adviseur in joodse zaken aan de ambassade in Boekarest toegevoegd. Richter schreef elke maand een rapport over de deportatie van joden naar Transnistrië. Van tijd tot tijd ging Richter er zelf heen om zich ervan te vergewissen dat de opgaven van de Roemenen op waarheid berustten. Richter was lid van de SD en deed dienst in de door Eichmann geleide afdeling van het hoofdbureau van de veiligheidsdienst. Hij wilde in de eerste plaats de joden uitbannen uit het economische leven van Roemenië, hij was de opsteller van veel Roemeense verordeningen tegen de joden en hij zorgde er ook voor dat die werden uitgevoerd.

De lucht onder het zeildoek was verstikkend heet, maar de vluchtelingen durfden het niet te openen. Berger, die zich van zijn verantwoordelijkheid bewust was, reed, zodra hij de nederzetting had verlaten, met ijzingwekkende snelheid. Ze bevonden zich in een shock-toestand; hun hart bonsde, ze vreesden steeds nieuwe gevaren, het was een wonder dat zij het volhielden. Ze durfden niet eens door het raampje dat hen van de cabine scheidde, Berger of Dobrowolski een teken te geven. Pas toen Camillo van de zenuwen en de verstikkende lucht in onmacht viel, klopte Ruth op het raampje. Berger stopte en gaf de oude Torres rum. Hij verontschuldigde zich voor zijn harde rijden met het excuus dat voertuigen op eenzame wegen 's nachts door patrouilles werden gecontroleerd; hij wilde de grote verkeerswegen mijden.
Toen ze in de buurt van Stanislau kwamen, waar ze afscheid zouden nemen van Dobrowolski, haalden ze hem over om mee te gaan tot Czernowitz. Ze zagen in hem een soort beschermengel. Ze hadden wel vertrouwen in Berger, maar ze kenden hem niet goed en hij was tenslotte een Duitser. Maar Dobrowolski moest nog een paar dingen doen in de stad. Dus ontstond er voor de vluchtelingen een oponthoud, dat niet was voorzien.
Laat in de middag kwamen ze in Stanislau aan. Berger parkeerde de auto in een zijstraat. Om te verhinderen dat

nieuwsgierigen de auto naderden, stapte ook hij uit. Hij raadde de vluchtelingen aan geen geluid te geven.
Toen Dobrowolski een paar uur later terugkwam, was hij spierwit. Hij had gehoord dat de Gestapoleider van Stanislau, Krüger, samen met de Oekraïense politie van plan was de 15 000 joden in de stad te vernietigen. Vader en dochter Torres en Felix waren waarschijnlijk de laatste joden die Polen zouden verlaten. Dobrowolski fluisterde het Berger in het oor en zei dat zij langs de kortste weg Stanislau moesten verlaten.
Kort daarna werd de auto aangehouden.
'Papieren!'
Berger reikte zijn persoonsbewijs en dat van Dobrowolski door het raampje aan, zonder uit te stappen. De politieman die ze aanpakte, wierp er een blik op en toen hij ze aan zijn collega wilde laten zien, geeuwde die alleen. Zwijgend gaf hij de papieren weer aan Berger en gaf met een handgebaar het teken dat hij door kon rijden.
Berger had geen haast. Hij stopte de papieren in zijn zak en gaf Dobrowolski zijn persoonsbewijs terug. Hij wist dat de politiemannen achterdochtig zouden kunnen worden als hij te snel gas gaf. Maar zijn voorzichtigheid was onnodig. Het begon al te schemeren, de mannen wilden zo gauw mogelijk terug naar de stad want de volgende dag was het zondag; bovendien zag Berger met zijn pijp er betrouwbaar uit.
De weg liep door een van de mooiste streken van de West-Oekraïne; de ene badplaats grensde aan de andere tot aan de Roemeense grens. De vluchtelingen wilden natuurlijk zo dicht mogelijk bij de Roemeense grens gebracht worden, want elke kilometer die ze te voet moesten afleggen bracht voor hen als vreemden nieuwe gevaren. Weliswaar hoefden zij de Duitsers niet te vrezen, want ss was er in deze grensgebieden niet, maar de Oekraïense militie was niet minder gevaarlijk. De rit duurde, met zo nu en dan een rustpoos, de gehele nacht. Tegen vijf uur in de morgen stopte Berger, stapte uit en liet de vluchtelingen drinken uit zijn thermosfles. Dobrowolski's nieuws had diepe indruk op hem gemaakt. Met elke kilometer groeide in hem het gevoel dat hij een goede daad verrichtte.

'Het is bijna voorbij,' zei hij troostend. 'Nog twintig kilometer, dan zijn we er.' Later stapte Dobrowolski uit om de vluchtelingen 'goedemorgen' te wensen en hen moed in te spreken.
'Ik geloof dat we niet al te vroeg de Roemeense grens over moeten gaan. Zo tegen zeven uur, half acht lijkt me het best. Meestal staan daar een Roemeense soldaat en een of twee douanebeambten. Soms is er ook een Duitser bij, maar ik geloof niet dat er zondagmorgen vroeg een staat. Het lijkt me het beste dat we hier ergens een half uurtje blijven staan. Een eindje verderop is een bos, daar kunnen jullie de benen even strekken.'
Berger knikte en stak zijn pijp weer aan, die koud was geworden. Ze reden verder en stopten op een bosweg. Felix stapte het eerste uit, hij hielp Ruth van de wagen; Camillo wilde per se in de auto blijven, maar ze haalden hem over ook een klein wandelingetje te maken in het bos. De opgaande zon schemerde door de bladeren, het bos was vol leven, eekhorentjes schoten voorbij, een specht klopte. Camillo had het gevoel dat hij die dingen voor het eerst in zijn leven zag. Alles leek hem onwezenlijk; gisteren lag hij nog op de zolder, half buiten zinnen van angst dat de ss hen zou ontdekken en vermoorden. Het was niet voor te stellen dat hij nu in een bos was op een paar kilometer afstand van de vrijheid.
Felix en Ruth gaven elkaar een hand, als kleine kinderen op een ontdekkingsreis. Felix plukte een varen en bekeek het sierlijke patroon. Een ogenblik vergat hij waar hij was, hij legde zijn arm om Ruths middel. Een zacht gefluit van Berger deed hen opschrikken, ze holden terug naar de wagen.

Dobrowolski zat op de knieën en drukte een oor tegen het wegdek.
'Ik geloof dat er een auto aankomt – ik weet alleen niet uit welke richting. Het is beter dat we doorrijden.'
Ze reden door. Maar geen auto kwam hen tegemoet. De grens was dichtbij. Dobrowolski gaf Berger de papieren. Berger zette zijn uniformpet op. De grensbomen gingen omhoog, een Roemeense soldaat met de bajonet op het geweer

kwam uit het wachthuisje, en toen hij de grijze wagen, die hij voor een legerwagen hield, en Bergers pet zag, gaf hij met de hand een teken dat ze door konden rijden.
De vluchtelingen hadden er niets van gemerkt. Ze wachtten op het ogenblik dat de auto zou stoppen en zij de kwelling van de laatste onzekerheid zouden moeten doorstaan.
'Zullen we hun vertellen dat we al in Roemenië zijn?' vroeg Berger.
'Het lijkt me beter dat we nog tien kilometer doorrijden; de grens is nog te dichtbij.'
Eindelijk stopte Berger.
'Vertel het hun maar! Ik kan het hun niet vertellen, nu ik gezien heb wat mijn landgenoten met de joden doen. Ik weet niet of je me begrijpt, het valt me moeilijk dat te beredeneren.'
Dobrowolski hief het zeildoek een eindje op. De drie vluchtelingen, die dachten dat ze bij de grens stonden, krompen angstig ineen. Dobrowolski lachte.
'We zijn al vijftien kilometer in Roemenië. De douane was niet nieuwsgierig naar ons. Nu rijden we door tot Czernowitz.'
Ruth viel haar vader om de hals en kuste hem. Toen omhelsde ze Felix. Camillo pakte hun handen. Hij tastte naar zijn buidel en zocht de kroniek. Zijn enige gedachte was: als we in Czernowitz zijn, zal ik de eerste notitie in vrijheid maken.

Kinderen speelden op straat. Door een kier in het zeildoek zagen ze mannen en vrouwen die zich vrij bewogen. Ze zagen dat het joden waren. Dobrowolski raadde hen aan nog in de auto te blijven tot hij Silber had gevonden. Een uur later kwam hij terug. Ze reden nog een eind verder en toen ging de wagen een binnenplaats op.
Berger stopte zijn uniformpet weer in het dashboardkastje. De drie vluchtelingen stonden voor hem en Dobrowolski met hun armzalige spullen naast hen. Silber had ze meteen naar binnen gehaald en hun een overvloedig ontbijt aangeboden. Maar Berger maakte een afwijzend handgebaar. Felix ging naar Dobrowolski toe; hij had tranen in de ogen toen hij hem de hand gaf.

'Mij hoef je niet te bedanken,' zei Dobrowolski en hij wees naar Berger.
Maar Berger weerde de dank af; hij legde de vinger op zijn mond en beval hen te zwijgen. Verschrikt draaiden ze zich om, Berger lachte:
'Wees maar niet bang, ik wil alleen niet dat jullie mij bedanken.'
Uiteindelijk lieten Berger en Dobrowolski zich toch overhalen om binnen te komen. Ruth wilde Berger per se een cadeau geven. Ze vroeg mevrouw Silber om een schaar; uit een opengeknipte naad haalde ze de briljant.
'Neem die alstublieft! Ik weet dat u het niet voor een beloning hebt gedaan, maar omdat u een goed hart hebt. U bent vast getrouwd; laat die briljant in een ring voor uw vrouw zetten. Die ring zal u herinneren aan alles wat u voor ons hebt gedaan.'
Berger werd vuurrood:
'Geen sprake van! Ik zou jullie iets moeten geven, heb ik de hele tijd gedacht, maar ik ben arbeider, ik heb niet veel. Stop dat weer weg. Dat zullen jullie nog goed kunnen gebruiken.'
Ruth dacht een ogenblik na.
'We zullen hier contact opnemen met onze familie, ze zullen ons uit Turkije sturen wat we nodig hebben. Alstublieft, mijnheer Dobrowolski, zeg hem dat hij de steen moet aannemen!'
'Hou er nou over op – of willen jullie dat ik een lange baard laat groeien? Ik zou mezelf in de spiegel nooit meer kunnen aankijken als ik wat van jullie aannam.'
De eerste nacht in vrijheid brachten ze slapeloos door. Ze zaten met elkaar te praten, en steeds opnieuw keerden hun gedachten terug naar het Poolse stadje waarvan zij de enige overlevende joden waren. De familie Silber was diep onder de indruk van hun verhalen en vertelde op haar beurt over het leven in Czernowitz.
'Ik denk dat we voor jullie zelfs Roemeense papieren kunnen krijgen, mits jullie hier willen blijven. Dat is een kwestie van geld, daar kunnen we het later wel eens over hebben,' zei Silber.

'Nee, we willen ver weg!' zei Felix, en hij keek Ruth en Camillo aan. Ze knikten instemmend.
Silber vertelde hun over de pas begonnen voorbereiding voor een transport naar Turkije en eventueel zelfs naar Palestina. Hij vertelde over de moeilijkheden die overwonnen moesten worden en over het opofferende werk van de jonge mannen uit Palestina, die gekomen waren om hun bedreigde broeders te helpen.
'Ver weg van hier!' herhaalde Camillo. 'Wat achter ons ligt is zo verschrikkelijk, dat we elk risico willen nemen. Ik zal contact opnemen met mijn familie in Turkije. Zij zullen ons geld sturen, we kunnen alles betalen. Wij waren geen bedelaars en zullen het ook niet blijven.'
Silber stelde Dubi op de hoogte van de aankomst van de drie vluchtelingen en van het feit dat ze per se weg wilden. Hij vertelde hem wat ze beleefd hadden en maakte op verzoek van Dubi een rapport van de vervolgingen waarover ze hadden verteld.
Een paar dagen brachten ze door in een bijgebouw van Silbers huis. Het was niet raadzaam om zonder papieren de straat op te gaan en het duurde even voor Silber Roemeense papieren voor hen kon krijgen waaruit bleek dat ze in Czernowitz woonden.
Maar de Duitse agenten sliepen niet.
Ze hadden gehoord dat er in Czernowitz vluchtelingen waren. De Duitse ambassadeur voerde een gesprek met de Roemeense minister van Binnenlandse Zaken en die nam contact op met de Roemeense politie. Maar dank zij de corruptie van de Roemeense politie konden de joden gewaarschuwd worden. Op zekere dag verscheen Silber in opdracht van Dubi bij de vluchtelingen:
'Jullie moeten niet schrikken! We zijn bang voor huiszoekingen, daarom is het om veiligheidsredenen nodig dat jullie ergens anders heengaan. We zullen jullie in een klooster onderbrengen. Alles is daar al voorbereid. Het zijn goede mensen, die ons al vaker geholpen hebben; wij hebben daar al meermalen voor korte tijd vluchtelingen ondergebracht. Daar zijn jullie veilig, en zodra we weten wanneer het transport vertrekt, zullen we jullie waarschuwen.'

Een paar uur later haalde Silber hen met zijn paard-en-wagen af, en nog voor het donker werd kwamen ze bij het klooster. Silber zei iets tegen de portier en gaf hem een brief, waarmee de monnik in het klooster verdween. Even later kwam hij terug en liet de vluchtelingen binnen. Ze namen afscheid van Silber.
Ze wachtten op een bank in de kloostertuin, ze genoten van de geur van bloemen en vruchtbomen. Na een paar minuten kwam de monnik op hen toe:
'Ik ben pater Johannes en ik heet u welkom. We hebben twee cellen voor u ingericht. Het is goed dat u nu pas gekomen bent, de arbeiders uit het dorp hebben u niet gezien.'
Toen gaf hij hun een hand, maakte een buiging en verzocht hen met een handgebaar hem te volgen.
Het was de eerste nacht in meer dan een jaar dat Ruth alleen sliep. Ze droomde onrustig, tastte naar haar vader die er niet was, en kon de morgen nauwelijks afwachten. In de afdeling van het klooster waar zij waren ondergebracht, waren slechts weinig monniken. Pater Johannes kwam reeds de volgende morgen om te vragen hoe het met hen ging. Hij zorgde ervoor dat ze regelmatig hun maaltijden kregen. Maar toen Camillo hem wilde vertellen over hun wederwaardigheden weerde hij het af:
'Ik weet dat u verschrikkelijke dingen hebt meegemaakt. Het lijkt me beter dat u eerst uitrust en probeert uw geestelijk evenwicht te hervinden. Door het mij te vertellen wordt het alleen maar erger. U moet eerst wat afstand kunnen nemen.'
De dagen gingen voorbij. Camillo werd zienderogen beter. Toen hij zich genezen voelde, vroeg hij om een paar boeken uit de bibliotheek.
Toen hij de bibliotheek voor de eerste maal binnenging, bleef hij verlegen bij de ingang staan. Hij keek het vertrek rond en ademde de hem zo vertrouwde lucht van oude foliënten diep in. Toen hij naar een van de vitrines liep, vulden zijn ogen zich met tranen; hij moest denken aan zijn eigen bibliotheek, zijn levenswerk. Hij bleef machteloos staan, niet in staat zijn hand op te heffen om een boek te pakken. De pater die hem begeleidde, merkte zijn ontroering, maar

hij zweeg. Na een tijdje pakte Camillo toch een boek, toen nog een en nog een. Hij betastte de boeken heel behoedzaam, alsof het levende wezens waren. En voor hem waren ze dat ook, want hij had zijn hele leven met boeken doorgebracht.

Vanaf dat ogenblik verlangde Camillo elke dag naar het uur waarop hij naar de bibliotheek kon gaan. Felix en Ruth merkten de verandering, maar zij spraken er niet over.

Voor Felix en Ruth kwamen de mooiste uren wanneer ze 's avonds naar de tuin konden gaan. Ze gingen op een bank zitten en keken naar de natuur om hen heen. Telkens weer ging er voor hen een wereld open, waartoe ze jarenlang geen toegang meer hadden gehad. De natuur schonk haar schoonheid aan alle mensen, ongeacht ras en religie.

Ze maakten plannen. Ruth zou graag nog eenmaal teruggaan naar Wenen. Ze vertelde Felix over de schoonheid van gebouwen en parken, de fraaie omgeving, het Wienerwald, het Helenental en de Neusiedlersee. Ze had heimwee. Al die plaatsen wekten herinneringen aan haar kindertijd, aan haar schooltijd. Ze dacht aan haar huis. Maar toen dacht ze aan de mensen, de schreeuwende massa's op straat, het gejuich, het enthousiasme toen de Duitsers binnentrokken, de eerste plagerijen en de roof van joodse bezittingen. Ze vertelde Felix over de nazi-wetten, over de gemeenheid van sommige buren, over verklikkers en aangevers. Maar ze vergat niet de enkelen te noemen die medelijden met de joden hadden, die zich voor hun landgenoten schaamden en hielpen zo veel ze konden. Ze herinnerde zich precies de woorden van haar vader, toen in Wenen, op 10 november 1938, de synagoges brandden: ze denken dat ze de joodse God kunnen vernietigen als ze de godshuizen verbranden. Maar ze vergeten dat onze God geen gestalte heeft die een mens zou kunnen uitbeelden. Hij is onverwoestbaar.

Pater Johannes was een man van even in de vijftig. Heimelijk observeerde hij de vluchtelingen. Hij zag hoe ze veranderden; hij was blij dat hij althans iets kon doen om het leed dat de joden werd aangedaan te verlichten. Hij zou nooit vragen of ze uit het klooster weg wilden gaan; hij wist wat

de wereld, vooral de christelijke wereld, hun schuldig was.
Hij was bang voor een gesprek met Camillo; hij, die eigenlijk alleen goed deed, voelde zich medeschuldig. Hij wist dat deze mensen troost nodig hadden om niet te wanhopen. Maar hoe weinig troost kon hij hun bieden! Hij voelde zich hol en leeg. Leeg, als hij eraan dacht welk groot verdriet deze mensen hadden moeten dragen. Bovendien wist hij heel goed dat hij en ook deze mensen, slechts een deel – misschien zelfs een zeer klein deel – van de grote tragedie kenden.

Camillo probeerde nog altijd met de pater in gesprek te komen. Al vele malen had hij bedacht wat hij tegen hem wilde zeggen. Hier, in deze relatieve veiligheid, waar de doodsangst minder nijpend was geworden, vond hij het nodig een vertegenwoordiger van de kerk te vertellen wat er was gebeurd. Ze moesten inzien hoe ver ze het hadden laten komen! Zou er nog iets te redden zijn? Misschien konden de kardinalen, of misschien zelfs de paus, door het dreigen met excommunicatie een eind aan het moorden maken? Ook al waren de ss'ers goddeloos, ze hadden misschien wel gelovige ouders, kinderen, broers en zusters! Misschien zou het feit dat de kerk het voor de joden opnam, talrijke handlangers van de nazi's onder de Polen, Oekraïners en volksduitsers tegenhouden? Nu, vijf minuten voor twaalf, konden misschien nog velen gered worden als die helpers niet meer meededen, als althans de verklikkers, onder wie zich vele kerkbezoekers bevonden, ophielden. Nu Camillo zich beter voelde, leden zijn zenuwen onder de rust die in het klooster heerste, die in zo krasse tegenstelling stond tot de gebeurtenissen in de buitenwereld.
Op zekere dag sloeg hij een boek open en zijn blik viel op de naam Hieronymus de Santa Fe. Hij raakte weer in de ban van de oude tijd. Dat was de geleerde rabbi Josua de Lorca, die zich had laten dopen...
Camillo dacht aan de debatten die in 1413 in aanwezigheid van paus Benedictus XIII in Tortosa waren gehouden. Dertig rabbijnen waren verschenen om de positie van het jodendom te verdedigen. De discussies vonden grotendeels plaats

tussen gedoopte en ongedoopte joden. Ze leidden eigenlijk
tot niets, maar... Camillo boog het hoofd.
Door de straten van Murcia schrijdt een lange processie.
Aan het hoofd loopt een monnik, met het kruisbeeld hoog
opgeheven. Is het wel een monnik? Hij draagt een uniform
onder zijn pij, het ss-teken is duidelijk te zien. Het kruisbeeld is in een hakenkruis veranderd... Is het wel een processie? — Nee, het is een bende gewapende kerels van alle
standen... De eerste huizen van de joden worden al opengebroken, vrouwen en kinderen worden de straat op gesleept. 'Dood aan de joden!' klinkt het... maar waarom
schreeuwen ze opeens in het Duits en Oekraïens? Dit is toch
Murcia? Ja, het moet Murcia zijn want daar ligt Manuel
met zijn hele familie op straat, ze zijn met zwepen hun huis
uitgeslagen... Een gezicht komt naderbij, het is de Oekraïense politiecommissaris van Mosty, zijn mond is vertrokken in een grijns, in de hand houdt hij een lans die
druipt van het bloed... Achter hem staan drie monniken,
een van hen draagt een monstrans... Een kinderkoor zingt
een godsdienstig lied... Overal liggen lijken... Er wordt
geplunderd, ze vechten om de buit... Een Oekraïner en een
Duitser trekken aan een mantel... Manuel staat op, hij
trekt een meisje mee... Dat is toch Ruth, ja, Ruth met een
gescheurde mantilla... Rookslierten komen uit de huizen.
Boeken worden op een hoop gegooid, oude Talmoed-folianten, rollen, codices. Ruth loopt erheen en trekt er een boek
uit... het is de pinkas... Een monnik wil het haar afnemen, maar ze drukt het met beide handen tegen zich aan...
Manuel verspert de monnik de weg... Waar is Ruth?
...Camillo ziet Ruth niet meer... Ruth, Ruth!
Een monnik rende de bibliotheek binnen. Camillo, nog half
gevangen in zijn droom, probeerde hem met de hand af te
weren.
'U schreeuwde,' zei de monnik. 'Ik geloof dat u uw dochter
riep, zal ik haar halen?'
'Nee, dank u wel,' stamelde Camillo. 'Neem me niet kwalijk, ik had een nachtmerrie.'
Heb ik echt gedroomd? vroeg Camillo zich af toen hij weer
alleen was. Hij had alles zo duidelijk voor zich gezien...

Toen het op zekere dag toch tot een gesprek kwam tussen Camillo en de pater, nam pater Johannes een voor een priester ongewone houding aan. Hij steunde zijn hoofd, dat hem plotseling tonnen zwaar leek, op de vlakke hand en boog zich ver over de tafel. De verhalen van de man tegenover hem maakten het hem moeilijk zijn kalmte te bewaren. Hij merkte dat Camillo geen zin en betekenis onderkende in het lijden en zelfs hem viel het moeilijk na al die gruwelen te zeggen:
'God wil het zo!'
Hij herinnerde zich een discussie in het collegium: Israël is uitverkoren en daarom moet het lijden. Maar de uitverkiezing is een zegen voor de wereld, ook al komt de uitverkorene erdoor in een moeilijke positie.
Pater Johannes wist niet, hoe hij die gedachte op Camillo kon overbrengen.
'Pater, vertel me eens, is lijden een boetedoening?' Pater Johannes schrok op. 'Ik weet dat u dat zult bevestigen. Ik heb ook in Wenen met priesters over dit onderwerp gesproken, ze hadden altijd het antwoord klaar: "Een boetedoening voor het bloed van Jezus!" Maar ik heb een wijze christen toen ook horen zeggen: "Het bloed van Christus betekent verzoening en geen vloek!"'
'Natuurlijk hebt u gelijk. De kerk is voor verzoening. En het is een principiële fout als men de vervolgingen herleidt tot een vervloeking.'
Camillo vervolgde: 'Ik weet niet of en wanneer deze oorlog zal eindigen en hoeveel joden in leven zullen blijven, maar één ding kan ik u nu al zeggen: de haat van de nazi's zal zich in gelijke mate, zij het ook niet met dezelfde middelen, op het christendom richten. Omdat het christendom gebouwd is op het joodse monotheïsme, is dat het logische gevolg. Men zal de christenen — niet voor het eerst in de geschiedenis — om te beginnen het oude testament willen afnemen. Men zal hen dwingen de hele joodse ballast — het fundament van het christendom — overboord te werpen. Misschien moeten ze hun godsdienst helemaal afzweren en ethische verwarring onder ogen durven zien.'
Voor Camillo verder sprak, keek hij de pater in de ogen, als-

of hij zijn woorden goed wilde afwegen:
'Voor vele christenen is het kruis geen teken meer, maar een insigne. Maar het kruis werd vele eeuwen lang gedragen door de joden, symbool van het lijden dat hen door de christenen werd aangedaan! Bedenk wel: in het Romeinse Rijk waren het de christenen die ten offer vielen aan valse beschuldigingen. Er werd niet gevraagd of ze goed of slecht waren, of zij persoonlijk iets hadden gedaan of niet. Het was voldoende dat ze christenen waren. Ze werden gefolterd, door wilde dieren verscheurd of levend verbrand. Zij waren het slachtoffer van valse collectieve beschuldigingen en van een beestachtige intolerantie. En welke leer heeft de kerk daaruit getrokken? Wat deden de nakomelingen van de vervolgde christenen jaren of eeuwen later? Ze traden met dezelfde intolerantie, met dezelfde wreedheid op tegen de joden. Weet u, hoeveel duizenden joden er vermoord zijn als vergelding voor zogenaamde ontering van de hostie, vergiftiging van bronnen en rituele moorden?'
Camillo's stem werd hees, zweetdruppels stonden op zijn voorhoofd. Pater Johannes schoof hem een glas water toe. Camillo nam een slok. De ontzetting, die zich zolang in hem had opgehoopt, zocht een uitweg.
'Pater Johannes, ik denk aan de discussies die eeuwen geleden tussen joden en christenen werden gevoerd. Ze eindigden gewoonlijk, net als bij het schaken, in een patstelling. Zelden was er van een echte confrontatie sprake; de joden waren altijd in de verdediging, de kerkgeleerden altijd de aanklagers. En het gepeupel wachtte op het einde van de discussie... Terwijl de aanklagers ongeremd konden aanvallen, moesten de verdedigers voorzichtig zijn.'
Camillo haalde diep adem.
'Weet u dat een geleerde rabbi in Spanje een leidraad voor joodse deelnemers aan de discussie opstelde, op matiging aandrong en vooral... op voorzichtigheid? In die leidraad stond woordelijk: De tegenstanders hebben de macht en kunnen met een vuistslag de waarheid tot zwijgen brengen. Geldt die leidraad tegenwoordig nog? Nee! Honderdmaal nee! Tegenwoordig kun je, na alles wat er gebeurd is, alleen een gesprek voeren als beide zijden bereid zijn de volle waar-

heid te spreken. Een halve waarheid is ook een halve leugen en zwijgen is de gemakkelijkste vorm van liegen...'
Pater Johannes moedigde Camillo met een vriendelijke blik aan om verder te praten. Maar Camillo leek uitgeput. Er viel een stilte. Een vlieg raakte verstrikt in het gordijn en zoemde. Camillo ging er naar toe; met elk wezen dat gevangen was voelde hij zich verbonden. Na een poosje zei hij: 'Eens ging het in een dispuut tussen joden en christenen om de vooral theoretische vraag of de Messias al verschenen is of nog op zich laat wachten. Nu zou er voor zo'n gesprek een veel dringender reden zijn, als er tenminste nog joden leven wanneer het tot stand komt...'
Pater Johannes was ontdaan. Tot dusverre had niemand zo direct met hem over deze problemen gediscussieerd. Al jarenlang maakte hij zich zorgen over veel dingen en nu werd het zo duidelijk gezegd, alsof de zinnen uit zijn innerlijk waren geboren. Het kruis – een insigne! Waren de huidige christenen werkelijk de nakomelingen van hen die zich in Nero's tijd om des geloofs wille door wilde dieren lieten verscheuren of op brandstapels lieten verbranden? Of waren de christenen die in het oude Rome zingend de brandstapel bestegen, meestal gedoopte joden die de hartstocht van het oude geloof hadden meegenomen naar het nieuwe? Was hier de evolutie of de verwijdering van het jodendom de oorzaak?
Pater Johannes keerde terug tot de werkelijkheid. Al die moordenaars van joden over wie Camillo en ook andere vluchtelingen verteld hadden, hadden toch in hun jeugd op school christelijk onderwijs gekregen. Veel van hen hadden christelijke ouders, die naar de kerk gingen en soms echt gelovig waren. Wat was hun van dat alles bijgebleven? Je kon toch moeilijk aannemen dat degenen die medeplichtig waren aan de vernietiging van de joden, voortkwamen uit een groep beroepsmisdadigers, criminelen en gevangenisboeven. Duizenden die meehielpen om de joden te vermoorden, hadden geen strafblad. Nee, ze deden het verschrikkelijke uit naam van een nieuw geloof, een geloof dat het ethische fundament van het christendom al lang had afgezworen.
Pater Johannes zei:

'Beste vriend, ik weet wat u met uw vraag bedoelt: in uw ogen zijn de ss'ers die de vernietiging uitvoeren, christenen, ook al hebben ze het christendom de rug toegekeerd. Wij leven in een tijd waarin de duivel de gestalte van Hitler heeft aangenomen en God uit de wereld wil verbannen. Hij heeft gretige helpers gevonden, die in de kleedkamers van de ss hun geweten hebben achtergelaten. Het zou zeker belangrijk zijn geweest wanneer in het begin van de nationaal-socialistische beweging joden en christenen gezamenlijk hadden overlegd. Maar het was een nog grotere fout dat de christenen bij de beoordeling van het nationaal-socialisme het niet met elkaar eens waren en dat zij de verschrikkelijke gevolgen niet voorzagen.'
'Pater Johannes, we zitten hier in de geborgenheid van uw klooster en voeren theologische discussies. Wij lopen niet direct gevaar. Maar op dit zelfde ogenblik vloeit er bloed – niet alleen aan het front, maar ook in de getto's en in de concentratiekampen. Het gaat niet meer om een paar toevallige moorden, er worden duizenden mannen, grijsaards, kinderen en vrouwen om het leven gebracht. Er is een hele moordindustrie opgebouwd. En wat doet uw kerk? Die zwijgt. Ook wij zwijgen. Waarmee kunnen we de macht die ons knecht confronteren? Enkel en alleen met onze onmacht. Wij, de resten van het jodendom, weten niet of wij morgen nog zullen leven. Maar jullie zijn met honderden miljoenen in Europa en in de hele wereld, en we hebben jullie stem nog niet gehoord, enkele uitzonderingen daargelaten. Horen jullie dat dan niet, het rochelen van de stervenden, het schreeuwen van de gemartelden? Zijn er niet ook bij jullie mensen die het niets kan schelen, die de bijbel liefhebben en de joden haten? De gemeenschappelijke wortel – de bijbel – zou ons toch te zamen moeten brengen! ...Dat is niet gebeurd, wij werden erdoor gescheiden!'
'We hebben op de kansel tegen de onderdrukking gepreekt.'
'Ja, maar het waren slechts enkelen. Ik herinner me hoeveel hoop de preken van kardinaal Faulhaber en kardinaal Galen ons gaven.'
'Wij bidden voor jullie.'
'Ik weet niet hoe u erover denkt, maar ons gevoel zegt dat

het geven van hoop aan een wanhopige belangrijker is dan bidden.'
'Onze kerk loopt ook gevaar!'
'Is dat een antwoord op de massamoord? De kerk is alomtegenwoordig. In elk gehucht is een pastoor die zijn superieuren over de gruweldaden verteld. Via allerlei kanalen, dwars door de fronten, komen die verhalen in Rome terecht. Ik geloof dat de kracht van de nazi's berust op het feit dat ze iets gedaan hebben wat niemand kon geloven. Deze koude wreedheid en ongeremde vernietigingswoede kan een mens met een normaal voorstellingsvermogen niet bevatten. De dag zal komen dat de Duitsers zullen loochenen wat er allemaal gebeurd is. Misschien kennen wij joden zelf niet de omvang van die moord, omdat we geen contact met elkaar hebben. Maar Rome weet het, door de berichten van de geestelijkheid. Ik heb gehoord dat in Duitse concentratiekampen ook priesters zitten die te zamen met joden en andere "misdadigers" gevangen gehouden worden. Waarom hoort men jullie stem niet, jullie stem in naam van het kruis, in naam van de miljoenen gelovigen? Misschien zouden sommige moordenaars toch nog naar die stem luisteren. Waarom worden de moordenaars niet met excommunicatie bedreigd?
Wij zouden toch eigenlijk geallieerden moeten zijn in deze verdedigingsoorlog, ten nauwste met elkaar verbonden. Want degenen die strijd voeren tegen de idee van de ene God, zijn vijanden van het christendom en het jodendom. Als daarbuiten een zware, een moorddadige storm woedt, mag de kerk zich niet terugtrekken in een veilig huis, opgetrokken uit verdragen, en afwachten tot de storm voorbij is. Het is haar taak de mensen te helpen die door de storm bedreigd worden.'
Camillo weerde de poging van de pater om hem te onderbreken met een handgebaar af.
'U zult zeggen dat moordenaars niet bang zijn voor excommunicatie. Maar deze moordenaars hebben vrouwen, moeders en vaders, zusters en broers die geen moordenaars zijn. En ook al zouden er maar weinigen door hun familie ervan afgehouden worden om verder te gaan met hun lugubere

werk, dan is dat toch al een succes. Veel moordenaars gaan veel verder dan hun bevolen is. Misschien zou dat hen ertoe brengen alleen de bevelen uit te voeren. Ik heb zelf gezien hoe Duitsers die niets met de ss te maken hadden, spoorwegarbeiders, ambtenaren, die niet eens lid van de partij waren, joden vervolgden omdat ze dat patriottisch vonden. Misschien had dat hen tegen kunnen houden, dan waren er nu nog duizenden joden in leven. Ongetwijfeld had het ook in de bezette katholieke landen – in Polen, in Slowakije, in Slovenië en Kroatië – velen ervan weerhouden joden aan te geven en zo hun dood te bewerkstelligen.'

Camillo bevochtigde zijn lippen, zijn ogen glansden. Hij moest pater Johannes alles zeggen wat hem op het hart lag, alsof het een boodschap was van het stervende jodendom voor het christendom.

'Ik weet dat de dingen die onder de Duitse bezetting gebeuren geheim worden gehouden. Misschien weten ze in Engeland en Amerika nog niets van die gruweldaden, ofschoon zij hun spionnen hebben. Misschien interesseren ze zich ook meer voor het verplaatsen van industrieën dan voor massamoorden op weerloze joden. Maar jullie, waarom zwijgen jullie? Wij zijn niet de eerste vluchtelingen die bij jullie in het klooster onderdak hebben gevonden. Ik ben niet de eerste aan de dood ontsnapte die over de verschrikkingen vertelt. U hebt het ongetwijfeld aan uw superieuren bericht en ook andere priesters hebben dat gedaan. In Polen was het net zo, in Tsjechoslowakije en in andere landen eveneens. Geen plaatselijke priester heeft dat wat hij wist voor zich gehouden. De pauselijke nuntius in Berlijn weet ervan. Ik vertel u dit allemaal omdat ik niet het antwoord wil krijgen: "In Rome weten ze het niet!"

Ik herinner me nog heel goed de tentoonstelling "De eeuwige jood" in Wenen, in augustus 1938,' vervolgde Camillo. 'Heel Wenen en ook veel mensen uit de provincie kwamen erop af. Het was een echt volksfeest. De tentoonstelling had een politieke en een ethische doelstelling. Ze was enerzijds bedoeld als een veroordeling van het communisme, anderzijds als een aanslag op het morele aanzien van de joden. Voor dat laatste hadden de nazi's tekeningen en citaten over

zogenaamde rituele moorden uit de kerkelijke geschriften verzameld. Kerkelijke geschriften zijn bijzonder geloofwaardig. Het was een reizende tentoonstelling, en de nazi's zorgden ervoor dat ze overal te zien was; vooral de half- en ongeletterden waren zeer enthousiast. De kerk had toen toch moeten inzien dat de nazi's haar direct en indirect bij hun propaganda tegen de joden betrokken!'
Een pijnlijke stilte viel. Ten slotte zei Camillo:
'Misschien ben ik onrechtvaardig tegenover u. Wij zijn uw gasten. U beschermt en voedt ons. U loopt daardoor een zeker risico. Wij zijn u dankbaar. Maar ik wil niet alleen over dankbaarheid spreken, ik sta voor u en zeg, dat jullie christenen te weinig voor ons doen, dat jullie je door je zwijgen medeschuldig maken. Ach, pater, ook als de nazi's me niet vermoorden, heb ik nog maar weinig tijd. Ik hoop dat althans mijn kind zal overleven. Het is mijn vurigste wens dat mijn dochter eens in een betere wereld kan leven, in een wereld met meer begrip, met meer wederzijdse achting. Maar hoe kan zo'n betere wereld ontstaan als jullie nu zwijgen en door jullie zwijgen een overwinning van het goddeloze mogelijk maakt?'
'Wij bidden voor jullie. De kerk heeft geen leger, en vroeger toen zij dat wel had, werd het niet altijd zo gebruikt dat de christenen er trots op konden zijn. De onderdrukking zal niet eeuwig duren. De kerk en ook de joden hebben tot dusverre alle onderdrukkers overleefd en dat zal ook ditmaal het geval zijn. Ik ben een eenvoudige priester, die bereid is te helpen waar hulp geboden is, meer niet. Het lot van de kerk heb ik niet in mijn hand.'
'Ik weet het, pater Johannes. Als ik mijn hart voor u uitstort, dan doe ik dat alleen omdat ik weet dat u een goed mens bent. Zo'n mens wordt belast met zorgen – dat is de dank voor zijn goedheid. Probeer me te begrijpen: elk van ons die tijdelijk aan de dood is ontsnapt, heeft een missie. Ik weet dat veel vluchtelingen alleen aan hun eigen redding denken, en misschien is dat zelfs natuurlijk. Maar als alles in het leven zin heeft, dan heeft onze vlucht ook een zin; die legt ons de verplichting op het zwijgen te verbreken.'

Op zekere avond verscheen Dubi. Pater Johannes bracht hem naar de bibliotheek en liet hem met de vluchtelingen alleen. Dubi zag direct dat ze een stuk beter waren.
Camillo bevestigde het:
'U had bij God geen betere plaats voor ons kunnen vinden! We worden verzorgd, we worden vriendelijk behandeld en we worden getroost. Na alles wat ik heb meegemaakt, had ik mijn geloof aan iedereen verloren. Maar deze mensen hier maken het ons gemakkelijker het geloof te herwinnen.'
Dubi vertelde dat het hem gelukt was de hand te leggen op een klein schip: 'Het schip moet nog zeewaardig worden gemaakt en ik ben bezig het transport samen te stellen. Ik hoop dat we over vier tot zes weken zover zijn. Willen jullie mee? We zullen proberen eerst de Turkse kust te bereiken, dan zullen we verder zien. Het kan zijn dat de Engelsen jullie interneren als we de Bosporus passeren, maar misschien slagen we erin Palestina te bereiken.'
Camillo keek naar Ruth en Felix. Ze knikten allebei instemmend.
'Neem ons alstublieft mee. We willen ver, heel ver weg.'
'Goed, dan worden jullie over vier weken op zijn vroegst, en zes weken op zijn laatst hier afgehaald.'
'Wat zijn dat eigenlijk voor schepen?' vroeg Camillo.
'Goed dat u het me vraagt. Ik had bijna vergeten te zeggen dat de overtocht niet zonder gevaar is. Jullie weten dat we hier niet weg mogen. De Roemeense autoriteiten willen echter nog wel eens de ogen sluiten. In dit land kun je dat met geld voor elkaar krijgen. Tegenwoordig natuurlijk met veel geld, want sinds de Duitsers hier adviseurs, agenten en spionnen hebben, verkopen de Roemenen zich duur. Van tijd tot tijd verraden ze ons ook, om hun Duitse geallieerden te laten zien dat ze betrouwbare bondgenoten zijn.'
'Silber zei dat het rustig is.'
'Ja, maar het heeft lang geduurd voor we dat handeltje met de Roemeense politie voor elkaar hadden. Nu krijgen we de mensen die opgepakt zijn meestal wel vrij, en brengen we hen het land uit. De salarissen van de politie zijn hier zo laag, dat de beambten graag iets willen bijverdienen.'
'Als het alleen een kwestie van geld is, is het niet zo erg.'

'Ik wil ook nog iets over het schip vertellen. Op comfort hoeven jullie niet te rekenen. Het schip dat wij hopen te krijgen is een kolenschip, dat we willen verbouwen om er mensen in onder te kunnen brengen. De reis zal zo'n tien à twaalf dagen duren. Maar wie zoals jullie in een getto en in een schuilplaats heeft gezeten, die houdt de reis ook wel vol. Ik zal heel eerlijk zijn, wij zijn ook op open zee nog niet helemaal veilig. Het is al eens gebeurd dat Duitse patrouilleboten onze schepen enterden en terugbrachten naar een Roemeense haven. Een paar keer hebben de Roemenen de vluchtelingen gearresteerd. Maar tot dusver hebben ze, God zij dank, nog nooit iemand aan de Duitsers uitgeleverd. De Duitse invloed op het personeel in de havens aan de kust van de Zwarte Zee neemt evenwel met de dag toe, en ook het aantal marine-eenheden onder Duitse vlag, zodat het steeds moeilijker wordt... Bovendien zijn er mijnen gelegd in de Zwarte Zee...'
'Welke kans hebben we om er doorheen te komen?' vroeg Camillo.
'Dat is moeilijk te zeggen. Er is geen garantie dat zich morgen in Roemenië niet zal herhalen wat er in Polen is gebeurd. Het is overal een spel met de dood. Ik zeg dat niet om jullie bang te maken. Jullie moeten weten wat je te wachten staat als jullie met ons meegaan.'
'We willen hier weg en God zal ons helpen, zoals hij ons ook tot dusverre geholpen heeft.'

Het was avond geworden. Bij het schaarse licht zaten Dubi, David en Giurgiu bijeen. Dubi zweeg; hij liet David het woord doen:
'Luister eens goed, Giurgiu. Je weet wie ik ben en ik weet wie jij bent. Je moet deze zaak zo afhandelen als wij samen hebben afgesproken, en kom me niet elke keer aan met nieuwe eisen. Jij bent niet de enige die een schip heeft. Zo'n hoop geld voor zo'n oud wrak! Je moet in deze tijd, waarin velen alles verliezen, wel wàt verdienen, maar toch niet zoveel dat er geen geld genoeg overblijft voor het eten. Die arme mensen mogen toch niet verhongeren!'
'Ja, David, ik begrijp je heel goed. Je weet dat wij hier een

beter hart hebben dan de bojaren in Boekarest, die zich voor
alles wat ze doen of laten duur laten betalen.'
'Jij wordt goed betaald en je bent geen bojaar – hou dus
maar eens op met die praatjes. Je krijgt wat we hebben afgesproken en geen lei meer! Als je niet wilt geef je het geld
maar terug!'
'Dat kan ik niet. Ik heb al het geld al uitgegeven aan reparaties!'
'Ik weet precies wat je hebt uitgegeven. Ik heb het nagerekend en als de rekeningen die jij hebt betaald verloren
mochten gaan, dan schrijf ik graag nieuwe voor je uit.'
David haalde uit zijn zak een verfrommeld papiertje, waarop een rij cijfers stond.
'Moet ik het voorlezen of kijk je zelf hoeveel het is? De optelling klopt tot op een bani. Kijk maar eens goed: je hebt
tot dusver nog geen kwart van het geld dat je van ons hebt
gekregen, uitgegeven aan reparaties. Giurgiu, je weet dat
wij mensen vervoeren en geen kolen. Arme mensen! Op een
dag zou jij wel eens in dezelfde situatie kunnen komen als
zij nu, dus kom me niet aan met nieuwe eisen! Vertel ons
precies wanneer alles klaar zal zijn en wanneer we de levensmiddelen aan boord kunnen brengen – basta!'
Terwijl David sprak, balde Giurgiu zijn vuisten. Daar had
je zo'n verdwaalde joodse visdief en die waagde het zo'n
toon aan te slaan! Maar zo gemakkelijk gaf hij het niet op.
'Jullie hebben er geen rekening mee gehouden dat het risico
steeds groter wordt. Gisteren heb ik gehoord' – Giurgiu
sloeg een kruisje – 'dat een schip op een mijn is gelopen.
Met man en muis vergaan. Als mij dat gebeurt, wat heb ik
dan aan dat geld?'
'Begin nou niet opnieuw, Giurgiu. Wie, behalve wij, heeft
belang bij je schip? Het heeft al vijf jaar in de haven gelegen, aangevreten door de ratten en de wormen, zonder dat
iemand er naar om heeft gekeken. Toen de Duitsers vorig
jaar schepen zochten die gerepareerd konden worden, hebben ze dat van jou geen blik waardig gekeurd. Dank zij mij
heb je nu veel geld en je wilt nog meer? Als mijn vriend je
meer geld wil geven dan doe ik niet meer mee, dan moet hij
het maar alleen opknappen!'

Dubi schudde van nee en zei:
'David heeft verstandige woorden gesproken en hij heeft ook als je vriend gesproken. Wij moeten het nu eens zien te worden met het hoofd van de havenpolitie en er is nog van alles en nog wat te doen. Noem daarom een vaste datum, dan zal ik – zoals ik heb beloofd – op de dag van vertrek de rest van het geld brengen.'
Giurgiu keek naar zijn vuile nagels, wierp David woedende blikken toe, keek naar Dubi en begon te rekenen. Dubi herademde. Nu hadden ze hem zover. Een paar minuten verstreken. David gaf de waard een teken om nieuwe glazen te brengen.
'Ben je gauw klaar? We willen drinken, Giurgiu.'
'Nou goed dan! Op 13 oktober 's morgens om vijf uur vertrekken we.'
Zij dronken elkaar toe.

De avond van het afscheid was gekomen. De bode van Dubi wachtte al in de tuin. Een paar monniken kwamen aansluipen en brachten pakjes, die ze op de bank voor de ingang legden.
Camillo voelde zich niet goed. Hij was moe, hij zou het liefst nog een tijdje in het klooster gebleven zijn, in plaats van nieuwe moeilijkheden op zich te nemen en een ongewisse toekomst tegemoet te gaan. Meermalen was die gedachte bij hem opgekomen als hij in de kloosterbibliotheek zat en zich verdiepte in de boeken. De dingen die hij had meegemaakt en zijn leeftijd drukten zwaar op hem. Hij wist dat de paters hem en de kinderen nooit de deur zouden wijzen, ook al bleven ze nog zo lang. Misschien kon hij met Ruth en Felix in de geborgenheid van het klooster zelfs het einde van de oorlog afwachten. Camillo betrapte zich op die gedachte, die hem zeer egoïstisch voorkwam. Een week geleden had hij papier en potlood meegenomen naar de bibliotheek en tijdens het lezen een paar notities gemaakt. Maar toen had hij alles vlug weer weggestopt. Hij was teruggeschrokken voor de verleiding om net als vroeger te studeren zonder aan de toekomst te denken. Voor die zorgeloosheid had hij al eens moeten betalen. Hij kon van geluk spreken

dat ze nog leefden.
Felix en Ruth wachtten ongeduldig met hun armoedige spullen op Camillo, die nog in de kamer van de prior was. Ze hadden al afscheid genomen en waren diep ontroerd; ze verlieten een huis, dat na een lange tijd van vernederingen voor altijd als een symbool van barmhartigheid in hun herinnering gegrift zou blijven.
Eindelijk kwam Camillo, samen met de prior, naar buiten. Nog eenmaal drukten zij elkaar de hand. Camillo scheen door dit korte gesprek overweldigd te zijn en hij stond op het punt de prior in zijn dankbaarheid te omhelzen. Maar Ruth zag dat Dubi's bode ongeduldig heen en weer liep en geërgerd op zijn horloge keek en ze trok hem voorzichtig mee. De prior bracht hen naar de poort.
'Ik zal voor jullie bidden!' waren zijn laatste woorden.

Ze reden de hele nacht. Vroeg in de ochtend kwamen ze bij de rand van Boekarest. De man bracht hen naar een huis, waar al een paar andere joodse families, die ook uit Polen waren gevlucht, wachtten. Nadat ze een ontbijt hadden gekregen, werden ze door hun lotgenoten met vragen bestookt:
'Wanneer zijn jullie uit Polen weggegaan? Wanneer was de laatste razzia? Leven er nog joden? Zijn jullie de laatsten uit jullie stad...?'
Felix, die Pools sprak, gaf slechts korte antwoorden, hij was niet in de stemming voor een lang gesprek. Maar hij op zijn beurt wilde van hen weten hoe lang ze al wachtten, wanneer en van welke haven het schip zou vertrekken.
Camillo en Ruth trokken zich in de hun toegewezen kamer terug. Ze waren moe van de lange rit en sliepen algauw in. Ruth had per ongeluk de deur afgesloten, daarom moest Felix, toen hij bovenkwam, hard kloppen voor ze hem hoorden. Verschrikt en met bonzend hart deed Ruth open.
'Ik geloof dat ik mijn hele leven lang bang zal blijven voor geklop op een deur! Wat we ook meegemaakt hebben, dat geklop zullen we nooit vergeten.'
Zwijgend nam Felix haar in zijn armen. Er werd gezegd dat ze nog twee dagen in Boekarest moesten blijven. Het schip

zou uit Soelina vertrekken. Felix en Ruth hadden die naam nog nooit gehoord. Felix dacht dat de haven dicht bij de Bulgaarse Zwarte-Zeekust moest liggen.

De twee dagen brachten ze in hun kamer door. Maar de andere vluchtelingen, die er langer waren, zeiden dat ze gerust de straat op konden gaan, ze waren hier betrekkelijk vrij, van de oorlog merkte je niets. Camillo herinnerde zich dat hij eens het plan had gehad om diverse steden in de Balkan te bezoeken, ook Boekarest stond op het programma. Maar van deze plannen was niets gekomen. Nu had hij geen zin meer om vreemde steden te bekijken, maar hij vond wel dat Ruth en Felix het moesten doen. De stad lokte evenwel ook de twee jonge mensen niet. Felix was vaak in gepeins verzonken. Hij had reiskoorts en verlangde naar het schip. Ruth zat voor het raam en keek voor zich uit, ook zij was niet in staat een besluit te nemen.

Hun definitieve redding lag nog in een omnevelde verte, de angst zat hen nog in de leden en verlamde hen. Ze hadden maar één wens: weg.

Nu was het eindelijk zover, ze waren op het schip. Het was avond, ze zaten al een uur lang in een schuilhok opeengeperst. In de andere hokken zaten en lagen andere vluchtelingen. Toen Camillo om zich heen keek dacht hij aan het transport uit Wenen, toen ze net zo opeengeperst in de wagon hadden gezeten. Ook hier waren jonge en oude mensen en een paar kinderen, allemaal zenuwachtig en ongeduldig. Op hun gezichten stond te lezen wat ze hadden meegemaakt. De een zat de ander in de weg. Iedereen probeerde zich met zijn ellebogen wat meer bewegingsvrijheid te verschaffen. Ze klaagden allemaal over de kapitein. Giurgiu zat in zijn kapiteinshut achter een gesloten deur en was voor niemand te spreken. Hij had behalve de prijs voor de reis ook een premie bedongen als hij een bepaald aantal vluchtelingen kon onderbrengen. In de vroegere opslagplaats voor kolen waren dekens neergelegd en wanden opgesteld. In de kleine kooien die zo ontstonden, had hij zijn passagiers als slachtvee bij elkaar gedreven. Om meer mensen mee te kunnen nemen, had hij ook bevolen om de bagage van de vluchtelin-

gen in een aparte ruimte onder te brengen.
Om vijf uur moest het schip vertrekken. Maar al twee uur nadat de vluchtelingen aan boord waren gekomen, begonnen ze last te krijgen van het gebrek aan plaatsruimte. De een benijdde de ander omdat die een betere plaats had, al was dat verbeelding. Ze vroegen zich huiverend af hoe ze het daar dagenlang konden uithouden, hoe ze zouden kunnen eten en slapen. Ze konden zich amper bewegen zonder hun buurman aan te stoten. Steeds weer stond er iemand op en probeerde door het smalle gangetje tussen de kooien bij de bagageruimte te komen. Dat was een tijdrovende aangelegenheid, want voor de bagageruimte stonden de mensen al in de rij.
Camillo staarde voor zich uit. Ruth had een zak met wat fruit en een fles water meegenomen. Het werd al gauw heel heet, hoewel het nacht was en vanuit zee een koel briesje waaide. Er was bijna geen licht, alleen in de gang brandden een paar carbidlampen, die zoemden en een onaangename lucht verspreidden. Ergens snikte iemand zacht, een moeder probeerde haar huilende kind te sussen. Tegen een wand midden in het schip hing een kitscherig olieverfschilderij, dat de landing van Columbus voorstelde. Camillo's vermoeide ogen keken er lang naar. Het was op een paar plaatsen gescheurd, vliegen en andere insekten hadden hun sporen achtergelaten. Maar dat stoorde Camillo niet. Moest hij dit schilderij beschouwen als symbool voor de afloop van hun reis? Ik zal het Ruth aanwijzen, dacht hij, voor hij in een halfslaap verzonk.

Het tijdstip van vertrek naderde. De nervositeit van de passagiers nam toe. Dubi was op het schip gekomen, hij ging van kooi naar kooi en probeerde zijn beschermelingen moed in te spreken.
'Ik heb al contact opgenomen met mijn vrienden in Istanboel. Over hoogstens drie dagen zijn jullie daar.'
Toen er geklaagd werd over Giurgiu, zei Dubi:
'Vrienden, het gaat toch alleen maar om drie dagen, daarna mag de duivel hem halen. Ik wens jullie een goede reis.'
Toen Dubi van boord ging stelde hij tevreden vast dat de ka-

de leeg was. De havenpolitie liet zich niet zien, zoals was afgesproken. Het was vijf uur; precies op het ogenblik dat de zon opkwam, lichtte Giurgiu het anker. Tegen de vluchtelingen op het benedendek zei hij:
'Kies een comité van drie mensen. Die moeten me zeggen wat ze willen. Ik praat alleen met hen. En nog iets wat belangrijk is: overdag gaat niemand van jullie aan dek! En als jullie 's avonds naar boven gaan mag niemand roken. Dat is voor jullie veiligheid. Onthoud het goed!'
De drie helpers van Giurgiu, die zich als matrozen voordeden, zagen er allerminst vertrouwenwekkend uit. Het waren mislukkelingen, die elk zaakje aanpakten, ook al was het nog zo smerig. Voor hen waren de vluchtelingen geen mensen maar een vracht, waar je geen rekening mee hoefde te houden, tenzij ze je voor kleine gunsten konden betalen...
De lucht op het benedendek werd ondraaglijk heet. Van de geïmproviseerde toiletten kwam een stank die hen de keel dichtsnoerde. Maar allen gedroegen zich gedisciplineerd. Ze kozen een comité. Het was duidelijk dat het beter zou zijn als Giurgiu niet met alle vluchtelingen praatte, maar met drie van hen voortdurend contact onderhield om hen te informeren, bevelen te geven en wensen aan te horen.
Het comité stelde een bewaker aan, die bij de trap geposteerd was om te beletten dat wanhopigen die de ondraaglijke hitte niet meer konden uithouden, naar het dek klommen en hen in gevaar brachten.
Giurgiu zette koers naar Istanboel, hij hield twaalf tot vijftien mijl afstand van de kust.
Eindelijk werd het avond. Giurgiu liet iedereen aan dek. Ze stonden bij de reling en ademden diep de koele lucht in. Huiverend dachten ze aan de terugkeer naar de snikhete kooien. Maar ze dachten ook: 'Weg van dit Europa, dat alleen nog moord en marteling betekent! Weg van deze vervloekte grond, gedrenkt met het bloed van onschuldigen! Weg van dit werelddeel, dat voor ons alleen concentratiekampen, getto's, galgenvelden, gaskamers en massagraven over had!'
De lichten van het Europese vasteland werden steeds kleiner tot ze ten slotte verdwenen. De oneindigheid van de zee

werd een met de oneindigheid van de hemel.

Ruth en Felix zaten aan dek aan de voeten van Camillo en keken om naar het Europese vasteland.
'Wij zijn de laatste joden van Europa,' zei Felix.
'Wij zijn duizenden jaren lang altijd de laatsten geweest. Onze hele geschiedenis is de geschiedenis van de laatsten van ons volk. De laatsten uit Babylon, de laatsten uit Palestina, de laatsten uit Spanje... Maar ik heb jullie altijd gezegd dat de laatsten zullen blijven!'
Camillo's blik bleef gevestigd op een ver verwijderd punt aan de hemel.
'Waarom hebben onze vijanden ons in onze hele geschiedenis nooit helemaal kunnen vernietigen? Waarom bleven altijd de laatsten over? Bij andere volkeren waren ook "laatsten" maar daar hoorde je nooit meer iets van!'
Camillo verheugde zich over Felix' intelligente vraag.
'Omdat de joden in hun geschiedenis – in tegenstelling tot andere volkeren die na een catastrofe zijn ondergegaan – nog net op tijd het zwaartepunt hebben verlegd van het staatkundig-politieke naar het mentale. Toen Titus in het jaar 70 na Christus Jeruzalem belegerde, liet rabbi Johanan ben Sakkai zich naar het kamp van de belegeraars dragen en kreeg van hen de belofte, de leer van Israël te mogen voortzetten. Zo ontstond de school in Jabne. De latere leerinstellingen van het jodendom in de gehele wereld waren het gevolg van die stap van rabbi Johanan. Het geestelijke voortbestaan van het jodendom is nooit ernstig bedreigd geweest.'
'Dus ook nu zullen de laatsten blijven voortbestaan?'
'Ja, met Gods hulp.'
Voor de terugkeer naar de snikhete kooien hadden ze een bijna bovenmenselijke wilskracht nodig. De volwassenen konden geen van allen slapen; velen werden misselijk door het schommelen van het schip. Zij probeerden de tijd te doden. Ze vertelden elkaar wat ze beleefd hadden en maakten plannen voor de toekomst in vrijheid.
Ook bij Camillo en de zijnen kwamen een paar passagiers zitten: 'Zullen we het overleven?' vroeg een vrouw; ze hield

een flesje vlugzout onder haar neus om niet flauw te vallen.
'Wat achter ons ligt was erger, beste vrouw, en u ziet het, wij zijn er nog!'
De vrouw gaf Camillo het flesje.
'U hebt vast in de bioscoop wel eens Romeinse galeien gezien. De benedendeks vastgeketende slaven moesten in deze hitte ook nog roeien en zij hadden geen hoop op spoedige verlossing!'
'Moet mij dat troosten?'
'Ja, want wij hoeven nog maar twee dagen te varen, dat is een troost!'
Giurgiu waagde zich verder de zee op. Overdag konden ze nauwelijks iets eten. Er waren ook twee dokters aan boord; ze hadden hun handen vol aan de verzorging van de mensen die waren flauwgevallen. Dubi had de dokters een grote zak met diverse medicamenten gegeven, die bleken nu zeer waardevol. Ze verlangden allemaal naar de avond, wanneer ze weer aan dek konden.
Plotseling hoorden ze boven hun hoofd het gedreun van motoren. Ze wisten dat het vliegtuigen waren! De bewaker bij de ladder naar het dek kon ze onderscheiden: Duitse vliegtuigen scheerden laag over het schip en stevenden toen af op de Bulgaarse kust.
Giurgiu was naar het dek gerend en volgde de vliegtuigen met zijn veldkijker. Hij liet de vertegenwoordiger van de vluchtelingen bij zich komen.
'Ik ben bang dat ze contact opnemen met hun patrouilleboten. We moeten nog verder weg van de kust. De avond valt, maar de patrouilleboten kunnen hier pas morgen zijn, dan zijn wij al bij de Turkse kust,' zei hij om zichzelf moed in te spreken.
De Duitse vliegtuigen hadden de vluchtelingen wreed gewekt uit hun dromen van vrijheid en veiligheid. Plotseling voelde niemand de hitte meer. Giurgiu's geruststellende woorden gingen van mond tot mond.
Het schip verwijderde zich steeds verder van de kust. Die avond waren ze weer allemaal aan dek.
'Morgenmiddag zijn we bij de Turkse kust, heeft de kapitein gezegd. Wat is het morgen voor een dag?' vroeg Camillo.

'Morgen is het vijftien oktober, vader.'
Het was de eerste keer dat Felix Camillo vader noemde. Ruths ogen werden vochtig. Maar Camillo merkte het niet. Hij interesseerde zich alleen voor de datum.
'Weet je zeker, Felix, dat het vijftien oktober is?'
'Ja, heel zeker!'
'Kinderen, kom dicht bij me staan. Ga zitten. Mag ik jullie handen pakken? Goed, nu zijn we te zamen.'
Camillo's ogen glansden. Toen Ruth en Felix dicht naar hem toeschoven, voelden ze hoe mager zijn lichaam was geworden.
'Het was op de vijftiende oktober 1492 dat mijn voorvader Luis de Torres als eerste Europeaan op Guanahani aan land ging, en met hem de andere joden die deelgenomen hadden aan de expeditie van Colon. Het was vijftien oktober. Jullie zullen zien, morgen wordt ons lot beslist, morgen kunnen we onze redding in het boek schrijven!'
De door Camillo vermelde historische parallel bleef op Ruth en Felix niet zonder uitwerking; ook zij meenden te voelen dat zij een historisch ogenblik beleefden.

In die derde nacht hadden de vluchtelingen maar één gedachte: zullen de Duitse patrouilleboten morgen komen of zijn we dan al in veiligheid. De woede, die velen tegen Giurgiu gekoesterd hadden, verdween als sneeuw voor de zon. Van hem hing hun vrijheid af...
Intussen zat Giurgiu in zijn cabine en overdacht, wat hij van Dubi als gevarentoeslag kon vragen, want die Duitse vliegtuigen waren toch een gevaar. Hij berekende dat ze de volgende morgen om tien uur in de Turkse haven Midye zouden zijn.

Ruth was in slaap gevallen, haar adem ging regelmatig. Ook Felix sliep, geleund tegen een wand van de kooi. Camillo bekeek hen lange tijd. Hij was geheel uitgeput. Als een van hen wakker zou worden, zou hij vragen of de dokter kon komen. Maar hij wilde hen nu niet wakker maken. Een paar uur kon hij het nog wel volhouden, middernacht was al lang voorbij...

Het was de vijftiende oktober. Hij verzonk in een halfslaap... Hij was weer in zijn kamer in Wenen, een gemakkelijke leunstoel helpt hem de inspanning van het lange studeren te dragen. Voor hem ligt een foliant met het opschrift 'Luis de Torres'... van de verre kust komt een frisse bries, het schip vaart licht en wiegt de vluchtelingen in slaap. Camillo staat kaarsrecht bij de boeg, naast hem staren matrozen in de richting waar de vogels vandaan komen. 'Land in zicht!' roept een matroos uit de mast. Opeens wordt het druk op het schip. Camillo baant zich een weg naar Luis als die aan land wil gaan, maar Luis verbiedt hem mee te gaan...
Toen Camillo wakker schrok, was zijn voorhoofd met koud zweet bedekt. Felix en Ruth werden gelijk met hem wakker.
'Vader, wat is er met je? Je kijkt zo afwezig!'
'Ik kom van een lange reis terug.' Camillo nam een slok water en ging weer liggen. Wat had die droom te betekenen? Waarom had zijn voorvader Luis hem verboden aan land te gaan?
'Vader, zei je iets?'
Maar Camillo gaf geen antwoord. Ruth liep naar Felix, die bij de uitgang met de schildwacht stond te praten.
'Kom vlug, er is iets met vader.'
Toen ze terugkwamen was Camillo overeind gaan zitten en het leek of het wat beter met hem ging. Buiten was het al licht, het was zeven uur. Een van de matrozen kwam bij de schildwacht:
'Over twee, drie uur zijn we waar we wezen moeten. De kapitein heeft het precies uitgerekend.'
De schildwacht gaf het nieuws door aan de vluchtelingen.
'Nog twee uur, Ruth, nog twee uur, vader, dan hebben we het bereikt!'
Felix juichte; hij trok Ruth in zijn armen. Camillo zat nog altijd te piekeren over zijn droom. Waarom heeft Luis me verboden mee aan land te gaan? Hij haalde de kroniek te voorschijn en bladerde erin:
'Kijk Ruth, hier zal ik onze redding schrijven.'
Hij hield de pinkas vlak bij zijn gezicht, alsof hij die plaats kuste.

Buiten begon zich langzaam de ochtend af te tekenen; de pastelkleuren spiegelden zich in de golven, waarover een zacht briesje streek. Plotseling ging er een gefluister door de kooien:
'Er komt een patrouilleboot aan!'
Giurgiu's ogen hadden de boot gezien, hoewel die nog ver weg was. Hij koerste linea recta op het vluchtelingenschip af. Van het benedendek kwam wanhopig geschreeuw. Sommigen begonnen halfluid te bidden. Vrouwen snikten en hielden tegelijk hun kinderen de hand voor de mond om de stilte te bewaren.
'Stil daar beneden!' riep een matroos.
Zou de geslepen Giurgiu toch nog een uitweg kunnen vinden? Misschien zouden de Duitsers alleen maar een paar vragen stellen en het schip niet doorzoeken. Misschien...

Er kwam een oorverdovende knal, een oranjekleurige, gele en rode vlam schoot omhoog. Een fontein van balken, planken, ijzeren buizen en latten spoot de lucht in en viel weer op het water terug. Het schip was op een mijn gelopen. De romp was doormidden gescheurd. De watermassa's drongen het schip binnen.
Gillend gekrijs weerklonk. De ketel explodeerde.
'Mamma, mamma!'
'Vader!'
Chaos heerste; mensen probeerden zich vast te klampen aan delen van het schip en zo boven water te blijven. Boven hun hoofden spoelde het water koffers en kisten uit de bagageruimte.
'Shema Israël!'
Dat waren Camillo's laatste woorden. Met de kroniek in de hand probeerde hij tussen de drijvende wrakstukken door bij Ruth te komen. Ruth stak haar hand naar haar vader uit, maar ze kreeg alleen de kroniek te pakken. Die drukte ze tegen zich aan.

De Duitse patrouilleboot haalde acht overlevenden uit het water. Onder hen bevonden zich Ruth en Felix, die zwaar gewond was.

Nadat ze een paar dagen hadden vastgezeten bij de Duitse marine in de haven, werden ze aan de Roemeense politie overgedragen. Roemeense joden kochten hen vrij.